IL SOGNO DEL BAMBINO STREGONE

LUCA CASTELLITTO

IL SOGNO DEL BAMBINO STREGONE

PIEMME

Redazione: *Edistudio, Milano*

I Edizione 2009

20145 Milano - Via Tiziano, 32
info@edizpiemme.it - www.edizpiemme.it

Stampa: Mondadori Printing S.p.A. - Stabilimento NSM - Cles (Trento)

Nota dell'autore

Io e Michel Ntoumba abbiamo un patto. È nato quasi per caso il giorno in cui ho cominciato a sentir raccontare di lui da certe suore. "Famiglia del Sacro Cuore di Gesù", recita il loro nome un po' ottocentesco, ma la verità è che sono di quelle donne concrete e con le mani in pasta nelle grandi, attualissime sofferenze del mondo. Lavorano in Africa, anche in questo momento, mentre leggete queste righe, fianco a fianco con volontari laici e medici. E tutti coloro che hanno il coraggio di dare qualcosa agli ultimi della terra.

Loro mi hanno parlato di Michel, della sua vicenda sconcertante. Poi mi hanno messo in contatto con lui, che vive a Kinshasa, capitale della Repubblica Democratica del Congo. Ed è nata l'intesa da cui è scaturita questa storia. Il patto è che lui mi ha permesso di scrivere questo libro, affidandomi il racconto della sua vita. E mi ha chiesto di narrare la sua straordinaria avventura in prima persona. «Abbiamo parlato tanto della mia vita,» ha detto «che puoi tranquillamente prendere la mia voce».

Io gli ho promesso di portare il libro in giro per tutta l'Italia e se possibile per il mondo, per far conoscere a tutti l'esistenza dei bambini stregoni e promuovere una campagna a loro sostegno. Più gente sosterrà le organizzazioni che in Africa si occupano dei bambini stregoni, più bambini verranno tolti dalla strada e restituiti alla loro infanzia.

Come Michel, del quale ho il privilegio di essere amico. Se la sua storia raggiungerà il vostro cuore, tutto il dolore, le sofferenze e i sacrifici che ha affrontato non saranno stati vani.

NELLE LORO MANI

1

Mi rifugiai nell'angolo più lontano della capanna, l'angolo più nascosto, in ombra, perché nessuno potesse vedermi. Quello era l'angolo in cui mi nascondevo quando le cose non andavano bene, quando mi sentivo in colpa. Non c'era motivo per sentirmi in colpa, ma ero sicuro che sarebbe finita male.

Mi rannicchiai a terra, le ginocchia strette tra le braccia, la testa tra le ginocchia, gli occhi fissi ai piedi, le dita dei piedi incardinate alla polvere del pavimento. E non osai guardare in alto per un bel pezzo. Ma cominciai presto a tossire. Gli occhi mi lacrimavano e la testa mi girava. Tirai su col naso e assaggiai le mie lacrime. Erano dolci, non amare. E quel dolce mi ripagò della paura che stavo provando. Non era possibile che tutto finisse così.

Mi decisi a levare lo sguardo. Sopra la mia testa si addensava il fumo. Sentivo lo sfrigolare dei rami e delle foglie, ormai secche, che coprivano le pareti della capanna. La porta era quasi invisibile. Prima oltre la porta vedevo un pezzetto di cielo azzurro illuminare il giorno. Ora tutto era scuro e indistinto. La terra cominciava a bruciarmi sotto i piedi. Sentivo voci confuse. Qualcuno chiamava mio padre, i miei fratelli, mia madre. Loro si rincorrevano a vicenda. Volevano essere sicuri di essere salvi. Nessuno chiamava me. Lo sapevo, per questo mi ero nascosto.

Ma quando la prima lingua di fuoco balenò davanti al mio volto e sentii il suo calore bruciarmi gli occhi, non resistetti più. Non scelsi di farlo. Accadde e basta. Il mio corpo scattò in avanti, cercando la salvezza. Brancolavo nel fumo e nel fuoco, mentre attorno a me piombavano a terra i frammenti del povero tetto della capanna. Cercavo l'uscita, nel buio. Sapevo che fuori era giorno, ma che nel mio mondo il giorno si era tramutato in notte. Ero terrorizzato, ma non una parola usciva dalla mia gola. Non riuscivo a gridare «mamma». Perché non era lei a gridare «Michel»? Perché? Le mie gambe volevano fermarsi di nuovo. Glielo impedii. Trovai l'uscita e mi aggrappai alla porta, tossendo. Mi buttai fuori, e caddi.

Stavo sdraiato per terra, mentre le scintille volavano sopra la mia testa. Ma finalmente respiravo. Non mi chiedevo neanche cosa era successo, e perché. Ero felice di respirare ed essere ancora vivo. Fu allora che una mano frenetica mi afferrò la spalla, tirandomi a forza in piedi. Era mia madre. Nei suoi occhi c'era la domanda che volevo sentire: «Stai bene?». Ma non me la fece. Era piena di paura, anche lei. Mia madre, una donna che non temeva nulla. Tranne il fuoco.

«Tuo padre ha bisogno di te! Aiutalo a salvare le bestie!»

Mi alzai e girai attorno alla capanna. Il tetto era crollato per intero. Rabbrividii pensando a quel che mi sarebbe successo se fossi rimasto dentro. Sarei morto bruciato. Voltai la testa, come per scacciare quel pensiero. E quando guardai di nuovo avanti, vidi il recinto che usavamo per le bestie. Ardeva come il falò alla festa del capodanno. Lì dormivano le nostre due capre e i polli. Tutta la nostra ricchezza, assieme a quel poco che riuscivamo a ricavare dal campo che il capovillaggio ci aveva assegnato. Ebbi di nuovo paura. Mi dissi che non c'era più niente da fare. La sbarra non c'era più, le bestie erano fuggite. O qualcuno le aveva liberate. Perché dovevo entrare in quell'inferno?

«Aiuto! Aiuto!»

La voce di mio padre.

Spinsi avanti le braccia, ma le gambe non si mossero. Sudavo, e non per l'incendio. Scintille zampillavano da ogni parte e la cenere mi volava attorno. Adesso, tutta la parte di cielo sopra le nostre teste era diventata scura, ammorbata dal fumo. Il fuoco era divampato in pochi istanti e la gente del villaggio stava di sicuro correndo da noi. Ma sarebbero arrivati troppo tardi. Non potevamo contare sul loro aiuto. Toccava a me darmi da fare. Toccava a me. Toccava a me salvare mio padre. Era rimasto dentro il recinto delle bestie e io dovevo regalargli la vita. Cercai di nuovo di muovere le gambe. Non successe nulla.

«Aiuto! Aiuto!»

Una voce nella testa mi diceva di stare fermo: «Non aiutarlo! Lascialo bruciare! Da lui non può venirti niente!».

Le lacrime cominciarono a corrermi sulle guance. Le assaggiai di nuovo e questa volta erano amare. Non volevo aiutare quell'uomo, anche se mi aveva messo al mondo. Non volevo aiutarlo perché lo odiavo. Lo odiavo con tutte le mie forze. Dov'era mia madre? Mi aveva mandato avanti ed era sparita. Io avevo bisogno del suo aiuto. Se n'era andata. No, sapevo bene dov'era. Cercava i miei fratelli e le mie sorelle più piccole. Loro erano il domani della famiglia, dovevano vivere. Di sicuro guardavano quel grande fuoco come un gioco. Non capivano che portava morte. Bisognava sollevarli di peso e portarli lontano, salvarli, metterli al sicuro.

«Aiuto...»

La voce era sempre più debole. Non aspettai e mi buttai nel recinto. Dovetti strisciare per terra e solo così trovai dell'aria respirabile. A quattro zampe avanzai nell'oscurità del fumo, tossendo senza sosta. Cercavo di non mandar giù l'aria che respiravo, perché sapevo che mi avrebbe ucciso. La testa prese a girarmi subito. Non sapevo dove andare. Il recinto non era grande, ma mi sembrava una enorme piazza. Finché urtai con la testa il corpo di mio padre. Afferrai con tutte le mie forze la sua gamba e tirai. Tirai, tirai fino quasi a svenire e riuscii a trascinarlo fuori. Pesava troppo per me. Pesava più del necessario e quando fummo fuori capii il perché. Mio padre era abbracciato a un animale. Il cucciolo di gazzella che aveva catturato una settimana prima per regalarlo alla mia sorellina. Lo teneva stretto come valesse più delle capre e dei polli messi assieme. Non doveva morire. La mia sorellina si era affezionata come una mamma a quel piccolo di gazzella e mio padre non voleva vederla piangere.

Mio padre respirava ancora, ma non riuscivo a guardarlo in faccia. Chiusi gli occhi e mi portai i pugni alla bocca, soffocando un grido. Non aveva più volto. Fino a pochi minuti prima mio padre era un bell'uomo, desiderato da tutte le donne del villaggio. Mia madre lo amava alla follia e lo considerava sua proprietà. Ora non sapevo più cos'era. La sua faccia era scomparsa. Il fuoco ne aveva macerato la carne. E io capii che tutto era accaduto nel breve tempo in cui l'avevo lasciato da solo.

«Georges!»

Mia madre diede una spinta ai piccoli, allontanandoli. Non dovevano vedere. Forse neanche lei voleva vedere e si avvicinò piano a mio padre. Ma non era così. Si buttò su di lui, abbracciandolo e singhiozzando. Voleva vedere e toccare, voleva piangere sul suo volto. «Mia madre è sicura di guarirlo con le lacrime.» Questo pensai, lo ricordo benissimo. E mi sembrò una cosa strana ma possibile. Nel nostro villaggio accadevano tante magie e di sicuro poteva capitare anche questa. Non fu ciò che avvenne. Quelle lacrime ardenti non lo guarirono. Ma ebbero il potere di risvegliarlo. Mentre mia madre era ancora china su di lui, mio padre mugolò qualcosa e aprì gli occhi. Ci guardò tutti, uno per uno, come se ci vedesse per la prima volta in vita sua, e provò a sorridere. Voleva sinceramente sorridere. Capiva di essere vivo e quel sorriso era il suo modo per dirci «vi amo». Poi alzò una mano e vide che era bruciata. Il sorriso scomparve dal suo volto. Gli occhi divennero più scuri. Alzò la mano contro il cielo e la voltò da una parte e dall'altra. Era proprio vero. Non stava sognando. La mano era bruciata e non sembrava più la sua mano.

In quel momento un pensiero orrendo attraversò la sua mente. Doveva arrivare ed era arrivato. Il cuore mi si strinse, perché sapevo cosa stava per accadere. Mio padre piegò il braccio e accostò la mano al volto. Quando la ritirò, vide che attaccati alle dita erano rimasti brandelli di carne. Un sospiro forte scosse il suo corpo e il braccio cadde a terra. Roteò la testa e mi cercò con gli occhi. Indicò la capanna e il recinto per le bestie, mi fissò per un lungo momento e disse: «Tutto questo è colpa tua!».

Poi reclinò la testa e svenne.

La mamma mi guardò con le lacrime agli occhi. Anche i miei fratelli e le mie sorelle mi guardavano, senza sapere cosa pensare. Io rabbrividii. Mio padre mi dava la colpa dell'incendio. Prima, a nascondermi nella capanna, avevo avuto ragione. Sapevo di aver fatto qualcosa di male e adesso mio padre me l'aveva detto. Era tutta colpa mia, anche se non potevo dire come.

Quel giorno avevo da poco compiuto otto anni, e non lo dimenticherò per tutta la vita.

Fu il giorno in cui diventai un bambino stregone.

2

Mio padre morì quella sera stessa, senza aver più ripreso conoscenza. Mia madre gli teneva la mano martoriata, mentre lui mugolava e rantolava qualcosa. Non capivamo ciò che diceva nel delirio e non ci sforzavamo di capire. Stavamo solo raccolti attorno alla sua stuoia, in un silenzio di pietra. Tutti, mia madre, noi, suoi figli, Oziadambra, il capo del villaggio, la zia Marie, lo zio Bernard, i parenti e gli altri. Per l'intero pomeriggio, il popolo del villaggio era rimasto lì, in ginocchio davanti al corpo di mio padre, in attesa. Solo le sue parole smozzicate rompevano il silenzio. Dagli occhi delle donne non usciva ancora una lacrima, dalla gola nemmeno un singhiozzo. Aspettavano tremanti. Aspettavano di capire, di vedere cosa accadeva. Perché mio padre poteva vivere e allora la paura si sarebbe trasformata in gioia incredula, in allegria frenetica. L'incubo sarebbe passato. Ma mio padre poteva morire e allora la morte avrebbe strizzato i nostri cuori fino a farne uscire l'ultima lacrima. Bisognava solo aspettare, e nient'altro.

Oziadambra aveva spedito di corsa il più veloce degli uomini verso il dispensario di Bilal, a un giorno di cammino dal nostro villaggio. Ma sapeva che era inutile. Se mio padre superava la notte, bastavano a guarirlo i potenti farmaci che lo stregone ricavava dalle piante della foresta. E se non superava la notte, i rimedi dei medici del governo non sarebbero serviti a niente.

Passarono così due, tre, quattro ore. Il sole del pomeriggio lasciò il posto all'ombra della sera, e l'ombra al buio della notte. In tutto quel tempo io non mi mossi di un passo. Stavo accovacciato in fondo alla stuoia, la testa poggiata ai piedi sempre più freddi di mio padre, il cuore in subbuglio. Non volevo che morisse, pregavo il cielo che vivesse. Non potevano portarmi via mio padre, l'uomo che mi aveva insegnato tutto quel che sapevo. Non potevano allontanarlo da me. Le liti, i rancori, la mia disperazione di bambino per le cose successe in quegli anni sparivano ora in un momento. Mio padre doveva spiegarmi ancora tante cose della vita. Non era giusto! Quel che stava accadendo non era giusto. Perché tutto questo accanimento contro la mia famiglia? Cosa avevamo fatto di male? Non lo sapevo. Me lo chiedevo dal momento in cui la prima scintilla era scoccata dal tetto della capanna. E non avevo risposta. Ma temevo. Guardavo le labbra di mio padre muoversi in silenzio, i suoi occhi chiusi, la sua fronte aggrottarsi e temevo. Perché sapevo che il villaggio aveva la risposta alla mia domanda. Lo capivo dagli sguardi fugaci e pieni di rancore che gli uomini e le donne della mia gente mi rivolgevano in quel momento terribile. Cercavo di non incontrare i loro occhi, ma tutti a turno volgevano la testa verso di me. Chi per pochi istanti, chi più a lungo. E mi fissavano. La loro mente era divisa. Una parte dei loro pensieri era per mio padre, che soffriva terribilmente. Un'altra parte era per la disgrazia che colpiva la mia famiglia. Qualcuno aveva colpa di quella disgrazia. E sapevano già cosa lui aveva detto prima di svenire: «Tutto questo è colpa tua!».

Mentre stavo con la testa bassa, mentre abbracciavo le gambe di mio padre cercando di trasmettergli un po' di calore, quella frase mi girava dentro come un serpente velenoso. «Tutto questo è colpa tua!» E cresceva, cresceva fino a diventare un urlo. Si ingigantiva fino a che la sentivo uscire dalla bocca di tutti, vomitata come un insulto: «Tutto questo è colpa tua!». Poi sentii un lungo lamento, la gola di mia madre squarciarsi nel dolore. Era morto. Mio padre era morto. Sentii il gelo passare dai suoi piedi a me e ritrassi le mani. Le voci si accavallavano, il pianto di mia madre si sommava al pianto della zia Marie e delle altre donne del villaggio. Il silenzio era stato spezzato. E una mano mi afferrò per la spalla. Alzai la faccia. Dovevo essere pallido come un cencio, tremante come solo un bambino può essere. Sul volto di Oziadambra non lessi alcuna compassione. Serrò la stretta e mi sibilò in viso: «Tu ora vieni con me!». L'ultima cosa che ricordo è il lenzuolo bianco che le donne stendevano sul corpo di mio padre. Urlavo, ma era come se nessuno mi sentisse. Mi trascinarono fuori dalla capanna. Solo la luna ascoltava il mio lamento.

3

Per molto tempo fu buio assoluto. Mi portarono in una capanna che non conoscevo, una capanna in cui non ero mai stato. Scalciavo e urlavo, ma loro erano troppo forti. Nessuno mi colpì, non mi diedero schiaffi o botte. Come se avessero paura di me. Mi portavano a forza ma non osavano picchiarmi per farmi stare zitto. E quando entrammo in quella capanna, Oziadambra rivolse agli altri un rapido cenno della testa. Un uomo si mosse nel buio e si chinò verso terra. Sentii uno strano cigolio. Non distinguevo niente ma capii che era una botola. Mi ci spinsero dentro e io caddi disteso su un duro pavimento di terra. «Pensa a quello che hai fatto, piccolo bastardo!»: queste furono le sole parole che mi rivolsero prima di abbandonarmi. La botola si richiuse e sparì perfino l'esile ombra che la luna allungava attorno ai nostri corpi. I passi degli uomini del villaggio si allontanarono e io rimasi solo. In breve il terrore si impadronì del mio cuore.

Cominciai a tremare violentemente. Non era il freddo a scuotermi, perché là sotto si sudava. Era la paura. Tutte le mie membra tremavano e io non le dominavo. Che cosa volevano farmi? Perché mi stavano succedendo quelle cose? Non potevano prendersela con me per la morte di mio padre. Io non avevo fatto niente, ma non mi avevano neanche dato il tempo di difendermi. Dopo il tremore arrivarono le lacrime, calde e copiose. Le lacrime che non ero riuscito a versare al capezzale di papà uscivano ora tutte insieme, come un fiume in piena, incontrollabile. Mi asciugai freneticamente le guance, mi afferrai le gambe, comandai loro di fermarsi. Non volevo piangere, non volevo tremare, ma non potevo smettere. E solo quando il tremore mi costrinse a inginocchiarmi a terra e il pianto oscurò i miei occhi più di quanto già non facesse quel tremendo buio, solo allora il terrore mi obbligò a gridare. Gridavo con tutto il fiato che avevo nei polmoni. Cercavo aiuto e maledivo. Maledivo e cercavo aiuto. Gridai a lungo, fino a che tutto in me si acquietò. Il mio corpo smise di tremare, le lacrime si ridussero a un filo e poi smisero di sgorgare, la gola si seccò e mandò non grida ma rantoli. Tutto cessò, tutto tacque. Mi stavo arrendendo. E mi arresi. Caddi seduto sulla terra, la schiena appoggiata al muro, e mi addormentai. Sprofondai in un sonno lungo e popolato di incubi.

Quando mi svegliai, tutto attorno era ancora silenzio. Tesi a lungo l'orecchio, cercando di afferrare il minimo rumore. Ma non udii niente. La capanna era disabitata, o forse il suo padrone era lontano. Non sapevo quanto avevo dormito, perciò non sapevo se era giorno o notte. Per me, costretto a quel buio fondo, non faceva nessuna differenza. Sentii le lacrime affacciarsi nuovamente agli occhi ma questa volta le cacciai indietro. Mi feci forza, pensando a mia madre e ai miei fratelli. Non era possibile che mi lasciassero là sotto senza intervenire. Di sicuro non sapevano niente e mi stavano cercando dappertutto. Poi capii che era una sciocchezza. Mia madre era lì quando mi avevano trascinato via e sapeva bene che voci circolavano nel villaggio sul mio conto. Sapeva che per i bambini come me non c'è scampo. Neanche volendo avrebbe potuto opporsi. I miei fratelli erano piccoli, non potevano difendermi. E con le storie che gli raccontavano i grandi, di sicuro neanche volevano farlo. Ero solo. Ero completamente solo. Mi buttai sul pavimento, la faccia premuta al suolo, mordendomi le labbra a sangue per non piangere. E improvvisa mi tornò in mente l'immagine di mio padre che rantolava nei suoi ultimi istanti di vita. Sputai per terra. Se l'era meritato. Tutti pensavano che io fossi colpevole della sua morte. Ma ero sicuro che Dio l'aveva punito per quel che mi aveva fatto. Stupido uomo ignorante e superstizioso. Non credeva a me, credeva a Oziadambra e agli altri del villaggio. A Dio questo non era piaciuto. Era stato lui a far scoppiare l'incendio. E anche io avevo rischiato di morire, come un topo... sentii uno zampettio. Qualcosa solleticò la mia mano e la ritrassi violentemente. Uno squittio. Non ero solo! Un topo, un topolino mi faceva compagnia. Gli parlai e il tempo cominciò a passare veloce.

Il giorno dell'incendio era un giorno di festa e avevamo mangiato e bevuto a sazietà. In quel momento, l'allegria e la felicità mi erano sembrate ancora possibili. Pareva passata una vita. Ora avevo fame e avevo sete. Sentivo lo stomaco stringersi: voleva cibo, molto cibo. E mi sembrava di non bere da un'eternità. La gola mi bruciava. Con le lacrime e il sudore il mio corpo aveva espulso ogni liquido. Il mio corpo adesso era asciutto e aveva sete. La fame potevo sopportarla, la sete no. Cominciai di nuovo a gridare. E di nuovo fui assalito dal terrore. Non era più la paura di quel che mi avrebbero fatto. Era la paura di morire. Erano pazzi. Potevano lasciarmi là sotto a morire. Tanto tempo. Il tempo che serve per ammazzare di fame e sete un bambino. «Mamma! Papà!» gridavo cercando i miei genitori. «Mamma! Papà!» gridavo, tempestando di pugni il muro. Non importava se mio padre era morto. Il mio grido era una preghiera e mio padre dal cielo poteva ascoltarmi. Niente. Non successe niente. Andai avanti così per molto. Alternavo il sonno alla veglia, sempre più stremato, sempre più esausto. Mille volte mi misi in ascolto, sperando che dall'alto giungesse qualche rumore. E mille volte aguzzai gli occhi, cercando un raggio di luce nel soffitto, là dove sapevo c'era la botola. Non sentii niente, non vidi niente. Tutto era buio e silenzio. Finché un giorno o una notte, non saprei dirlo, fui svegliato da un rumore improvviso. Veniva dalla capanna. Erano dei passi, lenti ma sicuri, passi di uomo, forse di vecchio che ancora si reggeva bene sulle gambe. Aprii la bocca per urlare, ma non ci fu bisogno. La botola si spalancò e io dovetti stringere gli occhi. Dalla capanna pioveva una luce abbacinante, la luce del giorno. «Mangia! Hai bisogno di tutte le tue forze!» Un piccolo cestino calò tra le mie mani. Afferrai il cibo e mi accorsi subito che non c'era da bere. Gridai: «Acqua! Ti scongiuro, ho sete! Dammi dell'acqua!». Il cestino risalì verso l'alto, la botola si richiuse. Non ci furono altre parole. Non ebbi da bere e i passi del mio carceriere si allontanarono. Ero di nuovo solo nella capanna. Chi era quell'uomo?

4

«Tu sai perché sei qui?»

Scuoto la testa, tremante. Mi guardo intorno e scopro di non essere più nel sotterraneo. Sono nella capanna. Non so come sono salito fino a qui. Forse l'uomo mi ha drogato e mi ha portato su. Ma non si fida di me, perché per tutti ora io sono il più grande pericolo della loro vita. Sono seduto a terra e ho le gambe libere, ma le mie braccia sono legate al pavimento. Pesanti anelli di ferro passano nei miei polsi e mi stringono a due massicci ceppi di legno. Torno pienamente in me e mi divincolo. Le braccia mi fanno male. Quell'uomo me le ha piegate all'indietro, ossa e muscoli tirano. Posso solo stare fermo, provo meno dolore.

«Sai perché sei qui, Michel?»

Guardo in faccia l'uomo e un brivido mi corre giù per la schiena.

Ora capisco. È Watamba, lo stregone del villaggio. Porta una maschera di leopardo, la sua voce è artefatta e per questo non l'ho riconosciuto quando mi ha dato da mangiare. Osservo meglio la maschera. Sembra viva. Gli occhi dello stregone mi fissano incandescenti. E quando avvicina il volto al mio per soffiarmi le sue domande sulla faccia, sento il puzzo dell'animale della foresta che ha appena divorato la preda. Ho visto lo stregone solo un'altra volta ed è un ricordo che cerco sempre di cancellare dalla testa. Lui non vuole avere a che fare con la gente del villaggio. Viene solo se lo cercano. E non vuole avere niente a che fare con i bambini. Mi afferra il mento e mi costringe a guardarlo.

«No... Non so perché sono qui...»

«Tu hai ucciso tuo padre!»

Quella voce soffocata mi fa paura. Mi rannicchio su me stesso per allontanarmi da lui. Le lacrime tornano a inondarmi gli occhi ma riesco a farfugliare qualcosa.

«No! Io non ho ucciso nessuno...»

Lo stregone mi volta le spalle e si avvicina all'altro lato della capanna. È notte e lo vedo muoversi alla luce smorta di un lumino. È un uomo alto ed è nudo. Porta solo un gonnellino di foglie e il suo corpo ossuto è coperto di incisioni e disegni. Quando torna verso di me ha una coppa in mano.

«Bevi!»

Mi ritraggo ancora, terrorizzato.

«Cosa vuoi darmi?»

«Bevi, ti dico!»

«Non voglio il tuo veleno.»

La voce dell'uomo è sprezzante.

«Non è veleno. È acqua. Soltanto semplice e buona acqua...»

Accosto il naso alla coppa. Il liquido che la riempie non ha odore. Vedo che è chiaro e trasparente. Affondo le labbra e bevo. È davvero acqua ed è buona. Non posso muovere le mani, ma il vecchio tiene la coppa mentre spingo dentro la faccia. Bevo tutta l'acqua, con avidità. Bevo come un selvaggio, tanto che la sento scorrere sulle mie guance e sul mio collo.

«Ne vuoi ancora?»

«Sì.»

Lo stregone prende dell'altra acqua e mi porge la coppa. Bevo con più calma, fino a saziarmi, e distolgo le labbra. Ma l'uomo non si allontana.

«Basta, non ne voglio più.»

Lui insiste, mettendomi l'acqua sotto il naso.

«Bevi ancora... potresti non averne più per un pezzo.»

Quelle parole mi fanno rabbrividire. E vuoto ancora una volta la coppa. Lui si allontana e torna con dell'altra acqua. Si avvicina. Non capisco cosa abbia in mente.

«Ho detto che non ne voglio più!»

«Bevi!»

«No!»

L'uomo mi afferra il naso e mi tira indietro la testa, con violenza. Dalla bocca mi esce un gemito di dolore.

«Ti ho detto di bere!»

Sono costretto a ingoiare l'acqua. Lo stregone mi vuota in gola tutta la coppa. Io tossisco e sputo. La paura torna a impossessarsi di me.

«Basta, ti prego!»

Il vecchio è in piedi, a due passi da me.

«Ora ricordi perché sei qui, Michel?»

Scuoto la testa. Non ho ucciso mio padre. Il pensiero della sua morte mi fa impazzire. Io non c'entro, non c'entro e basta, ma questo vecchiaccio vuole addossare a me la colpa. Maledetto lui e maledetta tutta le gente del villaggio! Si sono messi d'accordo e vogliono farmela pagare. Ho paura dello stregone, ma non così tanta da non ribellarmi. Sputo con rabbia per terra, ai suoi piedi.

«Sono qui perché tu sei malvagio!»

Lo stregone non risponde.

Va a prendere dell'altra acqua e mi costringe a berla. Io mi contorco e urlo, ma non c'è niente da fare. Sono obbligato a ingoiarla. E torna due, tre volte. Io sudo, mi lamento, grido. Sento le catene incidermi i polsi e il mio corpo è tutto un dolore. Ma lui continua fino a quando non ho il ventre gonfio, tanto gonfio che mi vomito addosso. E nello schifo per quella roba finalmente lo stregone si acquieta. Sono quasi svenuto, ma lui osserva con attenzione il contenuto del mio stomaco. Poi scuote la testa, deluso. Non trova quel che cerca. Chissà cosa diavolo cerca. Mi guarda sogghignando.

«Mi farai dannare, Michel! Ma sarò io a vincere.»

«Cosa vuoi da me, Watamba? Ho solo otto anni...»

Il vecchio mi guarda da dietro la maschera.

«Il maligno si è impossessato di te e io devo cacciarlo dal tuo corpo. Oggi non è uscito, ma domani forse uscirà. E se non domani, dopo. O ancora più tardi. Non so quanto tempo ci vorrà, ma alla fine lo caccerò. Così tu guarirai e potrai tornare dalla tua famiglia.»

Guardo lo stregone tra le lacrime.

«Io non ho niente, Watamba... Io non ho niente...»

L'uomo mi accarezza la testa e parla con affetto.

«È per il tuo bene, Michel. Pensa solo questo. Lo facciamo per il tuo bene.»

È sincero. E questo mi spaventa più di ogni altra cosa. Svengo, e quando torno in me sono di nuovo al buio, nel chiuso del sotterraneo. Piango disperato, ma nessuno mi aiuta.

5

Passò molto tempo. Ogni tanto la botola si apriva e le mani ossute dello stregone calavano giù il cestino con cibo e acqua.

Watamba mi dava delle focacce di manioca, un po' di mais, delle arachidi. L'acqua ora mi spaventava, ma la bevevo perché ne avevo bisogno. Il vecchio non parlava, mi dava da mangiare e da bere in silenzio, senza ordinarmi o chiedermi niente. Io lo chiamavo, gridavo il suo nome, lo pregavo di tirarmi su, di mandarmi a casa, di lasciarmi vedere mia madre. Lo imploravo, dicevo che sarei stato buono, che non avrei più fatto male a nessuno. Ma lui, niente. Non mi rispondeva, non mi degnava nemmeno di uno sguardo. Io vedevo le sue mani, ma non la sua faccia. Lui stesso, lo stregone, badava bene a non farsi contaminare da me. Come avessi una malattia mortale. E nel buio, feci l'unica cosa possibile. Presi a parlare. Parlavo con il topolino, che accettava dalla mia mano pezzetti di focaccia. Parlavo con me stesso, rimuginando tutta quella storia. Parlavo con mia madre e i miei fratelli, immaginando di essere con loro al lavoro nella capanna o nei campi. Chiacchieravo, discutevo, mi arrabbiavo. Riuscivo perfino a ridere delle sciocchezze della mia sorellina più piccola. Poi, un giorno, chiesi a mia madre: «Mamma, dimmi la verità. Perché mi hai abbandonato allo stregone?». E lei mi rispose: «Tu non sei più mio figlio, Michel. Da quando tuo padre è morto, non sei più mio figlio!». E mi voltò le spalle.

Non era possibile. Mia madre non poteva darmi quella risposta. Non aveva mai creduto alle stupidaggini che giravano per il villaggio. Era stata l'unica a non crederci, a difendermi in ogni circostanza, a volermi sempre bene. E ora mi dava quella risposta. Se lei diceva così, io stavo impazzendo. Quella risposta di mia madre era la prova che là sotto diventavo matto. «Watamba! Watambaaaa! Watambaaaaaaa!» Gridavo a più non posso, ma nessuno mi rispondeva. Forse ero davvero impazzito. Forse non sarei mai uscito vivo dalla capanna dello stregone.

6

«Dimmelo, Michel...»

La voce bassa e tranquilla dello stregone mi angoscia. Quest'uomo è pronto a tutto.

«Dirti... dirti cosa?»

«Dimmi quando il demonio si è impossessato del tuo corpo e della tua mente.»

Mi sento svenire. Sono di nuovo legato ai ceppi, sul duro pavimento della capanna. L'uomo della magia armeggia nella semioscurità, vicino al fuoco. Sento un orrendo sfrigolare, mentre una spira di fumo si alza lentamente verso l'alto. Parlo con voce incerta. Non so cosa sta per succedermi.

«Io non ho nulla, Watamba... nessun demonio...»

Si gira verso di me. Il cuore mi balza in petto. Ha in mano un ferro incandescente. Si avvicina senza parlare e si inginocchia accanto a me. Piagnucolo terrorizzato.

«Stregone, ti prego! Non farlo...»

Lui non risponde. Lentamente passa il ferro davanti ai miei occhi, accanto alle mia guance, vicino alla mia fronte. Sento il suo calore sulla pelle e non ci vedo più dalla paura. Strappo con tutte le forze le catene, ma non serve a niente. Non mi libero. Sanguino dai polsi È tutto quello che ottengo.

«Parla! E non ti farò niente...»

«Non posso dirti niente! Non ho niente da dirti!» gli grido in faccia.

Lui si muove veloce e tocca con il ferro la pianta del mio piede. Sento una punta acuminata penetrare nella mia carne.

«Nooooo!»

Urlo come un pazzo, mi contorco, piango.

«Dimmi quando il demonio è entrato in te!»

«Mai! Non è mai successo!»

La mano del vecchio sale lungo il mio corpo. Il ferro brucia la pelle della mia coscia. Grido di nuovo. Il dolore è insopportabile. Mi mordo le labbra fino a farne uscire un fiotto di sangue. Mugolo qualcosa e Watamba avvicina l'orecchio alle mie labbra.

«Che cosa dici?»

«Lasciami in pace! Io non so niente di demoni...»

L'uomo scuote la testa. I tratti della maschera di leopardo guizzano davanti ai miei occhi. Non ho più la forza di vedere quel che fa. Ma lo sento. All'improvviso, un dolore lancinante mi colpisce al petto. Lo stregone mi ha ficcato il ferro contro una costola. Non ce la faccio più. Voglio morire. Ho solo otto anni. Non posso sopportare tutto questo.

«Basta, basta! Parlerò...»

Watamba getta il ferro in un angolo.

«Ti ascolto.»

Parlo tra le lacrime, a scatti, mentre vedo le piaghe da calore aprirsi una dopo l'altra nel mio corpo come fiori in sboccio.

«È stato quando avevo sei anni... Un giorno ero solo nella foresta e ho sentito... Ho sentito una voce che mi chiamava per nome...»

Mi interrompo, sono esausto, mi mancano le forze. Sto per svenire.

Lo stregone mi torce il braccio.

«Non andartene adesso, Michel! Cosa ti ha detto quella voce?»

«Mi ha detto di obbedirle. Mi ha detto che se le obbedivo mi dava un grande potere sulla gente del villaggio... Mi ha detto che potevo diventare il nuovo stregone...»

Watamba ascolta quello che dico. Aspetta, ma io non aggiungo altro. La mia confessione è completa. Taccio e poggio la testa per terra. Chiudo gli occhi. Li riapro e guardo quell'uomo. Vedo che riflette. I suoi occhi scintillano dietro la maschera. Non abbasso lo sguardo, se voglio vivere devo guardarlo in faccia. Poi si muove. Forse il mio sguardo mi ha salvato. No, mi ha condannato. Lo stregone prende nuovamente il ferro e lo affonda nei carboni ardenti. Poi si avvicina ancora a me. E io grido.

«Ho parlato! Ti ho detto quello che volevi sapere! Cosa vuoi ancora?»

L'uomo punta con il ferro sul mio braccio. Mi marchia poco sopra il gomito. Urlo dal dolore.

«È vero quello che mi hai detto?»

«Sì! Sì, è vero! Te lo giuro!»

«Sei sicuro?»

Il ferro tocca il mio collo. Il calore si impossessa di tutto il mio torace e della testa. Il dolore diventa insopportabile. Grido tra gli spasimi.

«È vero o no?»

Il metallo rovente si avvicina ai miei occhi.

«No! Non è vero!»

«Hai mentito?»

«Sì! Ho mentito!»

Watamba si ritrae. Il ferro scompare dalle sue mani.

«Perché dici le bugie, Michel?»

«Non voglio che tu mi torturi...»

Lo stregone scuote la testa.

«Chi è innocente non dice le bugie, piccolo farabutto. Le tue bugie ti condannano, Michel.»

«Cosa vuoi dire?»

«Ho paura che dovremo continuare. E ti piegherai. Oh sì, ti piegherai. Perché il bene è più forte del male. E tu capirai che tutto questo è per il tuo bene...»

Piango in silenzio. Voglio sparire dal mondo. Non mi importa più nulla. Spero di morire. Così tutto finirà. Ma lo stregone mi ributta nel sotterraneo. Lui non vuole che io muoia. Lui vuole che io viva. Deciderà lui se e quando devo morire. Lui è il mio signore. Lui è il padrone della mia vita.

7

Le ferite mi facevano male. La mia carne bruciava e l'odore che il mio corpo mandava era quello dell'animale della foresta braccato e sul punto di cadere in trappola. Ma passavano i giorni e le notti e anche il tempo della disperazione ebbe termine.

Un giorno sprecai l'acqua che lo stregone mi dava da bere. Me la versai sulla testa, me la passai sulle braccia, sulle parti intime, sulle gambe. Bagnavo la mano, stando attento a non buttarne, e passavo la mano sulla pelle, come fanno i gatti. Mi sarei tenuto la sete, per quel giorno, ma volevo pulirmi. Perché mia madre mi aveva sempre insegnato che un bambino pulito è un bambino degno di rispetto. E volevo sentirmi vivo, capace di fare qualcosa, capace di prendere una decisione. Non c'erano specchi e non potevo guardarmi. Con me non c'era nessuno a notare tutta quella cura per la mia persona. Ma era una cura ben riposta, perché mi faceva sentire meglio e mi aiutava a passare il tempo.

Da qualche giorno il mio amico topolino non veniva più a trovarmi. Forse neanche lui se la passava tanto bene. Cominciai così a contare, e scoprii che sapevo contare solo fino a un milione. In questo modo passò, credo, una buona mezza giornata. Poi presi a cantare, ma solo quando non sentivo i passi sopra la mia testa. Quando c'era lo stregone nella capanna non cantavo, perché non volevo dividere niente con quell'uomo cattivo. Cantavo a squarciagola, con gli occhi aperti, rivolto al buio, tutte le nenie e le canzoni che mia madre mi aveva insegnato da piccolo e poi quelle che la sentivo intonare insieme alle altre donne del villaggio, mentre eravamo al lavoro nei campi. Scoprii di ricordare tutte le parole, anche se non avevo mai fatto sforzi per mandarle a memoria. Smettevo solo quando non avevo più voce o quando le lacrime mi spezzavano il fiato: perché cantare quelle canzoni mi ricordava mia madre e ricordare mia madre mi faceva piangere. Mi chiedevo dove fosse e speravo ostinatamente che venisse a salvarmi. Però il tempo passava e dovevo arrendermi all'evidenza. Mia madre non era lì per me. Allora mi forzavo a credere che la obbligassero a starmi lontana. Lei certamente voleva aiutarmi, ma non poteva. Gli uomini e le donne del villaggio la costringevano a stare nella sua capanna a passare il lutto. Senza marito, senza figlio maggiore. Queste erano le leggi della nostra gente. Tutti facevano finta che io non esistessi. Ne ero sicuro. E così andavano avanti. Le mie sorelle, i miei fratelli, i parenti, gli amici. Nel mondo di sopra il destino di un bambino di otto anni chiuso nel mondo di sotto non interessava a nessuno. Io non ero tra loro, non mi vedevano, mi avevano cancellato. Non ero più un problema. Questo pensiero mi angosciava e mi faceva molto male. Allora smettevo di pensare. Avevo contato, avevo cantato. Iniziavo a recitare le favole che conoscevo. Erano tante, erano le favole che il capo Oziadambra ci raccontava la sera attorno al fuoco. Parlavano della natura minacciosa, della foresta buia, delle belve feroci che l'abitavano pronte a saltare sulla preda, del caldo terribile della stagione secca e della pioggia incessante della stagione umida. Parlavano di uomini e donne del nostro popolo. Uomini e donne che non conoscevamo, naturalmente, gente di villaggi immaginari. Anche se, quando il capo raccontava, sembrava sempre che stesse parlando di noi. E quando finii anche le favole, stetti zitto. Stetti zitto a lungo, con gli occhi sempre spalancati a fissare il buio, fino a quando sentii freddo, molto freddo. Avevo la febbre. La fatica, la sofferenza, la paura mi fecero ammalare.

Prima ero un bambino forte di otto anni. Adesso ero il più debole dei bambini. Se nessuno mi avesse curato mi sarei lasciato morire. Ed era giusto così. Di me non importava niente a nessuno. Perché dovevo vivere?

8

«Manda giù!»

Watamba mi aveva lasciato senz'acqua per molto tempo e affogai le labbra nella coppa senza fare domande. La vuotai avidamente e poi guardai lo stregone. Avevo paura.

«Non temere, Michel. Non te ne darò altra.»

Non parlai, aspettando che accadesse qualcosa. Gli incontri con quell'uomo avevano sempre uno scopo preciso. Non era possibile che volesse solo vedermi in faccia.

Passarono i minuti e non successe niente. Watamba sembrava disinteressarsi a me. Era giorno e vedevo chiaramente cosa faceva. Si sedette su una stuoia, a gambe incrociate. Prese dei sassolini bianchi, li agitò dentro una mano e li gettò a terra. Si chinò per osservarli e meditò a lungo sulla loro disposizione. Io avevo sentito parlare delle sue pratiche magiche ma non sapevo cosa Watamba vedesse nelle pietre. Temevo solo che la sua magia riguardasse me. Lo stregone mugugnò qualcosa, imprecò e tirò su i sassolini. Mi diede un'occhiata distratta. Ero legato ai ceppi e potevo a malapena muovermi: «Slegami! Liberami dalla catena. Ti prometto che non fuggirò...». «Le tue promesse non valgono niente» replicò secco, voltandosi di nuovo ai suoi affari. E ancora scosse i sassolini nella mano e li buttò a terra. Questa volta il lancio lo soddisfò. Borbottò e quasi rise. Poi mi rivolse uno sguardo indagatore. Lo fissai con astio: «Cosa vuoi, vecchio? Non sei contento delle torture che mi hai dato finora?». Scossi la catena, nella rabbia. E proprio in quel momento sentii un nodo potente stringermi lo stomaco. Subito dopo il sudore mi inondò la fronte. Watamba mi stava ancora guardando e schioccò la lingua: «Sei più resistente di quanto pensassi. Ma il veleno che ti ho messo nell'acqua è più potente persino del demone che abita nel tuo corpo!».

Volevo rispondergli e maledirlo, ma non trovai la forza. La mano di un gigante afferrava le mie viscere e le torceva, strappandole da me. Presto non solo lo stomaco, ma anche il cuore e i polmoni finirono nella sua terribile stretta. Le tempie mi pulsavano all'impazzata, il respiro si era spezzato. Ingoiavo l'aria freneticamente ma non andava giù per la gola. Soffocavo e più spalancavo la bocca, più sentivo il petto asciugarsi. Fino a quando, dopo un'eternità, quando era cresciuto fino a diventare intollerabile, tutto quel terribile dolore terminò in un colpo e io crollai esausto sul pavimento. Respirai affannosamente, riprendendo forza, ma capii presto che la tortura non era finita. I muscoli delle gambe e delle braccia cominciarono a dolermi, come punti da mille aghi. Si infiammarono e divennero caldissimi, si gelarono e divennero freddissimi. Dopo un po' non li sentii più. Non riuscivo a muovere piedi e mani. Anzi, non riuscivo a muovermi per niente. Ero come paralizzato. Solo il volto era libero. Guardai terrorizzato lo stregone, che mi osservava come io osservavo le lucertole cui tagliavo la coda. E lacrime copiose e calde presero a scendermi dagli occhi. Ogni giorno un supplizio diverso. Non sarebbe più finito tutto questo?

9

La botola si aprì e la debole luce della sera rischiarò appena il buio del mio sotterraneo. Una mano si tese verso il basso e io mi appesi a quel braccio. Emersi nella capanna e vidi che lo stregone non era solo. Vicino a lui c'erano il capo Oziadambra e altri due uomini del villaggio, tra i più importanti. Le loro facce erano scure e subito temetti il peggio. Pensai che la mia vita fosse al termine. Mi guardai disperatamente attorno. Cercavo in ogni angolo. Speravo che avessero permesso a mia madre di venire, di salutarmi prima che io morissi. Era una speranza davvero stupida. Mia madre non c'era. Riportai allora gli occhi su quegli uomini. Avevano gli sguardi cattivi e sembravano pronti a balzarmi addosso. Sapevo di essere in condizioni terribili, sporco e puzzolente. Ma non vidi sui loro volti un solo accenno di compassione.

«Siediti, Michel.»

Obbedii all'ordine del capo e mi sedetti in un angolo della capanna.

Anche Oziadambra si sedette, imitato dai due uomini, mentre lo stregone se ne stava in disparte, sempre immerso nei suoi pensieri. Ora il vecchio si comportava come se avesse svolto il suo compito e la questione non lo riguardasse più.

«Abbiamo seppellito tuo padre una settimana fa.»

Una settimana! Dunque era questo il tempo della mia reclusione. Mi avevano tenuto prigioniero una settimana! A me erano sembrati mesi.

«Mi hai sentito, Michel? Ti parlo della morte di tuo padre!»

«Io con la morte di mio padre non c'entro nulla!»

Nella mia voce c'era tanta durezza che quegli uomini sussultarono. Il capo levò la mano per colpirmi. Poi si calmò e abbassò il braccio. Picchiarmi non sarebbe servito a niente.

«Non senti pietà per quello che gli è successo?»

Ripensai al tradimento di mio padre. Era stato lui, con la sua stupidità e creduloneria, a causarmi tutte quelle sofferenze. Ma era mio padre ed era morto. Risposi con disprezzo, ma la mia voce si spezzò.

«No! Non provo... Non provo per lui alcuna pietà...»

Oziadambra mi fissò ostile.

«Tu sei il bambino più cattivo che abbia mai conosciuto.»

«Io non sono più un bambino.»

Mi riferivo all'iniziazione. Ero stato iniziato, ero un adulto. Ma lui capì a modo suo.

«Hai ragione, non sei più un bambino. Chi è posseduto dal demonio non è bambino o adulto. È una belva pericolosa per sé e per il villaggio.»

Rabbrividii, perché capii che stavamo arrivando alla resa dei conti. Il capo parlò con solennità.

«Io e tutti gli uomini del villaggio abbiamo preso su di te una decisione.»

Tacqui, aspettando di conoscere il mio destino. E pensai che ero troppo piccolo per morire. Meritavo di più. Nella mia vita c'era stato molto dolore. E poca gioia, intensa e legata soprattutto all'amore di mia madre. In quel momento, mentre Oziadambra si preparava a emettere il suo verdetto, pensai a lei. E la pregai disperatamente di aiutarmi. Era la sola che potesse salvarmi.

L'AMORE
DI MIA MADRE

1

I primi anni della mia vita sono stati gli anni della vita con mia madre. Mia madre si chiama Jeanne ed è ancora oggi una donna forte e buona. Io sono stato il suo primogenito e dopo di me ha avuto molti bambini, senza mai soffrire per il parto. Uno solo di questi bambini è morto, due giorni dopo la nascita. Si chiamava François. Hanno chiamato il sacerdote per il battesimo, ma è arrivato troppo tardi, e allora il battesimo l'ha fatto il capovillaggio. Quando ha chiesto che nome volevano dare al bambino, mio padre e mia madre hanno risposto «François», perché questo era il nome del papà di mio padre. Il battesimo è durato pochi minuti, appena il tempo di benedire il neonato e accoglierne l'ultimo respiro. Così, insieme al battesimo è stato fatto il funerale. E il corteo della gioia si è trasformato in breve nel corteo del dolore.

Io tutte queste cose le ho viste ma non le ricordo, perché avevo appena tre anni. Me le hanno raccontate le donne del villaggio. Non mia madre, che è troppo modesta, ma le altre donne, per dirmi che Jeanne è comunque forte e non si lascia abbattere dalle disgrazie, ed era sempre pronta ad offrire il ventre al suo uomo perché lo fecondasse. Cinque figli: ecco il risultato della semina.

Io sono stato il primo. Desiderato e amato da subito, orgoglio dei miei genitori, che vedevano in me un segno di salute, la promessa di ricchezza e benessere per la famiglia e per il villaggio, e soprattutto la garanzia che la nostra gente avrà un futuro. Quanto mi hanno voluto mio padre e mia madre! E quante volte me l'hanno ricordato negli anni. Tutto mi è stato perdonato quando ero piccolo, tutto mi è stato insegnato. Ogni cosa era nuova per me, ma ogni cosa era nuova anche per i miei genitori. Io ho imparato a fare il figlio da loro e loro hanno imparato a fare il padre e la madre da me. Non avevo certo un carattere facile, ma per lungo tempo ogni mio capriccio è stato accolto con un sorriso. E le carezze non mi sono mai mancate. Specie da mia madre perché, lo ripeto, i primi anni di vita sono stati anni di vita piena e luminosa con lei. Lei mi ha raccontato tutto, molte volte. Io non sapevo niente. Io non sapevo nemmeno come si viene al mondo nella terra in cui sono nato.

2

Ecco il racconto della mia nascita e dei miei primi giorni, così come l'ho sentito da mia madre.

«La *maman* mi asciugava il sudore sulla fronte e mi diceva continuamente "Forza, figlia mia!". E io spingevo, stringendole la mano sempre più forte. Sentivo un dolore enorme, incredibile, ma sentivo ancora di più paura, perché non l'avevo mai fatto e non sapevo com'era. Mia madre me l'aveva detto, la madre di mia madre me l'aveva ripetuto. E tutte e due parlavano sorridendo. Non parlavano di un pericolo scampato. Parlavano di una cosa bella, come se il ricordo del loro dolore e della loro paura fosse stato cancellato. Era strano, era scomparso dalla loro memoria. E mentre spingevo per farti uscire dal mio corpo mi chiedevo come potessero aver dimenticato quel dolore e quella paura. Ora lo so. Li ho dimenticati anch'io. Ogni volta tornano. Sono tornati quando ho dato al mondo i tuoi fratelli e le tue sorelle, ma poi scompaiono di nuovo. Io li dimentico... Anche se allora non sapevo che sarebbe andata così. Anche la *maman* me lo ripeteva di continuo: "Non preoccuparti", diceva, "ce la facciamo tutte, perché lo vuole la natura. Anche tu genererai una vita". Ed è stato così. Il mio corpo si è teso come una molla, ho gridato, ho sbuffato, ho stretto i denti. Il dolore non mi dava più pace. Era così forte che non riuscivo nemmeno a pensare. Poi ho sentito il ventre squarciarsi, aprirsi finalmente nel parto. E ho urlato. Ho urlato come una selvaggia nel momento in cui la tua testa è spuntata tra le mie gambe. Sei venuto fuori e la *maman* ti ha liberato dal cordone ombelicale. Ti ha preso tra le braccia, mentre io chiudevo gli occhi. Ero sfinita ma felice. Felice perché non c'era più sofferenza, ma solo futuro. Tu eri il futuro, tu quel giorno ti sei congiunto al mondo e hai iniziato una nuova storia. In quel momento ho capito perché mia madre e sua madre dimenticavano presto il dolore e la paura. Sapevano di aver svolto il loro compito. Si sentivano libere. E ti ho preso subito tra le braccia. Era un miracolo, non ci volevo credere, io ero stata capace di mettere un uomo al mondo. Queste sono cose che fa solo Dio. Così ho promesso a me stessa che non mi sarei mai più staccata da te.

Il resto è stato molto facile e anche molto bello. Nel villaggio nessuno ti abbandona nei momenti difficili. Questo ricordalo sempre. Se un giorno te ne vorrai andare, se penserai che qui non c'è abbastanza per te e andrai in città, ricorda sempre almeno questo. Puoi tornare al villaggio quando vuoi, perché nella difficoltà al villaggio tutti aiutano tutti e nessuno dimentica nessuno. Immagina cosa succede nei momenti felici. Tutto diventa festa e ognuno cerca nella festa dell'altro il motivo per essere felice anche lui. Così è accaduto quella volta. Sono rimasta chiusa nella capanna del parto sei giorni, come vuole l'usanza. Dovevo proteggerti, perché quei giorni erano per te i più pericolosi. Qualsiasi cosa avrebbe potuto mettere in pericolo la tua vita. Un refolo d'aria in più, un raggio di sole troppo caldo, un rigurgito di latte dei miei seni. Tutto poteva esserti fatale in quei giorni. E io non volevo che accadesse, che capitasse del male al mio primo figlio. Ogni tanto mi passava davanti agli occhi l'immagine nera di te morto, ma io la scacciavo. Non ci volevo neanche pensare. Così sono rimasta in quella capanna per sei giorni. A sudare, cantare dalla gioia, parlare a me stessa, parlare a te. Che strillavi in continuazione e stavi zitto solo quando ti raccontavo della famiglia e del villaggio. È stato allora che ho preso a raccontarti le cose, come sto facendo adesso. Perché ho scoperto che mi capivi. Se smettevi di strillare vuol dire che mi capivi. Capivi di chi parlavo, sapevi a cosa mi riferivo. Di questo sono sempre stata sicura.

E quando è sorta l'alba del settimo giorno, la *maman* ha finalmente deciso che ogni pericolo era passato e che potevamo uscire dalla capanna del parto. Ma non sono uscita subito, perché bisognava rispettare le usanze. Così, tutti i bambini del villaggio sono entrati nella capanna e si sono messi vicino a noi. Erano maschi e femmine, di ogni età. Scherzavano, giocavano e soprattutto parlavano con te, carezzandoti. Qualcuno ha anche detto una preghiera. Fuori gli uomini hanno acceso un falò di foglie verdi e hanno spinto il fumo verso di noi. Tutti abbiamo cominciato a tossire, pure tu, e solo allora Oziadambra ci ha dato il permesso di uscire. Anche tu un giorno ripeterai questi gesti. Entrerai con tutti i bambini del villaggio nella capanna del parto e farai per qualche minuto compagnia al nuovo nato. Il fumo ti farà tossire e così avrai sofferto insieme al bambino. Perché la cerimonia significa questo: se tutti i bambini soffrono assieme quando sono piccoli e non protestano allora saranno capaci di soffrire assieme anche da grandi. E credimi, figlio mio, ci saranno moltissimi giorni in cui accoglierai l'aiuto dei tuoi compagni come un miracolo. Insomma, è andata così. Fuori dalla capanna, il capo ci ha accolti a braccia aperte e le donne hanno donato a me un vestito nuovo e a te un meraviglioso abitino da neonato. Non ho mai ricevuto regalo altrettanto bello. Poi ci hanno portati al tavolo della festa. Lì abbiamo mangiato e bevuto. Tu non ti ricordi, ma tutta la festa era per te. E tuo padre ti mangiava con gli occhi, fiero di aver aggiunto un nuovo membro al villaggio. Ci avevano separati per una settimana e giuro che in quel momento lui non sentiva e vedeva altro al mondo. Per lui esistevamo solo io e te.»

«È quel giorno che hai deciso di chiamarmi Michel?»

Mia madre faceva di sì con la testa.

«Sì, l'ho deciso quel giorno, e senza parlarne con tuo padre. Gli ho detto così: "Georges, questo bambino si chiamerà Michel". Lui non ha risposto. Tra noi *mangbetu* è l'uomo a scegliere il nome dei figli, ma io sono molto testarda. Michel era il nome di mio papà. E tuo padre sapeva che se avevo deciso così, così doveva essere. In questo modo hai preso il nome di Michel. Se avrai anche solo la metà della forza e della saggezza di mio padre, sarai un grande uomo. Non sprecare il tuo nome. Il nome è importante!»

3

Non so esattamente quando il luogo in cui abiti comincia a entrarti nella mente e nel cuore. Non so quando le prime emozioni legate alla tua terra ti formano come individuo e tu smetti di essere uno qualunque per diventare uno di questo posto o di quell'altro. La terra, l'aria, l'acqua, il fuoco, questi sono gli elementi che io ho toccato, gustato, annusato, mangiato quando ero piccolo, tanto piccolo da non sapere il mio nome. E che mi hanno trasformato in un nero della gente *mangbetu*, qui nel Congo, nel cuore dell'Africa. Cioè, nel cuore del mondo.

La terra era dappertutto. La terra intrecciata a rami formava le pareti e il tetto delle nostre capanne. Sulla terra ho corso a piedi nudi per molti anni, prima di mettere sandali sfondati che venivano dalla città e che non ho mai sopportato. La terra era sempre bella a contatto col piede, non era mai fredda o calda. Andava bene così. E fuori della capanna, fuori del villaggio, c'era molta altra terra, un'infinità di terra. A perdita d'occhio non vedevo altro. I miei compagni salivano sugli alberi per prendersi qualche frutto, per nascondersi dai genitori, per sfuggire ai leopardi che giravano nei dintorni. Io ci salivo per vedere quella distesa interminabile di terra. E gli alberi fitti che la ricoprivano. E più lontano la savana, bassa, piatta, cui il mio occhio arrivava nelle giornate più luminose. Io sono fatto di terra e solo uno come me, nato in quella parte d'Africa, può capire cosa significa.

L'aria era sopra la mia testa. Io navigavo tra la terra e l'aria e mi sentivo libero. L'aria cambiava colore spesso. Dipendeva dalla luce, dalle nuvole, dai capricci del tempo. L'aria poteva essere leggera o carica di tensione, pura o sporca, calda o fredda. E io la respiravo sempre a pieni polmoni. Fin dal primo giorno, da quando con mia madre uscii dalla capanna del parto. Lei dice ancora oggi che non dimenticherà mai il mio strillo, quel giorno, al primo contatto con l'aria della foresta.

L'acqua non finiva mai di saziarmi. L'acqua era sempre pulita, mai sporca, e ci potevamo specchiare dentro. È stato così che mi sono visto per la prima volta. Questo lo ricordo bene. Ero sceso al fiume con mia madre per riempire una tanica di plastica. Una grossa tanica che lei poi si legava alla schiena con un largo triangolo di panno, sperando che diventasse più leggera. E mentre la mano di mia madre affondava la tanica nel fiume, io mi sporgevo dalla riva. L'avevo fatto già altre volte, senza capire. Solo quel mattino mi accorsi che avevo davanti me stesso. Compresi di essere uno, e di essere diverso da tutti gli altri. La mia faccia non era come me la aspettavo. Ma lo smarrimento durò poco. Mi osservai con attenzione e fui subito fiero del mio naso diritto, delle mie labbra piene, dei miei occhi ben distanti l'uno dall'altro. Avvicinai il volto all'acqua e notai la massa di riccioli neri che crescevano disordinati sulla mia testa. Li toccai e vidi nell'acqua la mano che li toccava. Li tirai, perché non mi piacevano, e sentii la mia voce gridare «Ahi!». Poi cercai di stirarli, ma non ci riuscii. Quando la tanica fu piena, mia madre mi chiamò e io dimenticai subito quell'episodio. Ma si nascose soltanto, in un angolo della memoria. E tornò a galla molto più tardi, quando meno ci pensavo. Davanti a un altro specchio, non più al villaggio, in città. Lontano da casa mia e dalla mia famiglia. Ed è qualcosa su cui ritornerò.

Il fuoco non era dappertutto come la terra, non mi sovrastava come l'aria, non lo potevo bere come l'acqua. Ma era egualmente indispensabile alla mia vita. Il fuoco cuoceva il nostro cibo. Senza il fuoco non avrei avuto le frittelle di manioca e avrei divorato a brani la carne che veniva dalla foresta. Il fuoco scaldava le notti umide della stagione delle piogge. E attorno al fuoco crescevamo. Ogni sera, raccolti in circolo attorno alla fiamma, per tutta la nostra infanzia abbiamo ascoltato i racconti di Oziadambra, il capo del villaggio. Ci parlava degli antichi fondatori del regno *mangbetu*, dei litigi tra fratelli che volevano occupare il trono e della divisione finale in tanti clan. Per questo oggi i *mangbetu* non sono uniti e gli altri popoli del Congo possono approfittare di noi. Quei racconti sono stati la nostra prima scuola. Per merito del fuoco. Ma io oggi il fuoco lo odio. Non è più mio amico e se lo vedo fuggo. Il fuoco ha fatto di me un maledetto. Qualche volta, per sfidarlo e vedere chi è più forte, ho pensato di buttarmici dentro. Poi ho avuto paura, e non temo di confessarlo. Ancora oggi so che il fuoco è l'unico ad avermi sconfitto. Questo pensiero mi fa impazzire. Ma non è detta l'ultima parola. Si vedrà alla fine chi ha la scorza più dura. Intanto lui è lì. Il fuoco continua a illuminare le notti del mio villaggio. Io non ci sono più, ma dopo di me sono venuti altri bambini e dopo Oziadambra altri capi. Il fuoco, che è il più paziente di tutti, ascolta infiniti racconti.

Non ricordo quando la terra, l'aria, l'acqua e il fuoco mi sono entrati dentro. Ma sono certo che in quei momenti mia madre era con me. Lei c'è sempre stata, in quegli anni. Prendendomi per mano in tutte queste esperienze. E legandomi a sé per tutta la vita. Anche oggi è l'unica che davvero mi manca. È viva, ma non è con me. Ed è giusto così.

4

Mia madre mi ha insegnato a pescare.

«Adesso che l'acqua è più bassa. Adesso è il momento giusto.»

Questo mi dice una mattina. Io sgambetto dietro di lei e capisco le sue parole. Prima le sentivo ma non le capivo. Ora le capisco. So di non essere più così piccolo. Ho quattro anni e fatico a tenerle dietro. Il suo passo è veloce, pieno di forza nonostante porti al collo Gerard, il mio nuovo fratellino.

«Quando avremo pescato a sufficienza, torneremo al villaggio e cucineremo per tutti. Hai preso il sacco?»

Ma io non rispondo.

Sono stanco e mi sono seduto su una grossa pietra. Lei è andata avanti un po' e si è accorta solo ora di essere sola. La sento chiamarmi. La sua voce non è ansiosa. Sa che mi piace nascondermi al suo sguardo nella foresta. E qualche volta gioca a nascondino con me. Ma non questa mattina. Anche lei sa che non sono più così piccolo e vuole che mi comporti da grande. Come un bambino di quattro anni che ha delle responsabilità. Non torna indietro lungo il sentiero. Mi chiama di nuovo. Due, tre volte, e nella sua voce sale l'irritazione.

Mia madre sta perdendo la pazienza. Non mi conviene sfidarla. Sollevo il grosso sacco, che è ancora vuoto e leggero, e corro da lei. Anzi, la supero di corsa. Per impedirle di darmi una sculacciata e perché so che il torrente è vicino. Tocco le acque e mi ci butto dentro. Mia madre sorride e mi segue felice. Immerge le gambe nel torrente fino ai polpacci e con le mani sguazza nel liquido cristallino. Prova a spruzzarmi ma io sono più veloce e mi metto fuori tiro.

«È questo il posto?»

«No, andiamo più su. Risaliamo ancora la corrente.»

Mia madre si ferma poco più a monte, dove il torrente forma uno stretto gomito e l'acqua quasi ristagna, prima di correre velocemente a valle. Questo è il punto giusto.

«Hai capito bene cosa devi fare?»

D'improvviso non sono più tanto sicuro di me. È la prima volta che mi porta a pescare e ieri e l'altro ieri mi ha ripetuto mille volte come si fa. Io ho sempre ascoltato, concentrandomi sulle sue parole, fissando la sua bocca per bere dalle sue labbra la verità. E ho imparato le parole, ho assimilato la verità. Ma mettere in pratica quelle cose è un'altra faccenda. E io mi sento di nuovo piccolo, più piccolo dei miei quattro anni. Ma non dico niente e faccio solo di sì con la testa, con forza, come se neanche il minimo dubbio mi sfiorasse. Dentro di me decido che basta imitare i suoi gesti, e tutto andrà bene. Mi attacco a lei e non perdo una mossa.

«Cerca i sassi giusti. Non devono essere molto grandi, ma nemmeno molto piccoli.»

Dalla riva e dal fondo del torrente raccogliamo pietre di ogni tipo, quadrate e tonde, lisce e rugose, lunghe e strette o piccole e grosse, e le poggiamo una sull'altra, per costruire un'argine dove il torrente fa la sua ansa. Infiliamo tra le pietre manciate di terra per cementarle e il nostro argine cresce. Cresce in altezza fino a superare il livello dell'acqua. Mia madre è più veloce di me. E più brava. Si vede che anche lei ha imparato questo lavoro da piccola e poi l'ha fatto migliaia di volte. La sua diga non cede mai. La mia invece crolla tre volte e ogni volta lei mi aiuta a ricostruirla. Forse poggio male i sassi, forse non uso abbastanza terra per tenerli insieme. Ma so che imparerò perché poi questo lavoro toccherà a me. Mia madre starà al villaggio e io verrò al fiume. E insegnerò come si fa a un fratello più piccolo. Magari a Gerard, che adesso dorme e pesa tanto da costringere la mamma ad alzarsi e inarcare la schiena con un grande sospiro. In quei momenti mi guarda con occhi stanchi e io capisco che anche le madri invecchiano. Ma è solo un attimo. Subito il suo volto torna giovane e l'energia fluisce abbondante dal suo corpo. Oggi lavora per sé e per me. Oggi lavora per tutta la famiglia.

«Siamo stati bravi,» afferma orgogliosa quando la diga è finita «ora dobbiamo solo aspettare.»

L'acqua si infila nei piccoli interstizi tra i sassi e scende lentamente di livello. Non passa molto e il pesce comincia a dibattersi. A causa della diga non può nuotare verso la salvezza. Vede la fine avvicinarsi in quella stretta ansa: noi dovremo solo raccoglierlo. Gli ultimi colpi di coda sono uno spettacolo terribile. Dopo un po' non ci sono più spruzzi, non si muove più niente. Il gomito del torrente è vuoto d'acqua e pieno di pesce. Tutto per noi.

«Tocca a te, Michel.»

Mi alzo con il sacco e comincio a buttarci dentro i pesci. Uno, due, tre, dieci, venti, trenta. Non mi fermo, finché capisco che il sacco pesa più di me. Cerco di sollevarlo ma non ce la faccio. Provo di nuovo e tiro e strappo con tutte le mie forze. L'unico risultato è che finisco con il sedere nel torrente. Guardo mia madre disperato, ma lei ride. Ride di cuore e non riesce a fermarsi.

«Mamma, perché ridi?»

«Sei troppo buffo... Michel, sei troppo buffo a mollo in mezzo al pesce!»

Mia madre mi prende in giro e sto per mettermi a piangere. Poi mi guardo. Ha ragione lei: affondo nel pesce fino al collo e chissà che puzza mi porterò addosso fino al villaggio. Vorrei piangere, ma non ci riesco. E la risata di mia madre è contagiosa. Rido anch'io. Piano all'inizio, perché non voglio dargliela vinta. Poi forte perché non mi vergogno affatto. E quando smette di ridere, lei mi guarda.

«Vogliamo lasciare qui tutto questo ben di dio?»

«No» rispondo deciso.

«Allora tiriamo su quel che possiamo. E torniamo a casa.»

Ora abbiamo pesce per un paio di giorni.

La prima pesca con mia madre è andata bene.

5

Mia madre mi ha insegnato anche a dare una mano nelle faccende di casa. E non me ne sono mai vergognato. Tutti i bambini, finché restano sotto le ali della mamma, vogliono dare una mano. Solo più tardi, quando sono grandi, dicono che loro con la casa non c'entrano niente. Si sentono uomini, sono cambiati, e non vogliono essere confusi con le donne. Anche per me è stato così, ma allora ero molto piccolo e io desideravo aiutare mia madre. Facevo tutto quello che mi chiedeva, non mi tiravo mai indietro. Come il giorno di cui sto per raccontare adesso.

Una mattina presto, mia sorella Christine preparava la farina di manioca. Con una pietra tonda e pesante batteva la radice della pianta su una pietra larga e liscia. La batteva con regolarità, senza fretta, sapendo che la pietra avrebbe alla fine vinto la radice. E fu ciò che avvenne. La radice dopo un po' si aprì, sfibrandosi e fran tumandosi. Christine continuò a battere e anche i lunghi filamenti della manioca scomparvero, diventando polvere. In capo a due ore, tutta la radice si era trasformata in farina. Io la raccolsi in un vaso e quando la vidi mi sembrò tanta da bastare per un mese, ma sbagliavo.

«Oggi torna tuo padre,» rivelò mia madre eccitata a me e mia sorella «e per l'occasione viene a mangiare da noi il capo del villaggio. Preparerò un grande dolce per tutti.»

A quella notizia sollevai la testa.

«Davvero torna papà?»

«Sicuro. Sarà qua per metà giornata e noi dobbiamo essere pronti. Cerca la legna per cucinare e prendi l'acqua, Michel. Vai e torna presto!»

Mi sbrigai e raccolsi nei dintorni del villaggio tutta la legna che trovai. Poi scesi al torrente per prendere l'acqua. E feci queste cose senza rifletterci perché la mia mente era completamente occupata dal pensiero di mio padre. Era via da quasi due mesi, durante i quali ci avevano portato sue notizie gli altri uomini del villaggio, che andavano e tornavano da Kisangani. E non vedevo l'ora che rientrasse. Ogni anno, nel periodo della semina, lui saltava sulla sua bicicletta dopo averla caricata di olio di palma. E partiva per la grande città. Lì vendeva il suo olio e con quell'affare tiravamo avanti per molti mesi. A volte riusciva a ottenere un buon prezzo, guadagnando bene. Altre volte doveva accontentarsi di un margine molto scarso. Ma vendere l'olio era essenziale. Era forse il bene più prezioso e ricercato che noi della foresta potevamo offrire a quelli della città. E poi era mio padre e affare o non affare fremevo dalla voglia di corrergli incontro.

Così quasi non ascoltai quel che diceva mia madre e non vidi i suoi gesti. Le mani che impastavano lungamente la farina, l'impasto che prendeva una forma bassa e piena, l'aggiunta di spezie e un pizzico di preziosissimo zucchero, la torta che cuoceva sulla pietra rovente, rivoltata cento volte perché non bruciasse. E la torta pronta, che veniva tirata via dalla pietra. Mia madre non la assaggiò, e non so come sapesse che era cotta. Ma lo era, perché poi mio padre si emozionò a sentire di nuovo quel gusto familiare. La torta era cotta a puntino: «Buonissima!», continuava a ripetere.

Quel giorno, seduto accanto al capo Oziadambra, mio padre ci raccontò dei palazzi di Kisangani e della gente ricca e buona che viveva in città. Degli affari che si potevano fare laggiù e degli incontri nelle strade della città. Ci raccontò soprattutto del Congo, la nostra patria, perché per arrivare a Kisangani noi dal villaggio dovevamo attraversarne un bel pezzo. E tutta l'allegria e la gioia di quel giorno venivano anche dal dolce preparato da mia sorella e da mia madre, dalla legna che avevo raccolto e dall'acqua che avevo preso al fiume. Se la mia famiglia era felice, il merito era anche mio. Per questo non mi sono mai rifiutato, anche molto tempo dopo, di dare una mano alla mamma in casa. Ogni volta che aveva bisogno, io ero lì.

6

Seminare i frutti della terra è l'ultima cosa che mia madre mi ha insegnato. Gli uomini sceglievano un pezzo di terra e lo dissodavano. Rivoltavano la terra tagliandone le piante, cacciandone le radici, ripulendola dai sassi. Si spaccavano la schiena per trasformare un pezzo di foresta in campo da coltivare. E usavano il fuoco per annientare ciò che ancora resisteva loro. Poi cedevano il passo alle donne. Le donne uscivano in processione al mattino presto dal villaggio, la zappa in spalla, un piccolo sacco con le sementi a tracolla, cantando e guardando il sole levarsi all'orizzonte. Quando il sole era già alto sulle creste degli alberi, arrivavano al campo, ogni anno diverso, ogni anno più lontano e più avaro, perché le terre migliori erano state lavorate in passato, spesso in un passato tanto lontano che neanche i vecchi lo ricordavano. E bisognava adesso accontentarsi di ciò che rimaneva. Le donne lo sapevano ma non si perdevano d'animo. A incoraggiarle c'eravamo noi, i bambini, i figli più piccoli. Fino a che rimanevamo sotto la loro protezione dovevamo aiutarle in tutto. Non solo la pesca, non solo la cucina. Anche la semina, il compito più faticoso e duro di tutti. Noi portavamo il cibo, qualche patata dolce e un po' di arachidi. E facevamo la nostra parte nel campo. Mia madre scavava una buchetta con la zappa, la allargava con il tallone, e io ci buttavo dentro un pezzetto di gambo di manioca. Per tutto l'inverno avevamo mangiato le radici e conservato i gambi. Ora i gambi servivano per il futuro raccolto. Un pezzetto in ogni buca. Presto quel pezzetto di gambo sarebbe diventato a sua volta radice e per un altro anno la manioca non sarebbe mancata alla nostra tavola. Per questo quando coprivo la buca con la terra pregavo che ogni buca desse un grande frutto. Andavamo avanti per ore, fino a che il sole era alto nel cielo e il suo calore intorpidiva i nostri pensieri e ci offuscava la vista. Solo allora smettevamo per riposarci un po'. Tutte le donne e tutti i bambini si sedevano ai margini della radura, protetti dall'ombra degli alberi, e respiravano. Mia madre iniziava a sbocconcellare una patata dolce. Poi, quando ne sentiva il buon sapore, la fame le sferzava lo stomaco e mangiava con avidità. Mia madre aveva bisogno di energie. Non stava mai ferma e c'era sempre qualcosa che la occupava. Se non era con i figli era al fiume, se non zappava cucinava. E anche quando avrebbe potuto riposarsi preferiva dare una mano: ai parenti, ai vicini, agli amici. Perciò quella patata non le bastava mai. Io però non avevo altre da offrirle. Le tendevo le arachidi e lei mi guardava sorridendo.

«Mangiale tu. Non è possibile che un bambino così piccolo non abbia fame.»

Io mangiavo e le chiedevo se potevo andare a giocare. Lei mi rispondeva di sì e io mi alzavo. Un bambino come me aveva fame ma aveva anche forze inesauribili

Così, io e gli altri eravamo capaci di giocare per un'ora intera sotto il sole, rincorrendoci e gridando, fino a che bisognava riprendere la semina. Le donne ci chiamavano e tutto ricominciava. Poi, quando l'aria da torrida si faceva tiepida, quando il cielo si riempiva del richiamo degli uccelli, che avevano passato la giornata in silenzio, quando le ombre degli alberi si allungavano sulle buche già piene, la giornata di lavoro finiva. Mia madre e le sue amiche rimettevano allora la zappa in spalla e davano a noi il sacco, vuoto e leggero. E noi fischiettando stavamo dietro a loro, pronti a catturare gli insetti che volavano bassi nella mezza luce del tramonto. Rientravamo così al villaggio, in processione come quando ne eravamo usciti, al mattino. Le schiene un po' più curve, le voci un po' più sopite. E ci disperdevamo in cento rivoli, ognuno verso una capanna diversa.

7

Mia madre era vicina a me anche quella volta.

Ci trovavamo sulla riva del fiume. Non il torrente al quale scendevamo spesso per prendere l'acqua e dove pescavamo, ma il grande fiume che scorre immerso nella foresta a un giorno di cammino dal villaggio. Mia madre mi ci aveva portato mentre mio padre era via. Il lavoro dei campi era finito e una mattina mi disse: «Devi vedere il fiume. Devi vedere quanto siamo ricchi!».

Diceva così perché per lei il fiume e gli alberi e gli animali erano la vera ricchezza del Congo. Sapevamo che da altre parti la gente possedeva il denaro. Noi denaro non ne avevamo. Ma avevamo l'acqua e la foresta ci dava tutto quello che serviva per vivere. Questa era la nostra ricchezza. Qualcosa che nessuno poteva toglierci. E che non si poteva comprare, neanche con tutti i soldi del mondo.

«Devi vedere il fiume. Senza il fiume tutto questo non esisterebbe e noi non ci saremmo.»

«Cosa vuoi dire, mamma?»

Mia madre mi rispose senza fermarsi. Eravamo partiti al buio e lei non smetteva di camminare a passo veloce, lungo il sentiero ben segnato che tagliava la giungla. Ma mi diede un'occhiata fugace, accompagnata da un sorriso.

«Questo fiume nutre la terra e ha molti bracci. Anche il nostro torrente viene da questo fiume. Le sue acque arrivano da molto lontano, da molto più lontano di quanto noi possiamo immaginare. Sono queste acque a toglierci la sete, a lavarci, a permetterci di cucinare.»

E quando lo vidi, nel pomeriggio incandescente, capii cosa voleva dire. Il fiume comparve all'improvviso davanti a noi, senza farsi annunciare. La vegetazione si aprì d'incanto e le scure acque limacciose stavano davanti ai nostri occhi. Rimasi senza fiato. Saltai su un ramo che si protendeva verso il fiume, fingendo di non sentire i richiami di mia madre, e guardai indietro. Il fiume veniva dall'orizzonte. Guardai dalla parte opposta e anche di là il fiume si confondeva con l'orizzonte. Potevo solo indovinare da dove veniva e dove andava. E anche l'altra riva era lontanissima. Nessuno, neanche il miglior nuotatore del villaggio avrebbe potuto attraversarlo a forza di braccia. L'acqua scorreva calma ma non bisognava ingannarsi. Qua e là affioravano mulinelli e sotto la superficie la corrente doveva essere fortissima. Mi voltai verso mia madre e gridai.

«Grazie, mamma! È meraviglioso!»

«Torna indietro! Potresti cadere!»

Feci finta di niente e guardai ancora il fiume.

Fu allora che vidi il primo.

Una grossa massa scura si avvicinava galleggiando proprio al mio ramo. Pensai a un coccodrillo, ma non nuotava e sembrava muoversi in maniera casuale. Poi, quando passò proprio sotto di me, lo guardai bene e diedi in un grido: «Mamma!».

«Vieni via! Michel, vieni via!»

Aveva visto anche lei e urlava terrorizzata.

Era un cadavere, il corpo gonfio d'acqua di un uomo.

Riguadagnai in fretta e furia la riva e mi nascosi dietro mia madre. Tremavo, ma tremava anche lei.

«Cos'è successo?»

Non rispose e allungò semplicemente la mano, indicando il fiume.

Dopo il primo, vedemmo arrivare un secondo cadavere. E poi un terzo, un quarto, e altri ancora. Vennero giù lungo le acque a decine, di uomini e donne, di bambini e vecchi. Tutti erano gonfi, perché stavano evidentemente nel fiume da giorni. E molti mostravano terribili ferite da machete. Il machete che per me era una cosa buona, perché serviva agli uomini per aprirsi il passo nella foresta e dissodare i campi. Tornai a chiedere: «Mamma, cos'è successo?». E mia madre, che mi stringeva sempre più forte, singhiozzò: «È la guerra, Michel. La guerra che combattono in Congo». Mi afferrò forte per il braccio e mi trascinò via: «Andiamo. Torniamo a casa. Non voglio più vedere questo fiume in vita mia». Solo io, mentre mia madre mi tirava verso la foresta, guardavo continuamente indietro, affascinato dallo spettacolo della morte. Era la prima volta che sentivo parlare della guerra. Era la prima volta che vedevo le vittime della violenza. E non dimenticherò mai quel giorno.

8

Quello straordinario viaggio al fiume è un lampo isolato nella mia memoria. Gli anni di vita con mia madre sono stati gli anni più belli e pieni della mia vita proprio perché di essi non ho molti ricordi. E mi sembra che, nella luce dorata di quel passato incerto, tutto fosse gioco e divertimento. E calore. Il calore del suo corpo, al quale stavo appeso e che mi dava nutrimento. Il calore della sua voce, sempre carezzevole e curiosa dei miei giochi. Il calore dei suoi occhi, che mi scrutavano in cerca di risposte: lei si chiedeva cosa passava per la mia mente. Mia madre era buona e non porto in me la memoria di un solo gesto cattivo nei miei confronti. Quando tutto ciò è finito sono cominciati i ricordi. Io associo i ricordi al dolore e alla sofferenza. E il dolore e la sofferenza sono venuti con la fine della mia prima infanzia e l'inizio dei miei anni di vita col padre. Nella nostra terra, infatti, un bel giorno le madri smettono di occuparsi dei bambini. Non spiegano ai bambini perché devono comportarsi così. Lo fanno e basta. E per ogni bambino cominciano gli anni di vita con il padre. Mio padre per me è come il dolore.

LA PAURA
DI MIO PADRE

1

Mio padre era molto abile con il coltello. Suo padre gli aveva insegnato a usarlo, così come aveva fatto il padre di suo padre. Io stesso, un giorno, avrei insegnato a mio figlio. Intanto osservavo con attenzione i suoi gesti, accanto a me, e li imitavo.

«Non intaccare mai il legno troppo in profondità. Altrimenti quando lo tenderai per la centesima volta si spezzerà. Scavalo piano e con pazienza. È meglio fare un lavoro più lungo e migliore. Questo è il tuo primo arco e deve durare molti anni.»

Avevamo vagabondato tutta la mattina nella foresta per trovare due rami robusti, della misura e della forma giusta. Uno un po' più lungo per lui, uno un po' più corto per me. E ora, seduti all'ombra di un albero, lavoravamo il legno in silenzio. Anche io, che avevo fatto tanto esercizio nella capanna con il coltello regalatomi dal capo del villaggio, me la cavavo. E vedendo che me la cavavo sentivo l'orgoglio montarmi in petto. Ma non volevo mostrarlo a mio padre. Volevo che tenesse la sua approvazione e i suoi complimenti per l'indomani, quando avrei affrontato una prova molto più impegnativa.

«Ora basta. Piegalo e stai attento a non spezzarlo.»

Avevo smussato il legno, affusolandone il corpo e arrotondandone le estremità. Adesso lo afferrai ai capi e provai a piegarlo. Una, due, tre volte, inutilmente. Si muoveva appena e sentii piccole gocce di sudore scendermi sulla fronte.

«Forse abbiamo scelto un legno troppo duro.»

Mio padre scosse la testa.

«Il legno è giusto, ma tu sei ancora piccolo.»

Quelle parole mi accesero e gettai a terra il ramo.

«Ho sei anni! Non sono piccolo...»

Papà raccolse con calma il legno e me lo rimise in mano.

«Non scoraggiarti e prendi la corda. Con la corda montata andrà meglio.»

Tirai fuori dal sacco due bellissime corde. Le aveva preparate mia madre mentre aspettava il mio fratellino più piccolo e le aveva preparate proprio per regalarle a noi, i suoi due uomini. Aveva tagliato i tendini della capra in strisce sottili e lunghe, intrecciandole poi strettamente tra loro. Ne erano nate due corde d'arco che non si sarebbero spezzate mai. Ora io e mio padre le annodammo al legno: una volta legata la corda, l'arco era pronto. Mio padre mi sfidò.

«Tendilo. Vediamo di cosa sei capace.»

Afferrai con la destra la parte centrale del ramo lavorato con tanta pazienza. Era grossa e resistente. Con la sinistra strinsi tra le dita la corda e tirai. L'arco si piegò obbediente alle mie intenzioni. Io emisi un grido di meraviglia.

«Papà! Sono anch'io un cacciatore!»

Mio padre rise di cuore e tirò fuori dalla faretra una freccia.

«Non basta l'arco. È questa che fa di noi dei cacciatori. E devi ancora mostrare di saperla usare.»

Veloce come il vento strappai la freccia dalla sua mano e la incoccai.

«Ora guarda!»

Tesi l'arco davanti a me, indeciso sul bersaglio da centrare. Ero eccitato ma volevo scegliere con cura. Quando vidi a venti passi un bel tronco largo, lo indicai a mio padre.

«Lo colpirò con la mia prima freccia.»

L'arco era teso. Socchiusi l'occhio, unendo la punta della freccia all'albero. Ma la mia mano cominciò a tremare nello sforzo e il tremore si trasmise al braccio. Non me l'aspettavo. Non dominavo l'arco e non riuscivo a concentrarmi. D'improvviso, non fui più così sicuro di colpire il tronco.

«Tira!»

La mia mano lasciò la corda e la freccia cominciò il suo volo. Ma atterrò lontano dal tronco. Anzi, al tronco non ci arrivò nemmeno. Si fermò prima. Il mio braccio s'era mostrato troppo debole. Mi sentii morire, mentre le lacrime mi invadevano gli occhi. Dopo tanta preparazione e dopo tanto entusiasmo, avevo fallito. Mio padre intervenne, rassicurandomi.

«Domani andrà meglio. Per usare bene l'arco ci vuole molta esperienza. Si impara poco a poco. Devi solo avere pazienza. Mi hai capito? E ora cerchiamo un posto dove riposare. Passeremo la notte nella foresta e all'alba saremo pronti a muoverci.»

Guardai verso l'alto, le nuvole e il sole calante. Mio padre aveva ragione. Il cielo imbruniva rapidamente. Mangiammo un po' di focaccia di manioca e ci rannicchiammo sotto un grosso masso.

«Tu dormi. Farò io la guardia.»

Ricordo che prima di addormentarmi mormorai a fior di labbra: «Ce la farò?».

«Sì, ce la farai. Domani sarai un cacciatore.»

E questa è la risposta più bella che mio padre mi diede in tutti gli anni di vita insieme. Perché ho trascorso con lui molti giorni, e uno solo è stato davvero felice. Il giorno in cui diventai un cacciatore. Quando mi donò una lezione che poi mi ha salvato la vita: anni dopo, cacciato dal villaggio e quasi morto di fame. Fui cacciato a causa di mio padre, sopravvissi grazie a mio padre. Ancora oggi per tutto questo lo amo e lo odio.

2

Passarono i mesi. Era marzo e la stagione secca stava terminando. Il caldo della foresta premeva feroce su noi *mangbetu* e non diminuiva neanche al calare della sera. Aveva appena piovuto, avvisaglia dei diluvi che ci avrebbero colpiti nei mesi seguenti, e l'aria era carica di umidità. Il caldo così era ancora più opprimente. Nella notte sudavamo anche al più piccolo movimento.

«Perché scaviamo, papà?»

«Non passerà molto tempo e lo saprai. Scava, dobbiamo fare in fretta. Possono arrivare da un momento all'altro.»

«Chi deve arrivare, papà?»

«Quante domande! Scava e stai zitto!»

Mio padre e io scavavamo con una piccola vanga. Lui colpiva con forza la terra e io la tiravo via con le mani. Impiegammo poco. Scavammo fino a quando ottenemmo una buca larga cinque palmi e ancora più profonda. Lì accanto avevo ammucchiato un bel po' di terra nera e pastosa. Quando il lavoro fu concluso, mio padre si chinò verso la buca. E anche io mi sporsi, per capire cosa stava facendo. Stupito, lo vidi poggiare sul fondo della buca una torcia accesa. La sua pallida luce saliva dalla terra verso il cielo.

«Perché fai questo?»

«Niente domande. Adesso mettiti giù e aspetta.»

Obbedii, accucciandomi ai piedi di un grande albero, a tre passi da mio padre. Lui fece altrettanto e chiuse gli occhi. Si assopì. Aveva passato tutto il giorno nella foresta ed era stanco. Per questo mi trattava in modo brusco. Lo osservai. Io avevo solo sei anni e mio padre mi sembrava un gigante. In realtà non era più grande degli altri uomini del villaggio. Era però il più veloce nella corsa e uno dei più abili nella caccia. Forse quel che stavamo facendo nel cuore della notte aveva a che vedere con la caccia. Questo pensavo mentre passavano i minuti. Alzai lo sguardo a fissare la luna, che brillava nella notte. E sentii la mia pelle respirare. Finalmente l'afa del giorno aveva lasciato il posto a un'aria più fresca. E mentre i miei sensi si risvegliavano, lo sentii.

Un rumore cresceva nella foresta. Un ronzio, prima basso e poi sempre più forte, si avvicinava velocemente. Eccitato e spaventato, perché non sapevo cos'era, mi voltai verso mio padre, pronto a svegliarlo con un grido. Ma lui era già in piedi, in ascolto, e con un'occhiata imperiosa mi ingiunse di stare zitto. Mi fece segno di stare fermo, immobile. Il ronzio crebbe ancora, fino a diventare un sibilo fortissimo. E poi arrivarono. Arrivarono in un battibaleno. Una flotta di insetti riempì l'aria. Capii di colpo: erano termiti alate. Sciamarono vorticose attorno agli alberi, alle pietre, sulla buca illuminata dalla torcia, attorno a me e a mio padre. Si infilarono sotto i miei vestiti, tormentandomi il corpo, mi uncinarono la pelle. Mi graffiarono e passarono via, fulminee come erano giunte.

Io urlavo. Urlavo per il terrore e lo schifo, come solo un bambino di sei anni può urlare. Volevo far cascare il mondo, volevo tirare a terra gli alberi, volevo che la luna venisse giù. Urlavo disperato e quando l'ultimo insetto ebbe lasciato il mio corpo, mi scagliai contro mio padre. Mi appesi alla sua gamba e lo tempestai di pugni.

«Perché mi hai fatto questo? Perché non mi hai avvertito?»

Mio padre rideva, orgoglioso del suo magnifico scherzo. Poi, dato che non mi calmavo, mi diede un ceffone. Forte e improvviso. Il colpo ebbe il potere di zittirmi. Ero sconvolto. Non per il dolore, per la sorpresa. Papà non aveva mai alzato le mani su di me. Lo vidi fissarmi. Il suo sguardo era duro. Trovai solo un filo di voce, e chiesi di nuovo, debolmente: «Perché mi hai fatto questo? Perché non mi hai avvertito?».

Non mi rispose. Tornai a rannicchiarmi contro il grande albero e piansi in silenzio. Singhiozzavo, la testa tra le ginocchia, cercando di soffocare ogni rumore. Quando sollevai gli occhi, vidi mio padre che si era rimesso al lavoro, come se nulla fosse accaduto. Mi chiamò a sé, alla buca, e mi disse di guardarci dentro.

«In questa stagione dell'anno le termiti lasciano i loro termitai per andare a fondarne altri nella foresta. La maggior parte è passata, ma non tutte. La luce le ha attirate e loro sono cascate in trappola. Copro la fossa con una reticella e aspettiamo. Quando avranno finito di volare attorno alla luce cadranno morte. E noi potremo raccoglierle. Sai perché le raccogliamo?»

Feci segno di no con la testa, senza parlare. Non mi ero ancora calmato del tutto.

«Ora vedrai.»

Trascorsero pochi minuti e quel che aveva detto mio padre si avverò. Dapprima il ronzio crebbe ancora. Le termiti, disorientate, cozzavano tra loro nello spazio stretto della buca. Poi, una dopo l'altra, caddero morte. Lentamente, il ronzio si spense. Mio padre prese una paletta e tirò su gli insetti, riempiendo un sacchetto. Quando finì, prese una termite per le ali e ne succhiò il corpo. Assaporandone la carne, fece schioccare la lingua.

«Ecco perché le raccogliamo. Sono buone da mangiare. Sono per noi pranzo e cena. Ti danno tanta energia. E sono un regalo della foresta. Noi non possiamo rifiutare i doni della natura. Mangiane una.»

Scossi la testa.

«Mangiane una!»

Il tono di mio padre era pressante, ma scossi di nuovo la testa.

«Perché?»

«Non voglio mangiare le termiti. Non ne mangio adesso e non ne mangerò mai. Mai, in vita mia.»

«Mangia!»

Lo fissai. Mi ero calmato, e anche lo schifo era passato. Ma mio padre mi aveva fatto una cosa che non andava fatta. Non mangiai. Gli voltai le spalle e camminai verso il villaggio. Lui non mi seguì. Lo vidi solo il mattino dopo, alla capanna, al risveglio. L'alba di un nuovo giorno.

3

Non conoscevo molto di mio padre. Oggi mi dispiace, ma allora non ci pensavo. Quale bambino chiede al papà da dove viene, che cosa pensava da piccolo o che cosa sognava di fare da grande? Io non gliel'ho chiesto. Oggi non so cosa darei per conoscere tutte queste cose, ma allora non ci pensavo. Se spremo la memoria, qualche particolare però viene a galla. So con certezza che non era del nostro villaggio. Mia madre Jeanne è del nostro villaggio, da almeno tre generazioni. Mio padre Georges veniva da più lontano. Era un *mangbetu* anche lui, parlava la nostra lingua e pensava come noi, ma ho già detto che i *mangbetu* si sono divisi anticamente in molte tribù diverse e papà discendeva da una di queste. So che veniva dal nord e che incontrò mia madre proprio al nostro villaggio.

Il villaggio è sulla strada sia per Kisangani sia per Lumumbashi, che però è più lontana, e molta gente passava da noi lungo il cammino. Benché fossi piccolo, ricordo di aver visto tanti tipi diversi, anche strani. C'era il medico bianco con il suo assistente nero, che veniva periodicamente a visitarci, lasciandoci medicine per la febbre e la malaria. Era sempre uno nuovo e io ogni volta pensavo che i medici bianchi in Congo non resistono molto tempo. Poi c'erano i missionari, non solo cristiani. Se avessi una moneta per ogni dio che ci è stato proposto allora sarei ricco. E tutti pensavano che fossimo molto stupidi. Lo capisco dal fatto che volevano dimostrarci la grandezza della loro religione sorprendendoci. Con dei regali costosi, come bellissimi ombrelli colorati. O cercando di guarire la gente del villaggio dalle malattie più strane. Solo che non guariva nessuno e più di una volta i missionari sono stati rimessi sul sentiero con un fracco di botte. Anche gli ingegneri e i funzionari del governo venivano spesso. Gli ingegneri tentavano senza riuscirci di convincerci a scavare un pozzo. I funzionari del governo erano sempre tristi e di loro avevamo paura. Arrivavano in due, a bordo di grossi fuoristrada con la bandierina del Congo sul cofano, scendevano, non salutavano e non si fermavano nemmeno un secondo più del necessario. Facevano molte domande e scrivevano sui loro quaderni, stando bene attenti a che noi non vedessimo niente. E poi se ne andavano, veloci e silenziosi come erano arrivati. Nessuno ha capito mai cosa volessero davvero. Dopo il loro passaggio, la vita al villaggio di sicuro non cambiava. E se cambiava era per cose nostre, in cui gli uomini del governo non c'entravano affatto.

Infine c'era la gente normale, che passava al villaggio perché andava in città, ognuno con il suo motivo. Vendere, comprare, chiedere un permesso, fare un contratto. Soprattutto, cercare lavoro. Mio padre era uno di questi. Andava a Kisangani perché desiderava per sé qualcosa più della vita in foresta. Un lavoro da impiegato, forse. Certamente più soldi e una casa non di fango, ma con le pareti in muratura. E begli abiti. Questo non me l'ha mai detto ma io lo capisco da come si comportava. Ogni volta che andava in città tornava con qualcosa di nuovo: un cappello, una cravatta, una camicia, delle scarpe. Roba che al villaggio non avrebbe mai indossato. E roba di seconda o terza mano, roba poverissima che comprava per due soldi. Dentro di lui, però, quel desiderio era insopprimibile e allora comprava. Quando tornava, mostrava gli abiti a mia madre e poi li conservava in un vecchio baule di canna intrecciata che deve essere ancora al villaggio. Naturalmente, voleva un destino migliore non solo per sé ma anche per la sua famiglia. Credo fosse sicuro di sposarsi con una donna di città. Molti uomini della foresta lo vogliono, per poter poi tornare al villaggio a pavoneggiarsi. A lui non è andata così. Quando arrivò da noi diluviava così forte che fu costretto a fermarsi per tre giorni. Lo ospitò Oziadambra e in quella occasione conobbe mia madre. Si sposarono dopo un mese. Lui non lasciò più il villaggio, rinunciando a unirsi a una donna di città e rimettendosi al lavoro nella foresta. A fare cioè quel che aveva sempre fatto a casa sua. Ma il desiderio di vita cittadina non lo abbandonò. E anche da questo venivano i suoi frequenti viaggi per cercare di vendere l'olio di palma, o le arachidi o la manioca. Non sempre arrivava a Kisangani o Lumumbashi. Tutti al villaggio gli avrebbero riso dietro se avesse cercato di arrivare così lontano per vendere della stupida manioca. Più spesso si fermava nei villaggi dei dintorni. Ma quel che contava per lui era partire, allontanarsi. Mia madre lo capiva benissimo e lo lasciava fare. D'altronde, diceva, i *mangbetu* del nord sono tutti un po' matti.

4

Volevo dimenticare il ceffone, volevo dimenticare le termiti. Ma non fu possibile. Perché da quel giorno, con la sua sola presenza mio padre mi ricordò che le cose tra noi erano cambiate. Un giorno mi baciava e mi abbracciava, il giorno dopo mi picchiava per un nonnulla. Litigava con mia madre, cosa che non era mai avvenuta prima. Allora non sapevo che la causa del litigio ero io, che mia madre mi difendeva, che mio padre mi dava addosso. Ma questo avveniva. E poi ricominciava. Diceva di volermi bene, ma mi trattava male. Non capivo, e diventavo matto. In certi momenti pensavo che mi odiasse, che non fosse davvero mio padre. Perché un padre non tratta in quel modo il figlio. Con mio padre era uno scontro continuo. Un giorno amore, un giorno pazzia e botte. Le cose buone e le cose cattive. Un giorno mi cercava e voleva stare con me, insegnarmi le cose, aiutarmi a crescere. Un altro mi evitava, non mi ascoltava, faceva finta di non vedermi. Anzi, non mi vedeva proprio. E io subivo, perché ero piccolo e quello era mio padre. Quando mi picchiava chiedevo perché e lui non mi parlava. Allora scappavo via e mi rifugiavo nella foresta. Rimanevo lì per ore, piangendo e cercando una risposta. Che non veniva mai. Solo una cosa si radicava nel mio cuore: il rancore per quell'uomo. Se non lo potevo amare, se non mi permetteva di amarlo, potevo odiarlo. E con lui tutti gli altri, perché le cose cambiavano rapidamente anche al villaggio.

5

Me lo ha raccontato Carlotta, la più piccola delle mie sorelle, in una lettera che mi ha mandato poco tempo fa. Tutto questo succedeva senza che io sapessi niente.

«Un giorno eravamo seduti a mangiare nella nostra capanna. Tu non c'eri, perché quella volta il maestro aveva portato te e i tuoi compagni nella foresta. Io ero molto piccola, ma ricordo bene quello che avvenne perché ne sono stata protagonista. La mamma ci chiese di indovinare cosa stavi facendo in quel momento con i tuoi amici e Gerard rispose che non lo sapevamo ma che di sicuro stavi vivendo delle belle avventure. A quel punto domandai cosa sono le avventure e nessuno sapeva rispondermi. Per questo la mamma chiese al papà di dire la sua. Lui disse che anche lui aveva vissuto delle avventure e ricordò di quando andava a caccia con gli altri ragazzini del suo villaggio. Tu sai, Michel, che papà veniva dal nord. Lì la terra non era molto ricca e credo che da quelle battute di caccia dipendesse davvero la loro sopravvivenza. Fatto sta che a noi la caccia non sembrava un'avventura. Tutti i *mangbetu* vanno a caccia. E se lo fanno tutti, allora che avventura è? Papà disse che avevamo ragione e ci pensò un po' su. Finalmente si illuminò e prese a raccontarci una storia incredibile. Le sue parole furono più o meno queste: "Una notte, mentre riposavo con i miei amici nella foresta, accadde una cosa terribile, che poteva ucciderci tutti. Dormivamo profondamente quando il terreno fu scosso da impressionanti boati. Ci svegliammo di soprassalto e cominciammo a tremare. Non avevamo mai sentito niente di simile ed eravamo davvero terrorizzati. Eravamo anche lontani dal villaggio e non potevamo chiedere aiuto a nessuno. Dovevamo contare solo sulle nostre forze". Quando disse queste cose, noi smettemmo di mangiare. Papà sapeva raccontare molto bene e pendevamo dalle sue labbra. Dopo una pausa continuò: "Ci alzammo di corsa e fuggimmo, facendo appena in tempo a salvarci. La furia della natura dipendeva dagli elefanti. Era una mandria di grossi elefanti, che correvano al galoppo stritolando ogni cosa sotto le loro enormi zampe. Forse un incendio li aveva fatti scappare. O forse era la caccia notturna dei bianchi che invadono le nostre terre. Fatto sta che erano terrorizzati. Se non ci fossimo svegliati in tempo ci avrebbero schiacciati e adesso papà non sarebbe qui con voi a raccontarvi questa storia. Arrivarono anche al villaggio e di trenta capanne ne fecero a pezzi la metà. Travolsero e uccisero molte persone. E io vi giuro che non ho mai più visto una catastrofe come quella". Eravamo tutti stupefatti e ci fu solo un breve silenzio. Perché io, Michel, io che ero la più piccola aprii la bocca senza pensare e dissi: "Se c'era Michel non succedeva". Papà si arrabbiò subito e mi chiese perché dicevo quella cosa. Io mi spaventai e risposi che non lo sapevo, ma lui mi venne vicino e insisteva, mentre la mamma cercava di calmarlo. Alla fine gli dissi quel che sapevo: tutti al villaggio dicevano che tu facevi cose strane. Quindi, avevo pensato io, se quella notte c'era Michel, magari lui sentiva il pericolo per tempo e la gente del villaggio si calmava. Dopo aver parlato mi misi a piangere e papà non mi diede nemmeno una carezza. Voltò le spalle a tutti e uscì dalla capanna, gridando come un matto. Era molto arrabbiato e lo avevo fatto arrabbiare io. Ti ho raccontato questa storia perché sono convinta che tu debba conoscerla.»

6

Dovetti aprire presto gli occhi, riguardo al villaggio, e fu doloroso. Succedeva questo: gli adulti mormoravano su di me. Io lo so che mormoravano. Non me ne accorsi all'inizio, ma poi colsi delle parole sfuggite di bocca, degli sguardi in tralice, delle occhiate ambigue. Quando ero nelle vicinanze bisbigliavano e questo bisbiglio lo sento ancora nelle orecchie. Dapprima non mi chiesi cosa avessero da dire di me. Forse lo prendevo per un gioco, forse avevo già paura di sapere. Poi una volta, all'ombra della sera, oltre le lingue di fiamma lanciate dal fuoco, vidi le labbra del capo formare il mio nome mentre parlava con mio padre. E vidi gli occhi di Oziadambra appuntarsi su di me: erano bianchi e minacciosi. Tremai, senza volerlo. Compresi che non solo mormoravano, ma che il loro mormorio era cattivo. Non solo mio padre era strano. Adesso vedevo che anche gli altri lo erano.

Non volli sapere. Io ero un bambino felice e non potevo neppure pensare di diventare un bambino infelice. Non ce n'era motivo. Preferii non chiedere e stare zitto. Non scelsi di tacere. Il mio cuore decise per me. Cinque, sei, sette, otto anni. Crescevo e non ero pronto per imparare il dolore. Io non lo sapevo, ma il mio cuore lo sapeva. Facevo finta di niente, andavo avanti come se nulla fosse. Anche quando sentivo uno sguardo estraneo violare la mia intimità. Uno sguardo che non sapevo da dove venisse. Quello sguardo non mi lasciava mai solo. Ero seguito, ero sorvegliato. E quando mi voltavo di scatto per catturare gli occhi del mio persecutore, non vedevo niente, non incontravo il volto di nessuno. Alla fine divenne un'abitudine e non ci feci più caso. Non ci fu mai un solo gesto di ostilità nei miei confronti, ma sapevo che era tutta finzione. Lo sentivo. Era il peggiore degli imbrogli. Mi volevano bene, mi sorridevano, ma era tutta apparenza. I loro occhi erano freddi. E quella falsità mi penetrava come la pioggia della stagione umida, bagnandomi fino alle ossa e intirizzendomi tutto.

Con lentezza ma inesorabilmente quella situazione mi cambiò. Divenni molto diverso da come ero prima. Iniziai a pensare che se la gente parlava male di me, dovevo aver fatto qualcosa di sbagliato. E iniziai a provare un senso di colpa, anche se non sapevo perché. Ci furono ancora momenti di allegria e divertimento, ma sempre più rari. Divenni un bambino taciturno, silenzioso, e non feci più domande. Cominciai a capire che la curiosità poteva essere pericolosa. Cominciai a stare da solo, perché da solo stavo bene. Al massimo giravo con due o tre amici. E fui scambiato per uno strano, un ribelle, anche se in realtà non ero né strano né ribelle. Mi stavo solo difendendo. Non cercavo nessuno. E quando mi sfogavo, mi sfogavo con i miei amici. Sfogavo la sofferenza, senza sapere spiegare perché soffrivo. Sentivo la sofferenza ma non potevo capirla. Non potevo nemmeno ammetterla. Ero appena un bambino, ero troppo piccolo. C'era, ed era misteriosa. Solo oggi riesco a riunire i pezzi e so cosa pesava sul mio cuore.

7

Avvenne tutto come in una visione e così rapidamente che noi stessi non ci credevamo. Io, Honoré e Nicolas eravamo a tre ore di marcia dal villaggio, in esplorazione segreta. Non avevamo detto niente ai nostri genitori: ci avrebbero chiusi nelle capanne, proibendoci di allontanarci. E sapevamo di essere troppo piccoli per quell'avventura. Ma la curiosità era forte e non avevamo resistito. La foresta era fitta. Un intrico di rami, foglie ed enormi radici ci sbarrava la strada. Non avevamo portato con noi i pesanti coltelli che usavano i nostri padri, perché non sapevamo maneggiarli, e così per andare avanti eravamo costretti a lunghi giri attorno agli alberi del Congo. Perdevamo un mucchio di tempo, ma non c'era altro modo. E quando Nicolas, che era il più piccolo, inciampava e cadeva, gli dicevamo di tirarsi su e smetterla di frignare o non saremmo tornati a casa per sera. Lì non eravamo mai stati. Nessuno ci aveva portati così lontano dal villaggio. Non sapevamo se ci sarebbero bastate le forze e non conoscevamo i rischi da affrontare. La voce di Honoré tremava.

«E se ci salta addosso il leopardo che ha ferito al braccio Oziadambra?»

«Non dire sciocchezze. Quel leopardo è stato ucciso dai nostri cacciatori.»

«Potrebbe essere il figlio, che vuole vendicarsi.»

Nicolas prese subito paura.

«Voglio tornare a casa!»

Mi voltai e li guardai tutti e due.

«Smettetela! Abbiamo fatto un patto e lo rispetteremo. Mio padre mi ha raccontato spesso di questo sentiero e sono sicuro che non manca molto...»

Per fortuna era davvero così. Camminammo ancora un bel po', nel folto sempre più caldo della giungla. E proprio mentre quei due riprendevano a lamentarsi la foresta si fece meno fitta e una luce forte si stagliò davanti a noi. Cominciammo a correre e d'improvviso tutto cambiò. Parlai con voce tremante.

«Vedete anche voi quello che vedo io?»

Non risposero, ammutoliti dall'emozione, ma sapevo benissimo che vedevano. Eravamo arrivati alla fine del mondo, del nostro mondo. Non c'era più la foresta e davanti a noi si stendeva la savana, gialla e secca, immensa e bassa, con alberi rarissimi. Ne avevamo sentito parlare molte volte dagli adulti ma non l'avevamo mai vista prima.

«Non credevo che fosse così grande...»

«Nessuno di noi lo credeva...»

Improvvisamente non sapevamo più cosa dire. Ci sentivamo spersi. La foresta era minacciosa, oscura, piena di insidie, ma nella foresta era anche facile nascondersi. Come potevano degli uomini vivere nella savana? Era tutto aperto, era tutto esposto allo sguardo del cacciatore e della preda. E la preda, nella savana, non aveva scampo. Pensieri paurosi turbinarono nella nostra mente ma io fui il primo a mandarli via. Eravamo arrivati all'obiettivo per merito mio. Mi sentivo grande e pieno di forza e mi misi a correre, libero come una gazzella. Inseguito dalle grida spaventate dei miei amici, mi lasciai alle spalle la protezione della foresta e presi a saltare, fare le capriole, gridare, guardandomi tutto attorno, a perdita d'occhio. Raggiunsi il primo albero della savana e ci salii sopra. Veloce come una lucertola. E lassù voltai la faccia al vento, gridando verso Honoré e Nicolas: «Ehi! Nella savana c'è il vento! Il vento!».

Ma loro non mi sentivano. E se anche mi avessero sentito, non avrebbero badato a quel che dicevo. Indicavano freneticamente verso sud e io seguii la direzione dei loro gesti. Una nube di polvere si levava all'orizzonte. La vidi montare, sempre più alta e densa, mentre anche la terra era sconvolta: sotto i miei piedi, il suolo e l'albero tremavano ogni secondo di più. Quando la nuvola di polvere arrivò dov'ero io trattenni il fiato e, stringendomi forte al ramo più robusto, pregai che l'albero restasse in piedi. Il frastuono era enorme, gli zoccoli pestavano il terreno a migliaia e niente avrebbe potuto fermare quella furia. Capii mezzo soffocato cos'era: centinaia di antilopi migravano da un pascolo all'altro, in cerca di erba con cui sfamarsi. Impiegarono pochi minuti a passare, ma a me sembrarono ore e quando tutto fu finito la nebbia attorno al mio albero si diradò poco a poco per spostarsi verso nord. Rimasi a fissarla, cogliendo confusamente le sagome di quegli animali in corsa.

«Come sono belli!»

Nicolas e Honoré stavano sotto l'albero e guardavano anche loro il branco allontanarsi. Poi si arrampicarono sul tronco e si sedettero accanto a me. Lassù dominavamo con lo sguardo l'intera distesa della savana e ci sentivamo i re del mondo. Ci indicavamo a vicenda l'orizzonte lontanissimo e le forme bizzarre di animali che non avevamo mai visto. Era strano: mi aspettavo che quella vastità fosse silenziosa e invece pullulava di vita e di rumori diversi. Vicini e lontani, bassi e forti o solo insistenti. I richiami erano continui e non sapevo se erano richiami d'amore o sfide alla battaglia. Il sole era ben alto nel cielo e c'era ancora tutto il tempo per divertirsi a indovinare quale animale parlasse ogni volta. Solo quando fu passata almeno un'ora ci decidemmo a scendere. Dovevamo metterci sulla strada del ritorno. Io piombai a terra per primo, la mente immersa nello spettacolo della natura che mi avvolgeva, e per poco non finii addosso a un uomo.

«Ehi! Attento!»

Mi ritrassi istintivamente, addossandomi all'albero.

«Che c'è? Hai paura?»

Lo scrutai. Era un adulto, un nero come me, che veniva a piedi, in silenzio. Parlava la mia lingua e con lui c'erano altre persone, bianchi. Guardai oltre le loro teste e vidi che erano smontati da alcuni fuoristrada, uguali a quelli che i funzionari del governo usavano per raggiungere ogni tanto il villaggio. Nicolas e Honoré erano scesi dall'albero e mi stavano accanto. Io ero il capobanda, io dovevo parlare.

«Chi siete?»

«Io sono *baboyo* e sono nato ai confini del territorio *mangbetu*. Per questo parlo la vostra lingua. Accompagno dei turisti europei che vengono in Africa per la prima volta. Stiamo seguendo le tracce di un branco di antilopi in migrazione, ma loro vi hanno visto sull'albero e hanno voluto fermarsi. Avete bisogno di qualcosa?»

Non capivamo cosa volesse dire e lui se ne accorse.

«Vi servono medicine, cibo, vestiti? I miei ricchi occidentali hanno tutto con sé. Non gli costa niente lasciarvi un po' della loro roba.»

Guardammo i turisti. Non avevo mai sentito la loro lingua ma una cosa la capii benissimo. Ci indicavano, ridendo tra loro e facendo strani versi, come se parlassero di scimmie. Io, Honoré e Nicolas ci guardammo l'un l'altro come se fosse la prima volta che ci vedevamo sul serio. E d'improvviso notai i pantaloni strappati, le magliette a pezzi, i sandali sfondati. Strinsi i pugni, di vergogna e di rabbia.

«Non abbiamo bisogno di niente! Andiamocene!»

Ma Nicolas era abbagliato da quella gente. Si avvicinò a uno di loro e gli strappò di mano una barretta di cioccolato. L'uomo non si offese. Anzi, aprì lo zaino e ne tirò fuori altre. Si inginocchiò e le offrì al mio amico.

«Nicolas!»

Urlai con quanto fiato avevo in corpo. E mentre mi stavo gettando su di lui per portarlo via, il *baboyo* mi afferrò per la collottola, sibilandomi in faccia.

«Così piccolo e così collerico! I tuoi genitori dovrebbero metterti alla catena!»

Quando mi fui calmato mi lasciò andare. E lasciò che Nicolas mi seguisse solo dopo avergli infilato in tasca una mezza dozzina di barrette. Fu così che ci voltammo e tornammo nella foresta. Non guardai mai indietro. Non volevo che quella gente si accorgesse delle mie lacrime. Capii che se ne andavano sentendo il rumore degli sportelli e dei motori: con la coda dell'occhio mi accorsi che Nicolas faceva loro larghi cenni di saluto. Lungo la strada del ritorno nessuno parlò. Nicolas sgranocchiava ogni tanto il suo cioccolato e fischiettava contento. Honoré bofonchiava: «Lo dicevo io. È un posto dove non si può vivere. Non ti puoi nascondere. Ce li hai subito addosso». Aveva ragione. La savana era più pericolosa della foresta. Molto più pericolosa.

8

Quel giorno nella savana capii che non siamo tutti uguali. Al mondo ci sono i ricchi e ci sono i poveri. Io ero uno dei poveri. E quel pensiero subito mi innervosì. La sera stessa chiesi a mio padre: «Perché noi siamo poveri?». Lui mi guardò diffidente e rispose: «Chi ti ha messo in testa questa sciocchezza?». Gli raccontai tutto. Gli dissi che i ricchi li avevo visti con i miei occhi. Non era la ricchezza del missionario o dei funzionari del governo: quelli avevano grosse macchine e molti soldi per dovere, per il loro mestiere. I ricchi che avevo visto quel giorno erano ricchi in modo diverso. Avevano un sacco di cibo inutile e un mucchio di bagagli, come se si portassero dietro la casa. Perché per noi era diverso? Volevo capire perché eravamo poveri, ma lui non sapeva cosa rispondermi. Non mi parve vero di coglierlo in fallo. Gli feci un dispetto. «È colpa tua se siamo poveri!» dissi sfrontatamente. Era per forza così. Io ero nato da lui. E se ero povero, la colpa poteva essere solo di mio padre.

«È colpa tua se siamo poveri!» dissi di nuovo, più forte. Lui si arrabbiò e vidi che le mani gli tremavano. Sbuffava come se stesse per scoppiare. Poi mi prese per le spalle e mi scrollò tutto, strillandomi di stare zitto. E dato che io non tacevo, mi afferrò per i capelli e mi trascinò via. Gridavo e mi dibattevo, ma lui mi tirò così fino al recinto delle bestie. Lo aprì e mi ci buttò dentro: «Qui puoi urlare quanto vuoi. Pensa a quello che hai detto. Non sono cose che si dicono al padre». E mi lasciò lì per tutta una notte, in mezzo al russare della capra e al razzolare delle galline. Mentre se ne andava lo sentii borbottare che ero mezzo matto. Solo dopo molto tempo, riuscii a prendere sonno e dormire un po'.

9

A volte facciamo delle cose e non ne prevediamo le conseguenze. Se sapessimo a quali conseguenze portano non le faremmo. Ma un bambino non pensa certo così.

Avvenne il giorno in cui compivo sette anni. Mio padre mi aveva portato già con sé nella foresta diverse volte e io durante la caccia mi ero comportato coraggiosamente, avanzando con lui e arretrando solo quando lui arretrava, nonostante i misteriosi rumori che dal folto della giungla colpivano il mio cuore. Il giorno del mio compleanno eravamo al villaggio e mio padre mi bendò gli occhi. Voleva farmi una sorpresa e per questo mi prese per mano, conducendomi. Ero molto curioso e mi fidai di lui, dimenticando i rancori e le botte degli ultimi tempi. Dopo pochi passi mi resi conto che ci trovavamo sul sentiero sterrato che attraversava tutto il villaggio. Quando ci fermammo, sentii mio padre armeggiare con un lucchetto e una porta e capii dove eravamo. Solo una capanna era chiusa: quella in cui tenevamo le sementi e gli attrezzi per i campi. Il lucchetto serviva a scoraggiare i malintenzionati e per fortuna nessuno aveva mai tentato di forzarlo. La mia curiosità cresceva. Mi domandavo cosa mio padre avesse nascosto là dentro che non potesse tenere nella nostra capanna. Sentii ancora dei rumori, come di cianfrusaglie spostate. Infine papà disse: «Ora togliti la benda e guarda!». Aprii gli occhi e mio padre sollevò un telo, che oscurava una gabbia. Dentro la gabbia c'era uno scimpanzé. Non appena scoperto, prese a gridare furiosamente, scuotendo le sbarre della gabbia. Odiava la sua prigione e non gli andavamo a genio neppure noi. Io quasi non riuscivo a parlare dallo stupore e dalla contentezza. Mi sembrava impossibile che mio padre facesse tanto per me.

«È mio?»

«L'abbiamo catturato per te nella foresta, ma non è stato facile. Ha morso due di noi ed è sempre arrabbiato. Ora devi ammaestrarlo e insegnargli a obbedirti.»

Mi sembrava un compito difficilissimo, proibitivo.

«Non ci riuscirò mai.»

«Ci riuscirai. Intanto però portiamolo nella nostra capanna.»

Non stavo in me dalla gioia. Non avevo mai ricevuto un regalo così bello e si capiva che ero felicissimo, perché mentre tornavamo indietro sul sentiero cantavo. Portavamo la gabbia e cantavo. Insieme a me cantavano i miei amici e gli altri bambini del villaggio, che si erano immediatamente accodati. La notizia si sparse in un battibaleno: Michel aveva un nuovo amico. Una scimmietta per un bambino solitario, che si vedeva poco in giro. I bambini, non solo i coetanei ma anche i più grandi, mi venivano dietro per vedere quella meraviglia della foresta. E sapevo che nei loro cuori c'erano insieme ammirazione e invidia. Bastò però la strada tra le due estremità del villaggio perché l'entusiasmo si tramutasse in diffidenza. Lo scimpanzé non smise mai di scuotere le sbarre della gabbia, impedendoci quasi di camminare. E gridava così tanto da sovrastare le nostre voci. Giusto il tempo di arrivare alla capanna e ci rendemmo conto che quello non era un animale, ma un demonio. Poggiammo la gabbia a terra e nessuno volle avvicinarsi: temevano la stretta della sua zampa. Fu mio padre a risolversi. Mi fece segno di stare lontano, prese una banana e fece tre passi verso la gabbia.

«Non la rifiuterà. Nessuno scimpanzé rifiuta una banana. Ne vanno pazzi.»

Ma come fu a portata di zampa, lo scimpanzé gli diede una botta fortissima e la banana volò nella polvere. Mentre l'animale sembrava ridere, mio padre si massaggiò la mano indolenzita, imprecando. Poi impugnò una grossa pietra e alzò il braccio contro la gabbia.

«Bastardo! Adesso vediamo chi è il più forte!»

«No, papà! Non farlo!»

Mi avvicinai a lui e lo fermai. Mio padre abbassò il braccio. Era infuriato e spaventato.

«Ho fatto un errore a portare quella bestiaccia al villaggio. Non accostarti alla gabbia. È pericoloso.»

Ma io non gli diedi retta e seguii il mio istinto. Raccolsi la banana e mi avvicinai allo scimpanzé, parlandogli sottovoce e chiedendogli di stare calmo. Lui gridava, tutto agitato, e non sembrava per niente ben disposto. Non gli diedi il frutto. Sapevo, non so come, che le sbarre erano il problema. Aprii la gabbia. La piccola folla raccolta davanti alla nostra capanna arretrò velocemente, mentre mio padre mi gridava di stare attento.

Ma non c'era pericolo. Lo scimpanzé, una volta libero, si calmò. Mi guardò fiducioso e accettò la banana dalla mia mano. La sbucciò e la mangiò in tre bocconi. Poi batté le zampe una contro l'altra, eccitato, e mi chiamò a sé.

«Non fidarti, Michel!»

Inutile. Avevamo già fatto amicizia. Un grido di meraviglia si alzò dai bambini e dagli adulti, mentre io e lo scimpanzé ci abbracciavamo. Quando ci voltammo, cento occhi mi fissavano, interrogandomi. E da quel giorno nel villaggio si disse che io parlavo agli animali. Io non avevo detto niente allo scimpanzé, ma da quel giorno tutti nutrirono verso di me un certo timore. Perché solo chi comunica con le forze della natura può parlare agli animali. Fu un male. Perché il timore genera paura. E la paura genera rifiuto.

10

Lo stregone non l'avevamo mai visto, noi bambini. Ma sapevamo che c'era e che viveva appartato, perché così dicevano gli adulti. Gli adulti spesso si raccontavano tra loro delle magie dello stregone e si zittivano improvvisamente quando si accorgevano della nostra presenza. Non so perché un bambino non doveva sentir parlare dello stregone, ma questa era la regola del villaggio. Nessuno di noi osava ficcare il naso dalle parti della sua capanna, perché ci minacciavano di punizioni terribili. Avevamo però con noi un segno tangibile della sua potenza. Un giorno il capo del villaggio diede a me, Therese e François un amuleto, dicendo che l'ordine veniva proprio dallo stregone. Noi tre eravamo nati nello stesso anno e nello stesso mese, sotto la stessa stella. Dovevamo tenere l'amuleto un anno a testa fino a che fossimo diventati adulti. Ci avrebbe protetto, poi lo avremmo restituito a Oziadambra. Lui avrebbe preso ordini dallo stregone, consegnando l'amuleto ad altri bambini. Perché l'amuleto passava di mano in mano da molte generazioni e ad ogni passaggio il suo potere aumentava. Bastava esprimere un desiderio e l'amuleto lo realizzava. Io so che è vero e vi dico che è vero. L'ho tenuto per due anni interi e mi ha sempre dato forza. Senza l'amuleto le cose sarebbero andate molto peggio. Non volevo più separarmene e per questo feci una cosa che non dovevo fare.

Un giorno presi l'amuleto e lo nascosi. Lo tenevo io, in quel periodo, e fra non molto l'avrei dovuto consegnare a François. Pensai semplicemente che se lo nascondevo potevo tornare a prenderlo quando volevo, chiedendogli di esaudire i miei desideri. E così l'avrei tenuto solo per me, senza dividerlo più con nessuno. Quando feci questo era notte. Mi allontanai alla cieca dal villaggio e cercai un cespuglio basso, nel folto della foresta. Scavai affannosamente con le mani. Avevo lasciato la mia capanna in silenzio, mentre tutti dormivano, e non osavo immaginare cosa mi sarebbe successo se mi avessero preso lì. La buca mi sembrò presto abbastanza profonda e guardai per un'ultima volta l'amuleto alla luce della luna: un piccolo pupazzo di lana colorata a forma di bambino, con un occhio cavo e un occhio di vetro, che sembrava fissarti sempre e faceva paura. Lo sotterrai, ricoprii la buca di terra e me ne tornai a dormire. Le due settimane passarono e François venne a chiedermi conto dell'amuleto. Quando capì che non lo avevo, andò dritto da Oziadambra per chiedergli di intervenire e il capo ci convocò davanti a lui. Noi due soli, senza altre persone in mezzo, nella sua capanna, che era la più grande del villaggio. Naturalmente, sapevamo benissimo che tutti gli adulti erano stati informati di quella storia. Per primo parlò François.

«Tra poco tempo compiamo otto anni, capo, e ho chiesto a Michel l'amuleto. Tocca a me portarlo per un anno. Tu sai che è così e che è mio diritto averlo. Ordinagli di darmelo.»

Oziadambra si voltò verso di me e mi invitò con la sua voce profonda e calma a consegnare l'amuleto a François. Risposi che non potevo. La mia voce e il mio viso apparivano imperturbabili, ne sono sicuro. Ma nel mio cuore si agitava una vera tempesta. Non avevo considerato tutte le conseguenze del mio gesto. Mi ero mosso d'impulso e rischiavo di pagarla cara. Il capo era sorpreso.

«Perché non puoi dare l'amuleto a François?»

Sospirai a fondo e le parole mi uscirono di bocca a precipizio.

«Perché ce l'ha già. François è mio grande amico e per lui ho rinunciato all'amuleto già una settimana fa. Gliel'ho dato una settimana a oggi. Chiedigli se non è vero.»

«È falso! Capo, è falso! Sta mentendo!»

«Tu stai mentendo! Ti ho dato l'amuleto, l'hai perso e ora cerchi di buttare la colpa su di me!»

Non so perché dissi quelle cose. Non le pensai nemmeno. Si formarono nel mio cuore e passarono nella mia lingua senza che me ne accorgessi o lo volessi. Io e François eravamo cresciuti insieme e non c'era bambino al villaggio che fosse di più mio amico. Forse mi ero accorto che si stava allontanando da me. Forse pensai che anche lui fingeva di volermi bene e decisi di punirlo togliendogli l'amuleto. In ogni modo, quel giorno, davanti a Oziadambra, distrussi la nostra amicizia. Lui non mi perdonò mai di avere mentito. Sapeva che mentivo e non capiva il perché. Né allora né mai potei spiegarglielo, perché neanche io lo capivo.

Mi era venuto così. Ma non ero cattivo e mi sono pentito molte volte del gesto di quel giorno. Quel gesto era il segno della mia profonda sofferenza. Dell'amuleto comunque non si parlò più. Il capo non sapeva a chi dare retta e non insistette nell'interrogatorio. A me non sembrò strano che lasciasse perdere. Avevo mentito così bene e non c'era modo di appurare la verità. Ci lasciò dunque andare, solo rimproverandoci per aver perso l'amuleto, un potente talismano che molti bambini prima di noi, nel passato, avevano conservato come la propria stessa vita. Nessuno, neanche mio padre o mia madre, mi fece delle domande e neanche questo mi sembrò strano. Pensai di averla scampata.

Passarono due settimane, durante le quali combattei con il desiderio crescente di andare a recuperare il mio tesoro. Il senso di colpa che sempre mi tormentava era cresciuto, così come la sensazione di essere costantemente osservato. Adesso sapevo di avere davvero fatto qualcosa di male e l'amuleto mi serviva come l'aria. Dovevo pregarlo di aiutarmi, di tenere lontano da me quei cattivi influssi. E perché funzionasse dovevo trovarlo e tenerlo sulla pelle, sotto la camicia. Non c'era altro modo perché l'amuleto manifestasse il suo potere. Così una notte, una notte senza luna, dopo essermi rigirato cento volte sulla stuoia, uscii dalla capanna e mi diressi verso la foresta. Cercai il cespuglio basso sotto il quale avevo sepolto l'amuleto, ma non lo trovai. Improvvisamente mi resi conto che non sapevo dov'era. Quella notte i cespugli si assomigliavano tutti ed erano passati troppi giorni perché trovassi tracce del mio scavo. Scavai sotto uno, due, tre cespugli diversi. Scavai nervosamente, con le mani, affondando ogni volta nel suolo per due o tre palmi. Ma niente. Il pupazzo a forma di bambino, con un occhio cavo e uno di vetro, che sembrava guardarti e faceva sempre paura era scomparso. Mi sedetti a terra, il volto tra le ginocchia, e cominciai a singhiozzare. Ero disperato. Se non lo trovavo, avevo imbrogliato tutti per nulla.

«Cosa cerchi, Michel?»

La voce mi colpì come una mazzata. Era del tutto inaspettata. Pensavo di essere solo, ma non era così. La voce era vicina, troppo vicina. Ed era una voce sconosciuta. Alzai gli occhi, impaurito. Ad appena un passo da me stava un uomo che non avevo mai visto prima. Era alto, magro e sembrava molto anziano. Portava un gonnellino di foglie, alla vecchia maniera, mentre tutti noi vestivamo come gli occidentali e il suo corpo era ricoperto di incisioni e disegni. Era spuntato fuori dal nulla, senza alcun rumore, e per quel che ne sapevo poteva essere stata la terra a vomitarlo. Ero terrorizzato e quando parlai balbettavo.

«Chi sei?»

«Sono Watamba.»

Mi alzai in piedi di scatto e indietreggiai.

«Lo stregone!»

L'uomo allungò la mano e mi toccò il viso. Volevo fuggire ma non ci riuscivo. La paura mi immobilizzava. Quelle dita sembravano tizzoni ardenti. Le muoveva come se volesse scavare nella mia pelle. Poi le ritrasse.

«Sono io. Oggi mi vedi per la prima volta.»

«Cosa vuoi da me?»

L'uomo fece un passo indietro e nella sua mano comparve un oggetto, come per prodigio.

«Cercavi questo?»

Gridai, con i pugni alla bocca. Lo stregone mi mostrava l'amuleto. Era proprio quello, appena sporcato dalle settimane passate sotto terra. Non sapevo cosa dire, non sapevo cosa fare. Davanti a lui ogni difesa era inutile. Caddi sulle ginocchia, appoggiandomi al tronco di un albero. Io bambino ero in balia di quell'essere onnipotente.

«Dove l'hai trovato?»

Lo stregone strinse il pupazzo nel pugno e lo alzò verso il cielo. Parlava con voce inesorabile. Sapeva di conservare in sé la saggezza e i segreti di molte generazioni di stregoni. E sapeva di avere un grande potere. Su tutta la gente del villaggio. E anche su di me.

«Mi ha chiamato! Molti altri potenti amuleti ho disseminato in questo villaggio e nei villaggi vicini. E tutti mi parlano ogni giorno, verso sera. Mi raccontano dove sono e come li trattano i loro padroni. Tu hai trattato male il mio amuleto e tradito i miei ordini!»

Ripresi a piangere e biascicai qualcosa.

«No, non è vero, non ti ho tradito... Sì, è vero ma non volevo. Volevo avere l'amuleto tutto per me. Non volevo dividerlo con nessuno. Per questo l'ho sepolto.»

L'uomo replicò con voce minacciosa.

«Solo io decido a chi appartiene lo spirito dell'amuleto. E lo spirito di questo amuleto appartiene a tre bambini assieme, figli di donne diverse ma nati nella stessa luna. Tu sei uno di questi! Solo uno! Non sei il padrone dell'amuleto!»

«Perdonami! Perdonami...»

Avevo solo sette anni e se quell'uomo mi avesse ucciso, lì, all'istante, lo avrei trovato giusto. Mi ero comportato male, molto male. Sapevo che lo stregone mi doveva punire per quanto avevo fatto. Alzai le braccia per proteggermi. Temevo un colpo di bastone che mi staccasse la testa. Temevo una magia che mi portasse via la vista o la parola. Ma non successe niente di tutto questo. All'improvviso si fece silenzio. Non sentii più su di me il suo respiro caldo. E repentinamente abbassai le mani, guardandomi attorno. Lo stregone si allontanava. Senza un suono, mi aveva voltato le spalle e si allontanava. Mentre io rimasi lì a lungo, immobile, senza il coraggio di muovere un muscolo. Watamba non mi aveva punito. Mi dava un'altra possibilità. Tornai alla capanna con l'animo in subbuglio. Non sapevo cosa pensare, non sapevo cosa fare. Il mio destino era nelle sue mani. E nelle mani di tutti gli adulti del villaggio. Pensai di nuovo all'interrogatorio di Oziadambra e all'atteggiamento dei miei genitori. A quel punto ne ero certo. Tutti sapevano della mia bravata, nessuno aveva parlato. Questo poteva significare una sola cosa. Il giudizio era stato rimesso allo stregone, che aveva deciso di lasciarmi andare. Capire ciò mi fece stare peggio che se mi avesse punito. Loro mi controllavano e non sapevo perché lo facevano. Non poteva dipendere tutto dall'amuleto. Qual era il mio vero peccato?

11

Mi feci ancora più taciturno e solitario. Il cerchio si stava lentamente chiudendo, ma io non lo sapevo. Una sera, quando la stagione secca era da poco iniziata e la calura non era ancora soffocante, il capo Oziadambra radunò tutti noi bambini del villaggio attorno al fuoco e ci raccontò una storia. Io mi sedetti poco discosto dagli altri, proprio vicino a François, che non mi degnò nemmeno di uno sguardo. In quel momento il capo cominciò a parlare.

«Un tempo viveva qui un giovanotto di nome Munanga. Poiché era in età di sposarsi, decise di cercarsi una moglie e per trovarla si recò in un villaggio vicino nel giorno del mercato. Lì tutte le ragazze si erano radunate con gli abiti migliori. Lui le osservò a lungo e notò una giovane più bella delle altre: decise di prendere quella come sposa. Si chiamava Mateso. Quando il padre della ragazza diede il consenso, si celebrarono le nozze e la coppia tornò al nostro villaggio, andando a vivere nella capanna della famiglia di Munanga. Le cose andarono bene all'inizio, ma poi cominciarono i guai. Nella comunità i casi di malattia divennero più frequenti del solito. Addirittura, morirono tre bambini. La gente si preoccupò e iniziò a domandarsi: "Chi è venuto a stregare il nostro villaggio?". I sospetti caddero subito sulla giovane sposa, per il semplice fatto che prima del suo arrivo niente turbava la nostra pace. E qualcuno sussurrò di aver notato che la ragazza era molto golosa: aveva sempre fame di carne! Tutti voi sapete che questo fatto può risvegliare i magici poteri assopiti nella donna e spingerla a mangiare l'anima e poi il corpo di qualcuno. Può farlo anche senza saperlo. E diventa così una strega. Mateso era proprio questo caso e gli anziani, impensieriti da tutte quelle dicerie, decisero di allontanare dal nostro territorio il pericolo. Munanga voleva bene ai suoi genitori e a tutti noi, ma voleva ancora più bene alla sua sposa. Si rassegnò dunque a cercare dimora altrove. Purtroppo, tutti i villaggi rifiutavano la coppia quando venivano a sapere i motivi del loro trasferimento e i due furono costretti alla fine a stabilirsi lontano dal mondo.

Munanga scelse come nuova casa la cima di un monte. Sulla sommità della montagna c'era infatti una piccola spianata e abbastanza spazio per una capanna. Fu così che un mattino il giovane pulì il terreno della futura abitazione, tornando poi dabbasso per fare compagnia alla sua donna. Un leopardo aveva però avuto la stessa idea e nel pomeriggio di quel giorno salì sulla cima del monte, trovando che lo spazio era adatto ai suoi progetti e che anzi sembrava già abbastanza pulito. Spianò alcune gibbosità del terreno e se ne andò soddisfatto. La moglie di Munanga e quella del leopardo erano incinte e bisognava quindi far presto.

Il giorno seguente l'uomo tornò sulla cima del monte con un fascio di pali e vide il terreno spianato con cura. "Gli antenati", pensò, "hanno visto le mie tribolazioni e mi sono venuti in aiuto." Tracciò la pianta di una capanna con due camere, piantò i pali maestri e tornò dabbasso. Il leopardo salì sul monte dopo la caccia del mattino, vide i pali già pronti, completò l'ossatura della capanna e se ne andò felice. Il giorno seguente l'uomo, visto che gli antenati gli avevano dato una mano ancora una volta, legò le traversine tra i pali e preparò le corde di fibra per la continuazione del lavoro. Il leopardo, con le corde già pronte, fissò i graticci tutto attorno alla capanna. Poi l'uomo portò le foglie per coprire il tetto e il leopardo le fissò in maniera perfetta. Finché nei giorni successivi i due, all'insaputa uno dell'altro, impastarono la terra per le pareti della capanna.

Venne da ultimo il momento in cui ciascuno salì alla capanna con la propria sposa. Ormai si faceva sera e l'uomo e il leopardo scelsero la stanza situata dalla propria parte, rinviando al giorno seguente la sistemazione definitiva. La mattina dopo, quando fece il giro della capanna, la donna rimase senza fiato vedendo il leopardo attraverso la finestra. Ma intanto la femmina del leopardo faceva il giro dalla parte opposta: vide che l'uomo affilava la punta della lancia e tornò indietro terrorizzata. Per quel giorno nessuno osò muoversi. Durante la notte il leopardo escogitò un piano per intimidire l'uomo e farlo sloggiare. Di buon mattino scese al villaggio più vicino, uccise quattro uomini e li trascinò su. Poi gentilmente ne offrì due all'uomo dicendo: "Sono stato a caccia e ho pensato, in segno d'amicizia, di dividere il bottino con te. Ecco la tua parte". L'uomo offrì i cadaveri alla moglie, dicendo con una punta d'ironia: "Prendi! E spero che ti passi la voglia di mangiare esseri umani!". Il giorno dopo Munanga andò a caccia e uccise sei leopardi. Ne offrì tre al suo vicino dicendo: "Oggi è stato il mio turno di caccia. Ecco la tua parte di bottino". Il leopardo restò interdetto e pensò: "Se quest'uomo ha fatto tanto ai miei cugini, sarà un gioco per lui far fuori anche me. È meglio tagliare la corda finché c'è tempo!". Partì e non fu più visto da quelle parti.

Quanto a Munanga, le cose si misero per il meglio. La moglie, che aveva riflettuto sulle sue disavventure, rinunciò alla gola e dichiarò al marito: "Ho deciso! Non farò più male a nessuno. Voglio avere un po' di pace". Per tutti e due cominciò una vita più tranquilla. Anche Munanga capì la sua lezione: non è la bellezza che fa felice il matrimonio, ma un cuore buono.»

Quando Oziadambra ebbe finito di raccontare questa storia, si fece un gran silenzio attorno al fuoco. In realtà eravamo stati zitti anche prima, ma adesso tutti ci immergemmo nei nostri pensieri: «Due lezioni potete apprendere da questa favola,» aveva detto il capo del villaggio «e voglio sapere da voi che lezioni sono». Io guardai vicino a me. François e gli altri bambini riflettevano sulla vicenda di Munanga e Mateso, ma si vedeva che per loro era un gioco. Dopo i primi momenti di concentrazione, qualcuno ridacchiava, altri parlottavano a bassa voce. Non era un gioco per me. Fin dal principio della storia, avevo l'impressione che Oziadambra stesse parlando con me in particolare. Proprio con me. E di nuovo tornava nel mio cuore quello strano e inspiegabile senso di colpa. Il capo mi invitava a chiedermi se davvero ero del tutto innocente. Non sapevo da quale colpa. Ma la colpa c'era. Il tempo passava, attorno al fuoco, e capii che non ero l'unico a seguire quei pensieri: i bambini sollevavano sempre più spesso gli occhi su di me. Quando me ne accorsi, non resistetti.

«Cosa volete da me?» gridai. E poiché nessuno mi rispondeva, gridai di nuovo: «Parlate! Cosa vi ho fatto?». Scoppiai a piangere ma nessuno volle parlarmi. Quasi tutti gli altri bambini, i bambini con cui giocavo da anni, mi guardavano con occhi curiosi. Alcuni erano intimoriti dalla mia sfuriata, altri mi sembrarono sfrontati. Passò un lungo momento di silenzio, rotto solo dallo sfrigolio della legna che bruciava. Poi François si alzò e si allontanò da me. E piano piano tutti lo imitarono. Fecero cerchio in silenzio attorno a Oziadambra, dall'altra parte del fuoco, lasciandomi solo.

Il capo riprese allora a parlare. Parlava a tutti ma guardava davanti a sé, guardava solo me: «Vi dico io quali sono le lezioni che si possono apprendere dalla favola di oggi. La prima è questa. Munanga scelse la sua sposa perché era molto bella e troppo tardi capì che contano di più altre cose: essere onesti, fedeli, buoni. Queste sono le cose che contano. Voi stessi dovete essere onesti, fedeli, buoni e circondarvi di persone che lo sono. È il segreto per essere felici. La seconda lezione viene da Mateso. Lei comprende, alla fine della storia, che per vivere in pace bisogna smettere di fare i capricci. Per andare d'accordo con gli altri bisogna adeguarsi alle loro regole. Mateso sarà accolta dalla comunità quando non farà più la strega. Quando non seguirà più l'istinto e smetterà di essere cattiva. Avete capito?». Tutti avevamo capito e io avevo capito meglio degli altri. Il cerchio si ruppe e ognuno raggiunse la sua capanna, mentre io rimanevo lì, ad asciugarmi le lacrime e vedere il fuoco morire.

Oziadambra mi aveva detto quella sera di smettere di fare il ribelle, di smettere di distinguermi. Se volevo stare con gli altri, dovevo essere come gli altri. Altrimenti avrei fatto la fine di Mateso, emarginata e allontanata dal villaggio. Il capo era il capo e per questo non tornava mai due volte sulla stessa faccenda. Mio padre me lo ripeteva sempre. Sapevo che non avrei ricevuto altri avvertimenti. Purtroppo, non capivo in che cosa mi distinguevo. A me sembrava di essere un bambino perfettamente uguale agli altri.

12

Durante tutti gli anni di vita con mio padre non gli ho mai chiesto chi erano i suoi genitori, come si viveva al suo villaggio e che ricordi aveva della sua infanzia. Non gli ho mai chiesto chi gli aveva insegnato a scrivere e leggere. Non gli ho mai chiesto qual era la sua religione. E soprattutto non gli ho mai chiesto perché, in un giorno lontano, quando io non ero ancora nato, fosse arrivata al villaggio sua sorella Marie, mia zia. Di modo che uno era partito per stabilirsi in città e finiva che due della famiglia si fermavano nel nostro povero villaggio. A pensarci oggi, posso capirlo benissimo per papà, che trovò al villaggio la moglie e il lavoro. Ma non per sua sorella, che tra noi non scelse marito e si è sempre rifiutata di sposarsi. Quanto al lavoro, faceva il minimo indispensabile, ciò che serviva per non essere accusata di mangiare a tradimento. A me non era simpatica. Si vedeva che non mi voleva bene, che voleva bene solo a suo fratello e considerava mia madre e noi figli come degli intrusi. Intrusi in casa nostra. In realtà, l'intrusa era lei, che viveva da noi e non voleva saperne di costruirsi una capanna sua. Ricordo che la mamma se ne lamentava sempre e che il papà le diceva di pazientare, che Marie in fondo era una brava donna e che una mano nelle faccende con i bambini le faceva comodo. Mia madre non rispondeva e sbuffava, lasciando correre. So bene, adesso, che i rapporti tra le due donne diventarono cattivi proprio a causa mia. Ma io non ne avevo colpa.

Mancava poco alla mia iniziazione e io sognavo a occhi aperti quell'evento che mi avrebbe cambiato la vita. Sognavo di diventare adulto e comportarmi da adulto, trattando gli altri da pari a pari. Sognavo soprattutto che dopo l'iniziazione i bambini, gli uomini e le donne del villaggio mi avrebbero voluto di nuovo tra loro, accogliendomi nella cerchia della comunità. Era una bella speranza e non mi accorgevo di quant'ero stupido.

Un giorno, mentre vagavo per la foresta nei dintorni del villaggio, inciampai e caddi. Mi sollevai senza capire, perché lì non c'erano alberi con grosse radici. E solo quando mi chinai sulla vegetazione vidi cosa mi aveva fatto cadere: zia Marie stava lunga distesa a terra e borbottava tra i denti. Avvicinai il mio viso al suo e annusai. Era ubriaca fradicia e sembrava assopita. Ma spalancò all'improvviso gli occhi e mi fissò con uno sguardo spiritato. Balzai indietro, spaventato. Lei non sembrava per niente impressionata. Tossì e parlò senza alzarsi. Parlò con la voce strascicata degli ubriachi, ma nel suo discorso non c'era una parola fuori posto. Come se qualcun altro parlasse attraverso la sua bocca. In realtà, oggi so che era capace di questo e di altro. Nella sua voce c'era tanta perfidia. Allungò una mano per toccarmi il braccio, ma non le permisi di farlo. Come sentii le parole uscire dalle sue labbra, volevo scappare. Ma non potevo. E non dimenticherò mai il suo discorso di quel giorno.

«Vattene, Michel! Vattene! È la cosa migliore per tutti... Dovrei alzarmi e ucciderti con le mie mani. Per impedirti di spargere ancora in giro il tuo male. Vattene! Vai a scontare da qualche altra parte i tuoi peccati e lasciaci in pace. Siamo stufi dei tuoi danni, siamo stufi del tuo influsso maligno. Stai distruggendo il villaggio. Vattene!» Chiuse gli occhi, come se stesse per ripiombare nel sonno. Ma questa volta fui io a tenerla lì con me. Alle sue parole gli occhi mi si erano riempiti di lacrime. L'afferrai per le spalle e la scossi con la forza dei miei otto anni. «Perché mi parli in questo modo, zia Marie? Cosa ti ho fatto? Dimmelo, cosa ti ho fatto?» Ero disposto a sentire qualsiasi cosa pur di risolvere il dubbio che mi rodeva da anni. Lei si riebbe e mi rivolse di nuovo quello sguardo acceso e pauroso.

«Non ti dirò cosa mi hai fatto, Michel. Ti dirò chi sei. E chi sei io l'ho saputo una notte di quattro anni fa, quando eri appena passato dalle braccia di tua madre alle braccia di mio fratello. Quella notte dormivamo tutti nella capanna e io ero sveglia. Non riuscivo a prendere sonno perché ero preoccupata. Una minaccia aleggiava sulla nostra famiglia e su tutto il villaggio. Io avevo dei sospetti, ma non ero sicura. Finché finalmente mi assopii. Ma ancora oggi vorrei non essermi mai addormentata, quella notte, per la paura che provai. Mentre dormivo il Signore delle Tenebre mi prese e mi precipitò in un incubo. Nell'incubo c'eri tu. Eri legato a dei forti picchetti di legno, conficcati nel pavimento di una capanna. Una catena ad anelli di ferro teneva strette le tue braccia a quei picchetti, di modo che potevi agitarti con il corpo ma non slegarti o allontanarti da loro. E ti agitavi, oh sì, ti agitavi come morso da una tarantola. E ringhiavi, e sbuffavi, e gridavi tutta la tua rabbia. Io avevo paura a guardarti, ma tu non avevi paura. Tu eri solo un cane rabbioso, vestito di stracci, coperto di lividi. E mentre succedeva questo, si avvicinava a te un essere misterioso. Un uomo con la testa di leopardo, dalle gambe forti, il torace squadrato, le braccia muscolose. Quest'uomo avvicinava il suo volto di leopardo al tuo, ricevendo i tuoi sputi. Ti osservava senza un sussurro e poi diceva: "Michel, tu sai perché sei qui?". E solo allora ti calmavi. Piano piano facevi silenzio e si vedeva che la paura si impossessava di te. Sapevi che cosa poteva farti, ricordavi cosa ti aveva già fatto. Lentamente capivi di essere ancora prigioniero, di essere alla mercé dell'uomo dalla testa di leopardo e di non potere niente contro di lui. I tuoi occhi si stringevano, la tua faccia impallidiva, il tuo corpo si raccoglieva, come per stringersi ancora attorno alle catene. Non rispondevi e il tuo padrone sorrideva. Lui sapeva perché eri lì. E io che ti vedevo sapevo che anche tu lo sapevi. L'uomo con la testa di leopardo si voltava verso di te impugnando un coltello e diceva: "Dobbiamo fare uscire il male dal tuo corpo. Oggi lo cacceremo". Allora capivo anche io. Per questo non ti posso dire cosa mi hai fatto. Ma ti posso dire chi sei. Tu sei il figlio della notte, Michel, il figlio del Signore delle Tenebre che mi ha portato questo incubo. Lui si diverte con tutti noi. Ti ha mandato qui per rovinare questo mondo e ha aperto il mio cuore perché io ti diventassi nemica. Da quel giorno il mio primo dovere è stato combatterti e annientarti. Dovevo schiacciare la tua testa, come un serpente, per salvare il villaggio dal pericolo. E l'ho fatto. Ho parlato con tutti, ho convinto tutti. Non mi pento di niente. Ti ho seguito come un'ombra per anni. Ho salvato il villaggio dal tuo malocchio. Ci sono riuscita...»

Pronunciate queste ultime parole, quella donna orribile biascicò ancora qualcosa, tossì e cadde di nuovo addormentata. Io però non la scossi, non cercai di svegliarla. Avevo sentito abbastanza e solo il bisogno spasmodico di capire mi aveva trattenuto ai suoi piedi. Ero terrorizzato e volevo fuggire. Quando smise di parlare scappai. Corsi a gambe levate per la foresta, urtando rami e cespugli, tagliandomi e ferendomi. Mi fermai solo quando non ebbi più fiato. E fu allora che mi colpì un pensiero improvviso. Gli occhi che sentivo ogni giorno sulla nuca, quegli occhi estranei che non mi lasciavano in pace, che non vedevo ma sapevo che c'erano, quegli occhi erano gli occhi di zia Marie. Solo quando sono andato via dal villaggio quegli occhi hanno smesso di seguirmi ed è scomparsa la sensazione bruciante di non essere mai solo. È stato come sgravarsi di un macigno e dopo sono stato libero.

13

Quello stesso giorno, rientrato al villaggio, mi scagliai contro mio padre, tempestandolo di pugni. Volevo sapere. Avevo diritto di sapere: «Io non sono diverso dagli altri! Perché ce l'hanno tutti con me?». Lui mi afferrò per i polsi: «Calmati, piccola vipera!». E mi tenne fermo fino a quando non mi fui zittito. Poi mi guardò e per un solo istante vidi passare nei suoi occhi l'antico amore. Il mio cuore si addolcì, sperando che durasse. Ma non durò. Il suo sguardo tornò subito freddo, nuovamente distante. «La zia Marie mi ha detto che sono il figlio del diavolo,» la mia voce tremò nel pronunciare queste parole «voglio sapere perché mi ha parlato così.» Mio padre bestemmiò, imprecando contro quella «vecchia pazza», ma non mi mandò via. Annuì con la testa e cominciò a parlare. Capii allora molte cose.

«Stai per diventare adulto e hai diritto di sapere ciò che ti riguarda. Passata l'iniziazione, tutti ti considereranno un uomo e non più un bambino. Fino ad ora il villaggio ha avuto compassione di te. Dopo non sarà più così. Perciò è bene che tu sappia. In questo modo potrai decidere tu stesso il tuo destino.»

Mio padre fece una pausa. Trovare le parole giuste

non era facile. Poi continuò, senza fermarsi fino al termine della sua storia. Forse sentiva di dovermelo, dopo tanto silenzio. O forse, pur cattivo com'era, pensò che era giusto darmi una possibilità.

«Tutto è cominciato quando avevi cinque anni ed eri appena passato sotto la mia protezione. Stavi crescendo, facevi continuamente domande ed eri un ragazzino molto sveglio… troppo, rispetto agli altri bambini del villaggio. Tua madre esitava a lasciarti andare, perché era convinta di essere l'unica a conoscerti. Forse aveva ragione. Fatto sta che quando sei venuto con me sei molto cambiato. Eri disobbediente, eri scontroso e bisognava pregarti dieci volte perché facessi le cose. Ho cominciato a darti ceffoni. Tutti quelli che tua madre non ti aveva ancora dato. Per raddrizzarti, per rimetterti sul sentiero giusto. Ero preoccupato, ma speravo che passasse. E poi non importava, tutto questo non importava. Eri solo un bambino molto vivace. Poi è accaduto quel fatto. È accaduto quel fatto e lì è cambiato tutto.»

Volevo urlare, ma mi trattenni. Sapevo che mio padre mi avrebbe picchiato. E io invece dovevo sapere. Lo pregai in tono supplichevole: «Quale fatto? Dimmi quale fatto…».

«Un giorno mi hai accompagnato a dissodare un pezzo di foresta. Eri piccolo ma potevi già lavorare. E mi hai fatto impazzire. Ti chiedevo di tirare via una radice e tu correvi da un'altra parte, ti chiedevo di bruciare dei rami e tu ci buttavi sopra la nostra acqua, ti chiedevo di portarmi il machete e tu mi portavi un ragno o una cicala. Dio solo sa cosa ti avrebbe fatto un uomo meno comprensivo di me. Comunque quel giorno, mentre lavoravamo, si è rotto proprio il machete. La lama ha sbattuto contro una pietra e si è scheggiata. Sono andato avanti per poco. Un paio di tronchi duri e massicci e la lama si è spezzata in due parti, in due parti secche. Il mio preziosissimo machete... con quello che costa. Sai cosa significa dissodare il campo senza machete? Quel giorno ho lavorato con il coltello. Ho impiegato il triplo del tempo per fare ciò che facevano gli altri uomini del villaggio e sono diventato lo zimbello di tutti. Ma tu... tu non ti sei accorto di niente. Perché mi hai dato una mano per un po' e te ne sei andato. Mentre gli altri bambini aiutavano i loro padri tu girovagavi nella foresta. Chissà dov'eri finito. Io maledicevo il nostro destino e tu ti divertivi. Ma mi sbagliavo. Il destino non c'entrava niente.»

Ascoltavo mio padre e mi sforzavo di capire dove portava quel lungo discorso. Ora mi sembrò di afferrare qualcosa. Perfino un bambino di otto anni sente certe cose, nel suo cuore.

«La notizia di quel che era successo al campo si sparse nel villaggio in un batter d'occhio. E il giorno dopo venne da me mia sorella, tua zia Marie. Aveva la faccia gialla dalla paura e si vedeva che era sconvolta. Mi portò in un luogo appartato, si sedette accanto a me e cominciò a tormentarmi con le sue domande diaboliche. Voleva sapere come erano andate le cose, tutti i particolari. E quando si era rotto il machete, e come, e in quanti pezzi, e se c'erano stati segni premonitori. Io risposi pazientemente a tutte le sue domande ma mi irritai presto. Le chiesi cosa la preoccupava tanto. In fondo era stato solo un incidente. Avremmo messo da parte i soldi e avremmo comprato un nuovo machete. Intanto, le altre famiglie del villaggio ci avrebbero aiutato. Sai bene, dissi a Marie, che al villaggio tutti se possono ti danno una mano. Lei però non si lasciò convincere. Mi disse che ero matto, che non capivo. Mi disse con gli occhi impauriti che un machete che si rompe è una cosa grave. Che non avviene senza un motivo e che se una cosa va storta c'è una causa, e bisogna trovarla. Altrimenti, il male ritorna e colpisce di nuovo. Sussurrava, dicendo queste cose, e si vedeva che era terrorizzata. Le chiesi di stare zitta, ma niente. Non si tratteneva. Era sicura che qualcuno ce l'aveva con me e con tutta la famiglia. Come una matta cercava di capire di chi era la colpa e non smise di angosciarmi fino a quando...»

«Fino a quando? Parla, papà!»

«Fino a quando non ricordò che tu eri tanto cambiato di carattere. Aveva gli occhi spiritati e continuava a ripetere: "Michel! Michel era lì con te...". Poi stette zitta. Non aggiunse altro. Non mi chiese cosa pensavo. E se ne andò, veloce come era arrivata. Ecco come è iniziato tutto. Ecco come sono andate le cose quel giorno.»

Passò un momento di silenzio. Mio padre abbassò la testa e riprese il suo lavoro. Dovevo chiederglielo.

«Tu le hai creduto?»

Alzò gli occhi verso di me. Ancora lo sguardo freddo di poco prima.

«Il machete era nuovo fiammante. Non poteva rompersi da solo. Qualcosa era successo.»

Mentre ripetevo la domanda a mio padre, tremavo tutto.

«Tu le hai creduto?»

«Sì, le ho creduto. E più è passato il tempo, più le ho creduto.»

«Che cosa vuoi dire?»

Facevo sforzi terribili per non piangere. Dovevo sentire tutta la storia.

«Mentre crescevi, io e gli altri uomini del villaggio abbiamo parlato molte volte di te. Dapprima ti difendevo e dicevo che nessun bambino ha tanto potere. Ma non è vero. So che certi poteri uno ce li ha da quando nasce. E non potevo lottare contro i fatti. I nostri vicini hanno paura perché sanno che se tu ti arrabbi con loro le cose gli vanno male. Eri nella capanna della *maman* quando la capanna è stata colpita da un fulmine. Dopo che hai litigato con i figli di Maurice, Maurice ha perso tutto il raccolto. E molti pensano che il maestro si sia rotto una gamba mentre andava in bicicletta perché a te non piacevano le sue lezioni. Tu hai detto tante volte che non ti piacevano le sue lezioni, ti ho sentito anch'io, e lui si è rotto una gamba. Ecco perché più è passato il tempo più ho creduto a mia sorella Marie.»

«Papà,» dissi tra le lacrime «tu sai che io non c'entro niente con tutte queste cose.»

Cercai di abbracciarlo, ma mio padre mi guardò beffardo e mi tenne lontano.

«Hai raccolto quel che hai seminato, figlio. Hai sempre agito di testa tua. Sei sempre stato disobbediente, molto più degli altri bambini. Molti di noi ti hanno visto vagabondare a lungo nella foresta, solitario, per intere giornate, in cerca di chissà che cosa, e ti hanno sentito borbottare frasi incomprensibili. Sei irascibile, impulsivo e non controlli i tuoi sentimenti. Sei capace di piangere per niente ed entusiasmarti per niente. Sei troppo diverso dagli altri bambini. Troppo!»

Volli chiedergli un'ultima cosa.

«Perché non mi avete ancora cacciato?»

«Te l'ho detto. Fino ad ora il villaggio ha avuto compassione di te. E di tua madre, che ti ha sempre difeso. Forse è matta anche lei. Dice che tu non hai colpe... Ma dopo l'iniziazione non sarà più così. Devi cambiare. Perché tutto dipende da te. Se sarai buono e se rinuncerai a usare i tuoi poteri, sarai salvo. Se non cambi, muori. E ora vattene, che ho da fare.»

Sono passati più di dieci anni, padre, da quando mi hai raccontato queste cose. Tu non ci sei più e quelle tue parole girano ancora nelle mie orecchie. Tu mi hai tradito, padre. La zia Marie in un giorno lontano ha conficcato un paletto nel tuo cuore. E lì è rimasto, per sempre, fino alla sera della tua morte. Non ti perdonerò mai per aver creduto alle sue parole.

LA CADUTA
ALL'INFERNO

1

«Danza! Danza più forte!»

Così gridano attorno a me gli abitanti del villaggio. Io sono al centro della radura e volteggio su me stesso come in sogno. Sento le gambe seguire senza sforzo il pulsare del tamburo di pelle, le braccia si muovono larghe, ho gli occhi chiusi. Il mio cuore si unisce al tamburo, le orecchie captano avide l'incitamento di chi è seduto a pochi metri da me. Io danzo, danzo sempre più forte. Perché voglio che siano contenti di me, voglio che mi amino. È la mia unica speranza, è la mia unica salvezza. Non ho poteri cui rinunciare, non so cosa devo fare per cambiare come dice mio padre. Posso solo farmi amare. E allora dico sì a tutti, sorrido a tutti, voglio bene a tutti e mi mordo la lingua quando dalla mia bocca stanno per uscire parole cattive. Soprattutto oggi, il giorno in cui comincia la mia iniziazione. Sono qui tutti per me e non voglio neanche un piccolo rimprovero. Per questo non smetto di volteggiare e di saltare. Sembro impazzito, sembro morso da un serpente. E presto comincio ad ansimare, la testa mi si annebbia, sento le forze mancarmi. Tre colpi secchi in successione: il tamburo annuncia che il mio turno è finito. La danza passa a un altro bambino. Il cuore mi batte a mille e torno a sedermi vicino a mia madre, tra le donne del villaggio. Lei mi guarda orgogliosa: «Sei stato coraggioso a danzare davanti a questi sconosciuti. E sei stato bravo: hai danzato bene. Hai la musica nel sangue. Domani vincerai il dolore e niente potrà farti più paura. Ne sono sicura». Non rispondo. Lei ora sa che io so e mi guarda negli occhi, con amore. Ho un dolore e una paura da vincere e non sono quelli del rasoio che mi trasformerà in uomo. Cerco di parlarle ma non ci riesco. Mi stringo a lei, mi schiaccio contro il suo corpo e per un momento siamo lì solo noi due, io e mia madre, come quando ero piccolo. Nessuno può farmi male, così. Eppure sento freddo, tanto freddo. So che neanche mia madre potrà proteggermi se il villaggio si metterà tutto contro di me. Non deve succedere. Non succederà. Cambierò, farò quello che vorranno. Fisso gli occhi nel vuoto, mentre le voci delle donne, le grida d'incitamento degli uomini, le risate e il canto, il suono degli strumenti penetrano di nuovo a forza i miei sensi. Torno al presente. È cominciata la festa della mia iniziazione. Divento un adulto. Un bambino adulto.

Il passato viene dimenticato. Esiste solo il futuro. E oggi finiscono gli anni di vita con mio padre.

Chiedo a mia madre se il giorno dopo rimarrà con me. Lei mi mette la mano tra i capelli e dice no: il giorno dopo lo passerai da solo, con i tuoi fratelli di sangue. E mi guardo attorno. Il cuore ha rallentato la sua corsa, posso volgermi alla cerchia raccolta nella radura, farmi delle domande, darmi delle risposte. E osservare gli «sconosciuti» di cui parla mia madre. È vero, sono sconosciuti, non so chi siano. Ma da domani diventeranno le persone più importanti della mia vita. Sono sedute lì, a pochi passi da me. C'è un bambino *mangbetu*, che come me ha compiuto otto anni. E tre bambini *pigmei*, molto diversi da me. Penso: "La mia pelle è molto più scura e io sono molto più alto". Anche mio padre dice che i *pigmei* guardano noi *mangbetu* sempre dal basso e non ci chiamano *mangbetu*: ci chiamano "neri". È stato proprio mio padre a volere così. Ha cercato un bambino *mangbetu* del villaggio vicino, di una famiglia con cui allearsi. E ha cercato tre bambini *pigmei* del fiume Uel, a molti giorni di marcia. Ha detto che è necessario legarsi a quelle famiglie, perché nel loro territorio c'è un dispensario: «Il giorno in cui avremo bisogno dei dottori dovremo passare sul territorio dei *pigmei*. È importante che siano nostri amici. Lo capisci questo?». Io ho fatto cenno di sì con la testa. Dire di no a mio padre è pericoloso. Ed eccoli lì, che ridono e scherzano, *pigmei* e *mangbetu* assieme. Domani vivremo il nostro *noutu*, che capita una volta nella vita e rimane per sempre. Io verrò circonciso con quei bambini e quei bambini diventeranno i miei compagni di sangue. Non potrò tradirli mai, dovrò aiutarli sempre, ogni cosa mia sarà anche loro. Così ha deciso Georges, mio padre. La scelta dell'alleanza spetta a lui e per me la sua volontà è legge. Adesso tiro un sospiro di sollievo. Nelle prossime due settimane esisterà solo il *noutu* e potrò dimenticarmi ogni altra cosa. Decido che tutto andrà bene. Ho solo otto anni, ma decido che in futuro per me le cose andranno meglio. È così. Lo so e basta.

2

Mi sveglio con la testa confusa. Fuori è giorno ma ancora non si muove nulla. Di ieri sera ricordo solo com'è finita. Dopo la danza frenetica, un amico di mio padre mi ha offerto una coppa colma di vino di palma. Ha detto che d'ora in avanti dovrò dimostrare anche così di essere adulto. Bevendo in compagnia. Ho bevuto e mi sono addormentato. Subito e pesantemente. Eravamo nella radura, adesso sono nella "capanna della separazione". Qualcuno mi ha portato qui, insieme ai miei compagni *pigmei*, che dormono ancora. Mi torna alla mente il loro arrivo, due giorni fa. Sono spuntati dalla foresta dopo una lunga marcia, stremati e affamati. Gli uomini del mio villaggio sono andati loro incontro, con mio padre in testa. Li hanno accolti con tutti gli onori, li hanno invitati a lavarsi e rifocillarsi. E hanno preso con ogni riguardo i doni che i *pigmei* portavano per la comunità *mangbetu*. Questo è successo prima che cominciasse la festa. Ora, tirandomi su dalla stuoia, li osservo e vedo che sono tutti vestiti alla stessa maniera. Porto gli occhi sul mio corpo: ho gli stessi loro abiti, gli abiti della cerimonia. E d'improvviso il vino lascia spazio alla memoria. Poco prima della festa le donne hanno disegnato sui nostri corpi cerchi e spire, punti e linee multicolori. E poi ci hanno coperti con vestiti di corteccia battuta. Sono quelli che ancora abbiamo addosso. Sono brutti e scomodi ma a otto anni sopporto ogni cosa. Soprattutto nelle mie condizioni. Essere ammessi nella comunità è un privilegio che devo sfruttare al meglio. Per questo sopporto anche gli abiti scomodi. Dopo, sarò più unito a tutti. Chiudo di nuovo gli occhi. Faccio uno sforzo per tenerli aperti ma non ci riesco. Mi assopisco. Cado nel sonno.

«Michel, alzati! È ora!»

Sento la voce e la mano scuotermi. Apro gli occhi: è lo zio Bernard, il fratello di mio padre. L'ho appena conosciuto e non so perché abbiano scelto lui. Forse perché abita a Kinshasa e per essere qui ha fatto un viaggio interminabile. Accanto a me gli altri bambini sono già in piedi. Ciascuno di loro ha vicino un parente stretto. Tutti sono indaffarati. Lo zio mi spinge verso un angolo della grande capanna e mi spoglia rapidamente. Poi mi porge un gonnellino di foglie di banana. Dice tranquillo: «Indossalo. Per molti giorni non porterai altro». Io non riesco a trattenermi: «Zio, ho paura...». Lui mi guarda severo, mentre mi infilo con mosse impacciate il gonnellino, ma poi mi sorride. «Non ce n'è motivo. Ieri sei stato molto coraggioso e sono sicuro che anche oggi sarà così. Ora aspetta il tuo turno.» Lo guardo stupito. Ha usato con me un tono gentile, un tono che al villaggio sento ormai solo da mia madre. Nessuno degli altri adulti è più gentile con me. I grandi adesso se ne vanno, noi bambini rimaniamo soli e ci guardiamo terrorizzati. Cosa mai ci accadrà?

Il villaggio è immerso nel silenzio. Poi sentiamo improvviso un nuovo colpo di tamburo. Per un momento credo che dia il via a nuove danze, lontano dalla nostra capanna solitaria. Non è così. Non si sentono grida e risa. Nessuno balla. Il tamburo annuncia al contrario che tutto inizia. Passa poco e un adulto si avvicina alla nostra porta. Lui sì che danza, alla musica che suona nella sua mente. E canta. È uno degli adulti che poco prima ci hanno vestito. Entra nella capanna, si avvicina al mio compagno *mangbetu* e senza alcuna fatica se lo carica sulle spalle. Così come è entrato esce, muovendosi sinuosamente alle note di una nenia calma e riposante. Io vorrei sedermi, sciogliere la tensione che mi ha preso le gambe, le braccia, la schiena, ma non posso perché sarebbe una dimostrazione di debolezza. Dobbiamo essere coraggiosi. Solo mostrandoci coraggiosi possiamo aiutarci davvero l'un l'altro. E poi non c'è neanche tempo di riposarsi. Sembra trascorso un solo respiro quando sentiamo un grido: è il nostro compagno. Il grido è breve, come di un dolore forte che viene e passa in un momento. Per il *mangbetu* è finita. Inutile chiedersi a chi toccherà ora. A poco a poco dobbiamo farlo tutti. Ed ecco che un altro uomo si avvicina alla capanna a passo di danza e cantando: è lo zio Bernard. Mi preparo, respirando a fondo, ma non serve. Lo stomaco mi si chiude e quando lo zio mi carica sulle spalle mi sento stordito. Ho paura, ho davvero paura. Tutti dicono che fa male, che è una cosa molto dolorosa. Non riesco neanche a parlare. Da lassù in alto vorrei chinarmi sulla testa di mio zio e abbracciarlo, parlargli e piangere sulle sue guance, anche se quasi non lo conosco, chiedergli di non abbandonarmi. Ma non ci riesco. E non ce n'è bisogno, perché lui non mi abbandona, non mi lascia in un momento così duro. Mi rimane accanto. Ci avviciniamo a un grosso tronco basso, non molto distante dalla "capanna della separazione". Seduto a cavalcioni sul tronco, vedo che ci aspetta uno sconosciuto. È certamente il *nesamba*, il circoncisore. E tiene tra le mani uno strumento affilato. Non so cosa sia, ma so che sto impallidendo. Un coltello, forse, una pietra acuminata. Qualcosa che taglierà la mia carne, portandomene via un pezzo per sempre. Io sono come un corpo morto e lo zio fa di me quel che vuole. Mi mette a sedere sul tronco, davanti al *nesamba*, e si sistema dietro a me. Infila le sue gambe tra le mie per tenerle larghe e con una mano mi prende la testa, poggiandosela sulla spalla. Mi sussurra in un orecchio: «Stai tranquillo, Michel. Chiudi gli occhi e non sentirai niente». Obbedisco e stringo disperatamente le palpebre. L'istinto mi spinge a serrare le gambe, ma non posso. Lo zio è molto forte e blocca ogni mio movimento. Mentre mi irrigidisco, un dolore acutissimo e sconvolgente mi sale dall'inguine. Voglio urlare, ma ho promesso a me stesso di non farlo. E allora mi mordo la lingua e le labbra, che sanguinano. Tutti dicono che è giusto così, ma io non capisco perché al mio villaggio si fanno queste cose. Ecco cosa penso in quel momento. Eppure non urlo. Resisto. La voce di zio Bernard mi soffia ancora nelle orecchie. E questa volta è piena d'orgoglio: «Bravo, non hai gridato. Il sangue che ti cola dalla bocca possa unirsi a quello che esce dal tuo pene. È la dimostrazione della tua forza e del tuo coraggio». Ho gli occhi umidi, ma chiedo alle lacrime di non farsi strada. Non uscite, le imploro, rimanete nei miei occhi. Vi prego, fate come vi ordino. Le lacrime obbediscono e restano al loro posto. Intanto, lo zio mi spinge e mi fa scendere dal tronco. «Vieni con me», dice. E mentre il *nesamba* ripulisce il suo strumento, noi facciamo tre passi e ci accostiamo a una buca piena d'acqua. «Immergi nell'acqua la ferita. Il dolore diminuirà e il tuo sangue si mescolerà al sangue dei tuoi compagni. Da oggi siete *amekenge*, fratelli, e niente potrà separarvi.» Faccio quel che mi chiede ma sento un dolore fortissimo. È come se un fuoco mi bruciasse in mezzo alle gambe. Il ventre è in fiamme. Quando faticosamente mi rialzo, lo zio mi avvolge il pene in una foglia e in due bende. E mi accompagna in una capanna diversa da quella in cui ho dormito. Lì trovo il mio compagno *mangbetu*, piegato su se stesso.

«Zio! Sei fiero di me?»

«Tutti i tuoi parenti sono fieri di te. E lo saranno ancora di più dopo che gli avrò raccontato come sei stato bravo.»

Lo zio esce, lasciandoci soli.

In capo a un'ora, la circoncisione si è compiuta e noi cinque siamo stati iniziati al mondo degli adulti.

3

In poche ore la foglia e le bende si sono terribilmente indurite. Ecco perché subito, la sera della circoncisione, mio zio Bernard viene da me e getta sulla foglia e sulle bende qualche goccia d'acqua. Così le ammorbidisce e può toglierle. Il *nesamba* è qui e assiste impassibile. La sua presenza mi spaventa. «Che cosa mi volete fare?» chiedo con voce tremante.

Mi risponde mio zio: «Dobbiamo medicarti la ferita, perché si rimargini e cicatrizzi al più presto».

E così, come al mattino, si mette alle mie spalle. Infila le sue braccia tra le mie e mi tiene fermo. Ho le gambe libere, ora, ma la mia volontà è fiacca e non cerco di divincolarmi. Per tutta la giornata sono stato male e credo di avere la febbre. Un po' ho dormito, un po' ho parlato con i miei compagni, ascoltando le storie dei loro villaggi. Ora vedo il circoncisore portarsi alla bocca una manciata di sale e masticarla lentamente. Poi sputa il sale sul mio pene. E io grido. Provo di nuovo un dolore terribile e grido tutto ciò che non ho gridato al mattino, al taglio del prepuzio. Lo zio mi accarezza la fronte e mormora: «Grida, nipote. Grida senza paura. Qui nessuno può sentirti. E non devi dimostrare più niente». Io grido e le mie grida finiscono in un mugolio disperato. Il sale ha marchiato a fuoco la ferita. Forse ora guarirò più in fretta ma questo male tremendo non lo dimenticherò mai. Dopo di me tocca agli altri e quando tutto è finito parla Oziadambra, che è venuto alla "capanna della separazione" con i nostri parenti e con il *nesamba* e ha vegliato senza proferire verbo sulle medicazioni.

«Fratelli di sangue! Il *nesamba* ha concluso la sua opera. Dovete essergli grati. Ora comincia la vostra reclusione. Starete insieme fino alla guarigione. Una volta al giorno riceverete cure e da mangiare. Quando vi libereremo, sarete riammessi al villaggio. Che gli spiriti degli antenati vi assistano!» Dice questo nel silenzio generale. Poi tutti escono, senza aggiungere altra parola.

All'esterno della capanna compaiono due bambine. La prima è una bambina *mangbetu* del mio villaggio. La conosco, ma è più grande di me e non abbiamo mai giocato insieme. Anzi, in questi anni mi ha sempre guardato male quando le passavo vicino, perché chi sa cosa le hanno detto i suoi genitori. La seconda è una bambina *pigmea*, che viene dal villaggio dei miei tre nuovi compagni. Sono comparse insieme, inaspettate, dopo la partenza di Oziadambra. Credevamo che il compito di nutrirci spettasse a qualche anziano, che si facesse vivo di tanto in tanto. Invece la cura di noi maschi spetta a due bambine. In questa maniera gli adulti vogliono costringerci a essere umili. Ne sono sicuro. Le due bambine sono sempre pronte ad aiutarci ma non ci rivolgono mai la parola. Cucinano e ci passano i cibi. Badano che il fuoco fuori della capanna rimanga sempre vivo: non deve spegnersi, perché questo porterebbe sventura su noi circoncisi. Ricevono dagli adulti pomata di corteccia, frutti e foglie. Le danno a noi e noi applichiamo i medicamenti sulla ferita. Quando usciamo dalla capanna ci controllano e fanno in modo che non ci spingiamo verso il resto del villaggio. Dobbiamo stare separati. Dobbiamo stare lontani dalla comunità. Le due bambine sono i nostri sorveglianti. I loro volti si impri mono nella mia memoria, per non uscirne più.

I primi giorni la ferita fa molto male e di notte dormo a pancia in su, steso sopra due tronchi di banano accostati. In questo modo sono costretto a tenere le gambe aperte. Poi lentamente il taglio comincia a cicatrizzarsi e il dolore si attenua, diventando una specie di ricordo, sempre presente ma ogni giorno più distante, del mio passaggio al mondo adulto. Allora come tutti i compagni dormo sull'*ekpongbolo*, il letto propiziatorio che introduce alla vita da uomini. È fatto di legno antico, che mi trasmette la forza e l'esperienza che non ho. Sento che di tutte e due ho molto bisogno. Dormo bene ed è in quelle notti, ne sono sicuro, che imparo a cavarmela sempre. La sapienza magica della natura passa in me. È destino sia così. Io imparo dalle bestie, dagli alberi, dalla terra. Molto più che dagli uomini. Dalle bestie, dagli alberi e dalla terra non devo fuggire. Mi bastano le dita di una mano per dire invece quanti uomini mi sono stati amici in tutti questi anni. Dagli uomini devo fuggire.

4

Mangiamo poco e abbiamo sempre tanta fame, ma nella "capanna della separazione" il cibo è scarso. Io lo sapevo, ero preparato a questo. È stato mio padre a parlarmene, in uno dei suoi rari slanci per me. Pochi giorni fa ha violato il segreto che avvolge il rito e della circoncisione mi ha raccontato una cosa sola: che avremmo patito la fame. Mangiare poco fortifica lo spirito, ha detto. E inoltre è necessario, perché durante la separazione molti cibi sono tabù. Sono tabù per noi *mangbetu* e i *pigmei* si adeguano. Lo hanno deciso insieme al momento di stringere l'alleanza tra le famiglie. I *pigmei* rispettano le nostre usanze e non protestano. Il maiale selvatico è tabù, come il pesce senza squame e con gli aculei, il pollo, la piccola antilope, le arachidi, le banane che si trovano all'estremità del casco e l'elefante. I miei compagni chiedono a me il perché di tutto ciò.

«Perché non possiamo mangiare tutti questi buonissimi cibi?»

«Non lo so. Così vogliono i vecchi. Io so solo dell'elefante. Se mangiamo l'elefante ci ricresce il prepuzio. Ci è stato tolto, ma ricrescerà sicuramente. È pericoloso soprattutto per la proboscide. È la proboscide che rende vietata tutta la carne d'elefante. Me l'ha detto mio padre.»

E passiamo il tempo così, discutendo dei cibi tabù e indovinando per ognuno di essi il motivo del divieto. Per alcuni è facile. Capiamo che le arachidi sono vietate perché le arachidi sono bianche come le nostre ferite e ciò è male. E che se mangiamo il pesce con gli aculei, di notte il pesce con gli aculei ci pungerà provocando dolore. Ma nessuno comprende perché non dobbiamo toccare il pollo o l'antilope. La mia curiosità è invincibile e non riesco a trattenermi. Parlo senza pensare a quello che dico.

«Quando torniamo al villaggio chiedo al nostro capo perché non possiamo mangiare queste cose.»

Tutti fanno silenzio e mi guardano storto, soprattutto i *pigmei*. Domando perché con voce tremante e uno di loro risponde secco. È stupefatto. I suoi occhi mi scrutano inquisitori. E d'improvviso mi trovo di nuovo solo.

«Noi obbediamo agli adulti del nostro villaggio. Se qualcosa non ci riguarda lasciamo perdere. Non chiederemo mai al capo il motivo del tabù. È un segreto e i segreti devono rimanere segreti. Solo pochi uomini possono conoscerli. Poco fa scherzavamo, tirando a indovinare, perché siamo tra noi. Ma come ti viene in mente che Oziadambra racconti queste cose a un bambino?»

Non so cosa rispondere.

«Ieri ci hanno detto di stare attenti a te. Forse hanno ragione...»

Mi offendono e li guardo tutti, uno per uno. Anche il mio compagno *mangbetu* è dalla loro parte. I loro occhi sono ostili. Non sanno più bene se fidarsi. Con una sola frase ho rovinato tutto. Ma io ho bisogno della loro compagnia. Se non ottengo il rispetto e l'amicizia dei miei compagni di sangue chi mai avrò con me nella vita? Rido nervosamente e cerco di riparare il danno. Ma la paura mi stringe il cuore.

«Scherzavo anch'io. Non sono così matto. Un giorno forse, se arriverà il mio turno, anch'io conoscerò quei segreti. In attesa di quel giorno saprò aspettare.»

I miei amici si calmano, a poco a poco. Per un momento, solo per un momento ho avuto la tentazione di ribellarmi, di gridargli che sono schiavi dei loro genitori, del capo, dello stregone, di tutti gli adulti del villaggio. Ma ora la crisi è passata. Dobbiamo stare insieme tanti giorni. È meglio così. Sopporto in silenzio. Perché devo uscire dal *noutu* diverso, nuovo, cambiato.

5

Facciamo anche cattivi sogni. Di pericoli, di solitudine, di povertà. Sogni così spaventosi che a turno ci svegliamo durante la notte, in preda alla paura e inzuppati di sudore. Rimaniamo svegli a lungo, ascoltando il respiro degli altri. E quando finalmente prendiamo di nuovo sonno, il tormento dell'incubo colpisce un altro di noi. Al mattino ci raccontiamo cosa abbiamo sognato e ci chiediamo perché, come mai capiti questo. Nessuno ce lo aveva annunciato, non è come per i cibi tabù. Forse diventare adulti è proprio questo: fare nuovi sogni, sognare cose strane, inimmaginabili prima. E imparare a capire cosa significhino. Forse con questi sogni gli spiriti ci parlano. E il più bravo di noi impara a parlare con gli spiriti, con la foresta e gli animali che vivono nella foresta. O forse no. Forse, come dice uno dei *pigmei*, «ci mettono delle droghe nel piatto. Vogliono che abbiamo gli incubi, che abbiamo paura per imparare a dominarla». Io non so quale di queste cose sia vera. O se la verità sia un'altra, che neanche immaginiamo. Ma so che, in mezzo a tanti sogni cattivi, io faccio anche un sogno buono. Sogno di essere come tutti gli altri bambini, amato e protetto dai genitori. E felice, senza pensieri, senza ferite. Le ferite che mi porto già dentro. Sospiro in cerca di una speranza, di una luce. Nella "capanna della separazione" mi chiedo incessantemente se il mio sogno buono si realizzerà mai. E mi dico di sì, che capiterà, che sarà così, che trionferò sui cattivi. E che se riuscirò dovrò tutto solo a me stesso. E a nessun'altro.

Mangiare poco ci costringe ad andare a cercarci il cibo da soli. Dopo una settimana di patate e manioca abbiamo un tale desiderio di carne che non perdiamo altro tempo e ci infiliamo nella foresta. Siamo il più piccolo gruppo di cacciatori che si sia mai visto in Africa. Siamo cinque bambini, due *mangbetu* e tre *pigmei*, armati ognuno di un arco, poche frecce e una fionda. E non siamo diversi dai nostri antenati. Prima che una donna scoprisse la potenza del seme gettato a terra e i campi fossero coltivati, i nostri antenati si avventuravano nel folto della giungla alla ricerca di cibo. Come facciamo noi ora. Scopriamo presto che ogni popolo ha la sua abilità. Noi *mangbetu* siamo imbattibili con l'arco in mano. I *pigmei* non hanno rivali nell'uso della fionda: sono molto più bravi di noi. Queste giornate di caccia sono le più belle. Avanziamo insieme, ci apriamo la strada l'un l'altro, ci guardiamo a vicenda le spalle dalle fiere, ciascuno indica al vicino la preda. Non conta più se sei *mangbetu* o *pigmeo*, da quale villaggio vieni, se tuo padre è importante o un poveraccio deriso da tutti. Impariamo che nella foresta si sopravvive solo dandosi una mano. La salvezza di uno è la salvezza degli altri. E un colpo fortunato, anche del più piccolo tra noi, assicura un pasto abbondante a tutti.

Quando, dopo molte ore passate acquattati, torniamo alla "capanna della separazione", consegniamo il bottino alle bambine, alle nostre sorveglianti: qualche topo, degli uccelli, un rettile. Loro lo cucinano e noi lo mangiamo in pace. Ecco come facciamo amicizia, giorno dopo giorno. Ecco come diventiamo davvero, senza accorgercene, fratelli di sangue.

Per venti giorni non ci curiamo di noi stessi. Puliamo e medichiamo bene la ferita, fino alla guarigione, secondo le istruzioni che gli adulti ci mandano con le bambine. Ma non laviamo mai il nostro corpo, perché questa è l'usanza. Il sudore, la terra e lo sporco si accumulano sulla pelle e ci coprono come un manto. Le unghie e i capelli crescono senza disturbo. Puzziamo ma non ce ne preoccupiamo, perché siamo sempre tra noi. Poi tutto all'improvviso cambia. «Domani c'è la purificazione.» Questo ha detto ieri sera con semplicità la bambina *mangbetu*, trasmettendoci la volontà di Oziadambra e del villaggio. E adesso, che è mattino presto, io e i miei compagni ci avviamo al fiume. Cantiamo, ridiamo, siamo contenti. La reclusione è finita e tra poco ci uniremo al resto della comunità. Sarà festa, festa grande per tutti.

6

I ricordi dell'ultimo giorno della mia iniziazione pesano sulla mia memoria come macigni. Sono labili, forse perché da sempre mi sforzo di cancellarli. No, sbaglio. È labile e confuso il ricordo della prima parte di quella giornata. Da un certo punto in poi il ricordo è duro e trasparente come il diamante, insopprimibile e insopportabile. E tutto precipita come il fiume in una cascata. Il riposo del *noutu* è finito, comincia la guerra per la sopravvivenza.

Bayogo, il più anziano del villaggio, viene incaricato di purificare noi circoncisi con il lavaggio al fiume. Ci aspetta sulla riva, insieme a due donne, e quando lo raggiungiamo toglie personalmente a ognuno di noi il gonnellino di foglie di banano. Ci taglia l'unghia del mignolo della mano destra, ci immerge nelle acque per un bagno rigeneratore cacciando la sporcizia di venti giorni di reclusione e ci riveste con abiti nuovi. Le donne afferrano i gonnellini e ne fanno un mucchio. Tutto deve essere bruciato: l'infanzia è finita e con quel falò ce la lasciamo alle spalle.

Bayogo mi ordina di correre sul sentiero che unisce il villaggio al fiume. Io obbedisco e capisco subito perché mi ha ordinato di correre. Lungo il sentiero colpi improvvisi e frustate dolorose piombano sulle mie gambe. Qualcuno si è appostato dietro i cespugli per farmi assaggiare il sapore della libertà. Comprendo cosa significano quelle scudisciate e mi dico: "Allora vivere è questo, prendere botte e non lamentarsi, schivare i pericoli se si può e se non si può pazienza!". Chi mi colpisce vuole ricordarmi che la libertà va guadagnata a caro prezzo. Perché il destino rimane sempre in agguato, pronto a coglierti di sorpresa. Io sono sceso al fiume contento, convinto di essermi disfatto del passato, ma ora di nuovo un'ombra oscura la mia mente e la paura torna a farsi largo. Corro ancora più forte, roso dal desiderio di capire e vedere con i miei occhi. Il *noutu* è finito. Durante il *noutu* ho fatto a me stesso mille giuramenti. Il mio cuore è pronto a ricominciare da capo e voglio sapere se anche mio padre è pronto, se lui e gli altri uomini del villaggio mi danno una possibilità, se mi lasciano iniziare un'altra volta. Devi cambiare, mi ha detto mio padre. Io sono cambiato, penso mentre corro. Corro in tutto pochi minuti, che mi sembrano un'eternità, e giungo al villaggio con le gambe sanguinanti. Accetto il sacrificio. Accetto quei colpi a tradimento perché il premio è tornare ad abbracciare i miei.

Ho davvero il mio premio. Noi circoncisi ritroviamo le nostre famiglie, *pigmei* e *mangbetu* mescolati assieme a gioire. Mangiamo e beviamo, gridiamo e cantiamo, danziamo fino a cadere esausti a terra. Perfino noi bambini, che abbiamo una energia inesauribile, perdiamo quasi ogni forza. E quella che conservo la conservo per mio padre. Mi vengono ancora le lacrime agli occhi se ci ripenso. Mio padre non mi delude. Per tutta la mattina mi parla, mi sorride, mi bacia e mi abbraccia. «Vieni, figlio mio!», mi dice molte volte con la voce rotta dall'emozione. Il passato sembra scomparso. Io sono nuovo, lui è nuovo. Si fida di me. Tutto il male degli anni passati è dimenticato. Proprio questo desideravo dal mio *noutu* e questo ho ottenuto. Il regalo più grande della mia vita. Non credo che in quel giorno ci sia stato al mondo un bambino più felice di me.

Poi, quando le danze e il banchetto finiscono, torniamo verso le nostre capanne. È pomeriggio e il sole è caldo. Mio padre entra a lavorare nel recinto delle bestie. Mia madre prende a giocare con i miei fratelli e le mie sorelle. Io mi rifugio nella foresta, da solo. Voglio pensare con le mie semplici idee di bambino a quel che è successo. Sto bene, proprio bene. Penso a lungo e quando torno indietro il fuoco ha attaccato la nostra capanna e sale velocissimo dalle pareti al tetto. Dal recinto delle bestie viene il grido d'aiuto di mio padre. Lo sento e non so cosa fare. Le nostre vite sono in pericolo. Devo prendere una decisione. La decisione giusta.

Da quel momento i miei ricordi tornano precisi e chiarissimi. Come lotto per la vita e la morte, come salvo mio padre, come sarebbe stato meglio morire lì con lui. E come io con quell'incendio non c'entri nulla, anche se tutti pensano che è colpa mia. Tutto si incide nella mia memoria a lettere e immagini di fuoco, per non abbandonarmi più. Perché nella capanna dello stregone ho tutto il tempo che voglio proprio per fare questo: rimuginare, rimuginare e ancora rimuginare sulla mia terribile sorte.

LA CACCIATA DAL PARADISO

1

Era notte. La calda notte dell'estate della mia terra. Ma io tremavo, accucciato ai piedi di un albero, le braccia strette, la testa tra le ginocchia. E piangevo. Mi costringevano a vivere, ma quella non era vita. Se era così, preferivo morire. Cosa fare? Dove andare? Sollevai gli occhi e mi guardai attorno, cercando di penetrare l'oscurità della foresta. In cento altre notti come quella mi ero acquattato nell'ombra, con i miei compagni o con mio padre, pronto alla caccia, senza paura, da padrone. Adesso ero io la preda, senza armi, senza difesa, solo e spaventato. Oziadambra aveva emesso il suo verdetto: il villaggio aveva deciso di cacciarmi. Mi ero aggrappato alla sua gamba come un rampicante selvaggio, avevo gridato, l'avevo implorato di ammazzarmi, l'avevo scongiurato di lasciarmi parlare con mia madre. Ma lui mi aveva allontanato e i suoi compagni mi avevano trascinato via. Ecco l'ultima immagine del mio villaggio rimasta nella mia mente: la porta della capanna dello stregone, illuminata da una lucerna, si rimpicciolisce contro il buio della notte. E lo stregone è lì, seduto a gambe incrociate sulla stuoia, che non dice una parola e non mi guarda nemmeno. «Perché non mi uccidete?», grido verso il capo, mentre mi portano via. «Per amore di tua mamma» risponde lui, prima di darmi le spalle. Da quel momento non vedo più niente perché le lacrime mi offuscano la vista. I due uomini si stufano presto di trascinarmi come un corpo morto e mi prendono a botte per costringermi a camminare. E allora io cammino. Sono un animale che risponde a comando e se non risponde basta picchiarlo perché esegua. Ci allontaniamo dal villaggio per due ore di marcia. Non ho punti di riferimento, non capisco dove stiamo andando. Capisco solo che casa mia è sempre più lontana. E quando ai due uomini sembra di aver fatto abbastanza strada mi danno uno spintone e mi buttano a terra. «Cosa fate?» chiedo terrorizzato. Uno dei due mi afferra per i capelli e mi parla in faccia: «Vattene! Vattene per sempre! Se torni al villaggio ti uccidiamo!».

«Perché? Perché mi fate questo?»

L'uomo sputa per terra: «Perché sei un *ndoki*, un bambino stregone!». Si volta e insieme al compagno torna nel folto della foresta.

«Non ho acqua! Non ho da mangiare!» grido disperato. Le mie parole rimangono senza risposta. In breve, anche l'eco dei passi dei miei aguzzini si perde nella notte e io rimango solo. Accovacciato ai piedi di un albero, alla mercé della foresta. Un fagotto di carne ferita, sangue e paura. Una vittima predestinata nella lotta per la sopravvivenza.

Finii le lacrime quando il sole sorse sulla giungla e il suo calore mi diede nuova forza. Sentivo dolore in cento punti diversi del corpo per le torture che lo stregone mi aveva inflitto. E un dolore più profondo, molto più profondo, perché ero stato abbandonato. No, ero stato cacciato. Cacciato dal paradiso terrestre. Il mio villaggio era il paradiso terrestre di cui parlavano i missionari che ogni tanto venivano a trovarci. E da questo paradiso io ero stato buttato fuori. Sentivo già allora, a otto anni, confusamente, che quel dolore non si sarebbe mai più spento. Ed è avvenuto proprio così. Io non sono mai più tornato al villaggio e non posso tornarci. Per la gente del villaggio sono ancora un *ndoki*, un bambino stregone. Con questo marchio non posso tornare a casa. Se torno e mi riconoscono mi uccidono, obbedendo all'ordine impartito dallo stregone dieci anni fa. Eppure, quel mattino, mentre tutte le bestie della foresta si svegliavano dal loro sonno e la luce si diffondeva tra gli alberi, sentivo anche un'altra cosa. Ero vivo. Ero ancora vivo. Avevo le mani, i piedi, le braccia e le gambe. Il cuore mi batteva, i muscoli guizzavano sotto la pelle, i miei occhi vedevano. Ero vivo e non ero ancora morto. Avevo una possibilità. Feci l'unica cosa che poteva fare un essere umano, persino un bambino indifeso di otto anni appena cacciato dal paradiso terrestre. Maledii mio padre e mi staccai dall'albero al quale ero rimasto avvinghiato tutta la notte. Cominciai a combattere.

2

I primi giorni furono i peggiori. Dovevo risolvere due problemi essenziali: trovare acqua da bere e cibo da mangiare. Nella foresta faceva molto caldo e io camminavo e sudavo. Tutti i liquidi del mio corpo se ne andavano in sudore e dovevo trovare al più presto una fonte di acqua pulita. Non era facile. Un torrente ricco e cristallino come quello che scorreva vicino al nostro villaggio era un'eccezione. Sapevo bene che la maggior parte dei fiumi del nostro paese sono sporchi e limacciosi e non potevo certo bere quell'acqua. Mi sarei ammalato in pochi giorni. Decisi di camminare fino a quando avrei trovato una pista sterrata. Le piste sterrate tagliano la giungla e uniscono molti villaggi diversi. In questi villaggi ci sono i pozzi ed era da un pozzo che dovevo bere. Ma non potevo avvicinarmi alla gente e chiedere dell'acqua. Ero ancora troppo vicino a casa mia ed ero sicuro che in tutto il circondario ormai conoscessero la notizia: io ero un bambino stregone. L'ordine di uccidermi si sarebbe propagato come un lampo e la mia vita sarebbe stata al sicuro solo a molti giorni di marcia dal mio villaggio. Percorsi dunque le piste di villaggio in villaggio, e quando ne incontravo uno mi nascondevo tra gli alberi fino al calare della notte. Solo con la protezione del buio osavo avvicinarmi al pozzo. E tiravo su l'acqua cercando di fare meno rumore possibile. Bevevo avidamente, bevevo a più non posso, nonostante il fresco ricordo dello stregone e della sua terribile coppa d'acqua. E me ne andavo prima che qualche nottambulo mi scoprisse o che l'abbaiare dei cani risvegliasse gli abitanti del villaggio. Quanto al mangiare, per almeno una settimana mi accontentai di masticare erbe e radici che sapevo commestibili, perché tante volte mi erano state indicate e offerte da mio padre durante le battute di caccia.

Mio padre! Avevo giurato a me stesso di non pensare mai più a lui, ma era impossibile. Ora mi tornavano alla mente tanti momenti passati insieme. E non più i momenti brutti, quelli delle botte e delle grida, ma i momenti belli, in cui mi aveva insegnato qualcosa o mi aveva allungato una carezza. E quando il suo ricordo mi balzava alla memoria dovevo fermare il cammino e sedermi a terra. Le forze venivano meno e la commozione mi artigliava il cuore. Mio padre mi mancava. Nonostante tutto, mio padre mi mancava. Conservavo nell'animo la speranza di rivedere un giorno mia madre. Ma mio padre era morto. Lui non l'avrei più visto.

Camminavo di giorno senza sapere bene dove andare, con la sola intenzione di allontanarmi il più possibile da casa mia e dalla terra dei *mangbetu*. Dormivo qualche ora la notte, sui rami più alti degli alberi per proteggermi dai predatori. E prima dell'alba compivo le mie incursioni nei villaggi in cerca d'acqua. Non potevo però andare avanti in quella maniera. Innanzi tutto dovevo bere anche di giorno e questo era un problema che andava risolto in fretta. Poi dovevo mettere sotto i denti qualcosa di più di erbe e radici. In nessun modo potevo permettermi di entrare in un villaggio alla luce del giorno e chiedere aiuto. Avevo paura di quel che poteva succedere. Dopo una settimana mi ero molto allontanato da casa ma avevo ancora paura. Gli adulti del mio villaggio si erano comportati con me in maniera tremenda e non c'era motivo per pensare che altrove sarebbe andata meglio. Non potevo neanche mentire sulle mie condizioni. Portavo sul corpo i segni delle violenze sofferte e chiunque si sarebbe insospettito a vedermi sbucare dalla foresta all'improvviso, lacero, sporco e affamato. Se anche non capivano che ero un *ndoki*, avrebbero pensato che avevo rubato o addirittura ucciso, che scappavo, che ero colpevole. Dovevo tenermi alla larga dagli altri esseri umani. Ma per continuare a vivere e spostarmi nella foresta avevo bisogno di un aiuto.

Pensai una giornata intera al da farsi e alla fine mi convinsi che mi servivano un coltello e una bottiglia di plastica. Con questi due strumenti ce l'avrei fatta, avrei resistito nella giungla per tanto tempo, per tutto il tempo che desideravo. E però, come fare? Sudai freddo quando capii che la soluzione era una sola: dovevo rischiare e rubare. Esitai molto, poi decisi a malincuore di sfidare la sorte. Ma decisi anche di agire con calma, perché volevo cavarmela. Mi appostai appena fuori dal villaggio di una tribù che non avevo mai visto prima. Non sapevo come si chiamassero, certo non erano *mangbetu*. Stetti bene attento a non farmi cogliere di sorpresa dagli adulti, che andavano e venivano dalla foresta, o dai bambini che scorrazzavano lì attorno nei loro giochi. E osservai per diversi giorni la vita degli abitanti, fino a che non individuai i miei obiettivi.

Un adulto usava un lungo coltello parecchio affilato per intagliare e sagomare il legno, con cui fabbricava attrezzi per tutti. Di sera lo portava con sé nella capanna, ma di giorno si allontanava spesso dal suo posto di lavoro e lo lasciava incustodito. Dovevo muovermi alla luce del sole, ma non c'era altra possibilità. La bottiglia di plastica, invece, scelsi di rubarla a una donna che la teneva come un trofeo appena fuori dalla porta di casa sua, infilata in un bastone conficcato al suolo. Pensai che la usasse come portafortuna, dato che la toccava ogni volta che entrava o usciva dalla capanna. Non potevo fare tutto assieme perché mi avrebbero scoperto e decisi di muovermi in due momenti diversi. Una notte mi avvicinai strisciando alla capanna della donna e rubai la bottiglia. Quando al mattino lei si alzò io la spiavo: stava sulla soglia della capanna e non voleva uscire perché non aveva più il suo portafortuna da toccare. Chiamò a gran voce e molti si radunarono davanti a casa sua. Per un momento temetti che la sparizione della bottiglia fosse tanto grave da spingerli a fare delle ricerche. Ma tirai presto un sospiro di sollievo. Qualcuno portò di corsa una nuova bottiglia alla donna e tutto si acquietò. Il giorno dopo rubai il coltello, quando il sole era più alto nel cielo e l'artigiano entrò nella capanna per mangiare. Anche le donne erano al chiuso delle loro case, mentre gli uomini erano al lavoro nella foresta. Nel villaggio circolavano pochissime persone e potei agire indisturbato. Solo un bambino della mia età vide quel che facevo, ma per lo stupore non aprì bocca. E quando si decise a gridare, richiamando l'attenzione dell'adulto, io ero già nella foresta con i miei due tesori: una bottiglia di plastica e un coltello.

3

Riempivo ogni notte la bottiglia al pozzo di qualche villaggio e così avevo la giusta riserva d'acqua durante il giorno. E il coltello mi salvò la vita. Grazie alla sua lama tagliente mi costruii un arco e delle frecce appuntite. Ricavai la corda dalla mia maglietta. Era così lacera che sacrificarla non mi costò niente. La feci a strisce, che intrecciai una con l'altra stringendo il più possibile. Non era la corda migliore del mondo ma serviva allo scopo. Era più importante il legno, che doveva essere morbido e allo stesso tempo resistente. Per scegliere il legno e costruire l'arco misi in pratica gli insegnamenti di mio padre e ancora una volta il mio pensiero tornò a lui. Più passava il tempo, più cresceva la nostalgia per lui e mia madre. Ora che giravo seminudo per la foresta e vivevo sugli alberi mi rendevo conto che la mia famiglia era l'unica ricchezza che avessi mai posseduto. E quando grazie all'arco uccisi un piccolo topo della giungla, quando lo arrostii al fuoco e quando lo mangiai non pensai agli stessi atti compiuti poche settimane prima con i miei compagni di *noutu*. Pensai alla notte precedente la mia prima caccia con mio padre, quando mi aveva detto con sicurezza «sì, ce la farai», rispondendo ai miei dubbi e tacitando i miei timori. Io ce l'avevo fatta, ero diventato un cacciatore grazie a lui.

Questa volta, però, a quel pensiero non piansi. Il tempo era passato e il mio cuore si stava chiudendo. Sentivo nostalgia, certo, l'ho detto, ma non le permettevo di spezzarmi l'animo. Mi obbligavo a pensare ai miei veri problemi. Perché avevo soddisfatto i miei bisogni essenziali. Bevevo, mangiavo e mi ero allontanato dal villaggio della mia famiglia tanto da sentirmi ormai al sicuro.

Che fare adesso? Per un po' non ci pensai. Continuai a camminare nella foresta, soffrendo per la solitudine e le difficoltà della sopravvivenza ma anche felice della mia libertà. Felice di essere sfuggito agli artigli dello stregone. Felice di non sentire la nuca bruciarmi sotto lo sguardo minaccioso di uno sconosciuto. Felice di non essere più l'emarginato del villaggio. Ma le settimane passarono in fretta, finita la stagione secca iniziò la stagione delle piogge, e io ero sempre tutto inzuppato. Decisi di fermarmi e con il coltello mi costruii un riparo di legno e foglie, che incastrai tra i rami degli alberi a distanza di sicurezza da terra. Lì vissi per almeno un altro mese. Poi non ce la feci più. La tristezza era giunta al colmo e capii che non potevo trascorrere la mia vita intera in quel modo. Avevo solo otto anni ma sapevo di essere un uomo, non una bestia. Un giorno decisi che bastava. Scelsi di abbandonare la giungla e tornare tra gli uomini. Dovevo correre il rischio. E mi ricordai che zio Bernard abitava a Kinshasa. Era stato buono e gentile con me, al tempo della circoncisione. E dandosi da fare durante il *noutu* era diventato mio padrino. Le nostre usanze gli davano degli obblighi. Aveva il dovere di aiutarmi. Io dovevo solo raggiungerlo. Sapevo che Kinshasa era lontana, ma ero certo di arrivarci. Se sopravvivevo alla foresta, potevo anche viaggiare fino alla capitale del Congo.

BENVENUTO
A KINSHASA

1

Stava andando tutto bene.

Le cassette della frutta non erano troppo pesanti. L'altro ragazzo, quello più forte di me, dal pianale del camion me le passava una alla volta, io le prendevo e poi mi muovevo veloce, per far vedere che ero bravo. Certo, dopo due ore a quel ritmo ero stanco, fradicio di sudore. Ma continuavo a lavorare. Era meglio così. Lavorando dovevo concentrarmi solo su ciò che stavo facendo: cassette di frutta dal camion alla baracca, lì, a pochi metri. E non mi perdevo, neanche con lo sguardo, in quella grande piazza piena di gente sconosciuta.

Lavoravamo e stavamo zitti. E da quando lavoravamo il padrone del camion non mi faceva più domande.

Prima, quando gli avevo detto che andavo da mio zio e il suo nome e il suo indirizzo, era rimasto colpito. Oggi lo capisco: un bambino che arriva a Kinshasa dalla provincia non è una rarità; che abbia un nome e un indirizzo vero in testa è una rarità. E poi anche il quartiere dove avevo detto che abitava mio zio lo aveva impressionato.

«Binza!» aveva esclamato guardandomi per un attimo con sospetto per accertarsi che non avessi detto una bugia.

Ma quel giorno ero ancora un bambino e si vedeva. "È sincero", forse pensò, "spera veramente di arrivare presto dallo zio; magari addirittura lo aspettano."

«Binza» riprese. «È un posto dove si sta abbastanza bene. E che mestiere fa tuo zio?»

Qui aveva gettato uno sguardo interrogativo ai miei vestiti sporchi, ai sandali che andavano a pezzi. Io non avevo esitato: «È il custode di una grande villa. E ci abita, anche».

Tutto chiaro. L'uomo aveva annuito.

«Bene. Lavora un po' per me e ti paghi il viaggio. Poi stasera ti ci porto. Contento?»

In quelle settimane in cui mi avvicinavo alla città preoccupato solo di sopravvivere non avevo immaginato nulla a proposito di come mi sarei trovato una volta arrivato a Kinshasa. E ora mi ripetevo che stava andando tutto davvero bene. E la folla intorno, tantissima gente, non mi faceva paura.

Poi arrivò un uomo.

Cominciò a salutare da lontano. L'autista che mi aveva accompagnato rispose a quei saluti con ampi gesti e gran sorrisi. I due si abbracciarono, quasi. Ero molto stupito. Al villaggio gli adulti, maschi poi, non si scaldavano tanto. Questi si davano pacche sulle spalle, ridevano.

Rimasi lì imbambolato, a guardarli, con le mani stanche abbandonate lungo i fianchi.

Così mi notarono.

Soprattutto il nuovo arrivato.

«E questo chi è?»

L'altro diede spiegazioni: «Camminava lungo la Bas Congo. Arrivavo, si è girato, mi ha guardato e... sembrava aver bisogno di un passaggio. Ho pensato che avevo un solo ragazzo ad aiutarmi, questa volta. Lui andava bene...».

«E poi lo riporti indietro?»

L'amico chissà perché era preoccupato. Non sorrideva più. Mi guardava negli occhi, ma non mi rivolse la parola.

«No» rispose l'autista. «Ha parenti in città. Uno zio. Sta andando da lui, a Binza.»

L'uomo che era appena arrivato e aveva fatto quelle domande prese l'altro per un braccio e lo trascinò qualche passo più in là.

Io non smettevo di guardarli. Adesso avevo di nuovo paura, anche se non sapevo di cosa. Il ragazzo sul camion mi stava aspettando con un'altra cassetta di frutta e mi chiamò, sgarbato. Andai da lui, presi la cassetta e mi diressi verso la baracca. Ma intanto cercavo di tenere d'occhio quei due che parlavano. Dalla baracca li spiai e vidi che mi guardavano, pensosi.

Un minuto dopo l'altro uomo se ne era andato. L'autista si avvicinò e mi guardò attentamente.

Allora capii. Sembrava vedere per la prima volta le mie cicatrici, sulle braccia, sul viso. Non riusciva a staccare gli occhi proprio da lì.

Deglutii a fatica.

"Adesso mi picchia", ebbi tempo di pensare.

Invece no. Sorrise. Ma non come prima. Ora sembrava che avesse a che fare con un adulto. Era gentile come quando si parla con una persona che non bisogna offendere.

«Bene» disse. «Avete quasi finito, no?»

Il ragazzo grande grugnì insoddisfatto. «Il piccolo è stanco. Ha perso il ritmo!» osservò con disprezzo.

Era vero, però, che doveva ancora passarmi solo una minima parte del carico.

«Finiamo noi» disse l'uomo, e parlava rivolto al ragazzo sul camion.

Mi sentii subito abbandonato.

L'uomo allungò le braccia verso una cassetta di manghi e ne prese due. Poi si volse verso di me e me li porse.

«Tieni» disse, sempre con quello strano sorriso. «Diciamo che questa è la paga per il tuo lavoro. Li porterai a tuo zio, va bene?»

Mi veniva da piangere. Ma non potevo. Non dovevo piangere, dovevo parlare, protestare. Far qualcosa.

Comunque gli occhi mi si inumidirono. L'uomo sembrò non accorgersene. Divenne invece ancor più sbrigativo.

«Guarda» mi disse, e indicava un punto dall'altra parte della piazza. Io guardai e vedevo solo gente e ancora gente. Mi confusi.

«Sali sul camion» disse.

Montai sul pianale. Ora il mio sguardo vagava sopra le teste delle persone.

«Vedi? Davanti a te ci sono tre strade. Tu non devi andare per quella a destra e non devi andare per quella a sinistra. Devi prendere quella in mezzo. Ci sei?»

Annuii, muto. Stavo lì, a guardarlo, con i due manghi uno in una mano, uno nell'altra. Proprio non riuscivo a chiedergli: «Non mi accompagni più?». Forse perché se avessi aperto bocca sarei semplicemente scoppiato a piangere. E lui mi avrebbe disprezzato. Forse allora sì mi avrebbe picchiato.

Di fianco a me l'altro ragazzo mi guardava e sorrideva con l'aria di deridermi. Aveva capito anche lui che per qualche motivo l'uomo mi mandava via da solo. Aveva anche capito che non mi avrebbe spiegato il perché.

«Ecco,» concluse quello «prendi quella strada e continua a camminare, sempre dritto. Non fermarti mai. È una strada lunga, ci metterai... un'ora, o forse più. Quando ti troverai in un'altra grande piazza, con in mezzo la statua di un soldato, comincia a chiedere di Binza e della via dove abita tuo zio e vedrai che ti indicheranno la direzione giusta...»

Annuii di nuovo. Ma adesso piangevo davvero.

«È meglio che vai subito» tagliò corto quello. «Qui perderesti altro tempo, poi io devo fare altri lavori e... tuo zio ti aspetta.»

Abbassò lo sguardo.

"Ci ripensa", immaginai.

«Non aver paura di niente» disse invece. «E poi sei un ragazzo forte, no?»

Io scesi dal camion. Ora stringevo i manghi. Con forza. Per sconfiggere la tentazione di gettarli a terra con rabbia: dopo tutta quella fame, nella foresta, non potevo permettermi di gettare via del cibo. Neanche cibo che mi veniva dato per liberarsi di me.

Tentai di salutare come fa un uomo. Ma non mi uscì niente, dalla bocca.

Lui mi disse un'ultima cosa: «Mi raccomando: non fermarti per nessuna ragione. Cammina e basta. Devi arrivare da tuo zio prima che faccia buio. Hai capito?».

C'era un'estrema nota di attenzione nei miei confronti, in quelle parole. Alla fine è quel che mi ricordo ancora di quell'uomo.

Poi mi incamminai nella direzione indicata.

Pochi passi e mi facevo già strada nella folla.

Attraversai la piazza. Ma quando fui dall'altra parte esitai: le tre strade che avevo ben distinto viste da lontano e che mi erano sembrati lunghi fiumi sui quali navigavano macchine come barche ora erano viali ingombri, percorsi sì dalle auto, dai camion, dalle moto, ma soprattutto da tanta gente che procedeva come un gregge, che mi costringeva al suo passo. Dunque la folla non era solo nella piazza: ce n'era altra lungo quelle vie, non finiva mai: uomini e donne e bambini, dappertutto.

Scelsi la strada in mezzo e mi avviai.

Era dritta davvero. Non potevo sbagliare.

2

Quel giorno, però, non arrivai al quartiere di Binza.

A un certo punto mi dimenticai da quanto tempo stavo camminando. Da molto, direi, o almeno così mi sembrava. Tenevo sempre gli occhi bassi, guardavo i miei piedi e vedevo i piedi degli altri intorno a me. Anche la gente sembrava non fare caso a me e questo andava benissimo. Volevo essere invisibile. Non parlare con nessuno, se non con zio Bernard.

"Presto sarò arrivato", mi dicevo, "l'uomo ha detto un'ora di cammino, o poco più."

Ma la grande piazza di cui quell'uomo aveva parlato non si vedeva ancora e la mia inquietudine aumentava. Una volta giunto là avrei dovuto chiedere a qualcuno della via dove abitava lo zio. Quello sarebbe stato difficile, ma dovevo farlo e quindi lo avrei fatto.

Poi arrivai a un punto in cui sulla strada che stavo seguendo si apriva uno slargo. Era una piazza molto più piccola di quella dove ero arrivato con il camion, ma anche qui c'era un mercato: molte bancarelle strette una all'altra. C'era meno gente, però. Infatti era passata la metà del pomeriggio: allora non lo sapevo, ma a Kinshasa quelli che vengono da più lontano lasciano i mercati del centro già da mezzogiorno. Poi, a sera, chi tra gli abitanti della città è riuscito a guadagnare qualcosa nel corso della giornata affolla i mercati fino a tardi, per comprare quel che rimane.

Non pensai di fermarmi. La mia strada proseguiva ancora, dritta davanti a me, e non potevo abbandonarla. Non era quella la piazza dove dovevo chiedere dello zio.

Avanzai di qualche passo, ma poi qualcosa attirò il mio sguardo. Mi bloccai. Fissavo un punto della fila di bancarelle che fronteggiava il via vai della gente e non riuscivo ad andare oltre. Lì c'era un ragazzo più o meno della mia età. O forse più piccolo. Sicuramente più magro: lo potei stabilire perché era a torso nudo. La camicia, strappata in più lembi svolazzanti, gli pendeva dai pantaloncini. Era incatenato a un palo di ferro che faceva da sostegno alla piccola tettoia spiovente davanti a una bancarella.

Se ne stava lì, con le braccia incrociate in una posa innaturale. Teneva la testa appoggiata al palo. Non diceva niente, non guardava nessuno.

La gente passava e non faceva caso a lui. Oppure lo guardava di sfuggita e proseguiva, come fosse normale che un ragazzino se ne stesse imprigionato in mezzo a un mercato.

Prima che potessi farmi un'idea di quel che vedevo, dal retro della bancarella uscì un uomo con un bastone e senza aprire bocca si avvicinò al ragazzo e gli menò un forte colpo alle gambe nude.

Il piccolo gemette, piegò le ginocchia, quasi cadde. Abbassò la testa e tese inutilmente le braccia, che rimasero incatenate, come per proteggerla. Evidentemente si aspettava di essere colpito anche lì.

L'uomo ammirò soddisfatto gli effetti della sua violenza. Poi rientrò svelto nella bancarella: un cliente si era fermato e chiedeva qualcosa.

Io non riuscivo a muovermi.

"Un bambino *ndoki*!" pensai. "Anche lui! Un bambino *ndoki*!"

Il cuore mi batteva forte.

Sentivo dolore alle gambe, che si erano irrigidite quando il bambino era stato colpito.

Feci un passo verso di lui. Il piccolo si accorse di me e mi guardò, serio. Nel suo sguardo comparve immediatamente un'espressione di sfida. I suoi occhi sembravano dirmi: «Che vuoi?».

In quel momento mi parve molto grande. Come avesse molti più anni di me. Mi accorsi che per lui rappresentavo un curioso spettacolo: un ragazzino imbranato che lo fissava spaventato con due manghi in mano.

E mentre questa consapevolezza entrava nella mia mente, un'auto accostò e si fermò a pochi passi. Era colorata, con grandi scritte verdi. Ne scesero due uomini in divisa. Non avevo mai visto dei poliziotti. Soldati sì, ma poliziotti mai. Passarono accanto a me, ignorandomi, e si diressero verso il ragazzo legato. Notai che avevano un'espressione molto annoiata.

Subito l'uomo della bancarella balzò fuori, salutò con un cenno i due uomini e con il bastone che teneva in mano colpì di nuovo il ragazzo sulle spalle, con più forza di quella che ci aveva messo prima.

Il piccolo strinse i denti, e questa volta non gemette.

I poliziotti cominciarono a ridere. Poi si avvicinarono ancora e uno dei due diede al ragazzo una sberla. Ne udii lo schiocco.

Il commerciante prese a parlare facendo grandi gesti.

«Ladro!» sentii. «Lui e gli altri!»

Intanto gli agenti slegavano il ragazzo, senza tuttavia impedire all'uomo di sferrargli ancora un gran calcio.

«Portatelo via, se no lo ammazzo!» gridava il venditore.

Qualcuno, adesso, si era fermato a guardare la scena. Nessuno interveniva. C'era chi rideva, invece, ogni volta che il ragazzo veniva colpito o strattonato.

Poi, improvvisamente, le cose si misero male anche per me.

Il commerciante mi notò, lì fermo a osservare la scena. E subito mi indicò con il bastone e prese a gridare: «Eccone un altro! Guardate che coraggio! Sta lì a vedere che fine fa il suo amico!».

Gli uomini in divisa si volsero verso di me, minacciosi.

«Quella frutta l'avrà rubata!» urlò l'uomo.

Mi sembrò che tutti, nella piazza, mi guardassero.

Uno dei poliziotti fece un passo verso di me. Io mi sentii subito prigioniero. Allora mollai a terra i manghi, urtai contro la gente intorno e mi feci strada.

«Ehi!» protestò qualcuno che avevo spinto via.

«Fermo!» intimò l'agente.

Ma io già correvo come un matto.

Attraversai la strada, dove il traffico congestionato scorreva lento. Giunsi in fretta dall'altra parte e mi infilai per una via secondaria, stretta e lunga.

E correvo, correvo. Svoltai, corsi ancora e svoltai di nuovo. Le vie erano sempre più strette. Ora la strada sotto di me non era più asfaltata e aveva il colore della terra.

Dopo un po' mi fermai in un vicolo stretto tra due file di case. Rimasi fermo, ansimante, schiacciato contro una parete a spiare la gente che passava lungo la strada in fondo alla strettoia.

Nessuno badava a me.

Cercai di calmarmi. Mi lasciai scivolare a terra.

«E allora?»

Una voce beffarda mi fece balzare in piedi. Mi volsi. Alle mie spalle una donna si era affacciata a una finestrella.

«Da cosa scappi, bastardo?» disse notando l'ansia nel mio sguardo. Ma non c'era cattiveria, nella voce. La donna era veramente divertita, si godeva il mio spavento.

«Comunque qui non c'è niente da rubare» mi avvisò. Poi strinse gli occhi e mi fissò per un momento. Infine concluse: «E ti conviene sparire, prima che torni mio marito».

Ansimavo ancora.

«Binza» dissi. «Vado a Binza. Lì abita mio zio.»

La donna storse la bocca, scettica.

«Binza? È molto lontano da qui. È quasi dall'altra parte della città. Non credo che ci arriverai prima che faccia buio.»

Dall'interno della casa giunse una voce di bambino.

«Chi c'è, mamma?»

«Uno schifoso ladro» rispose divertita la donna.

Due occhi infantili presero a fissarmi dalla semioscurità della casa. Era una baracca, in verità. E dentro c'era solo una stanza.

La donna accarezzò il figlio sulla testa e aggiunse: «Ora gli diamo un frutto, perché non ci porti via tutto, e lo mandiamo via».

Non mi fecero entrare, ma il frutto arrivò davvero.

Mangiai seduto, sotto gli occhi della donna e del bambino, che non mi perdevano di vista.

A poco a poco altri bambini sbucarono fuori dalle baracche. E a piccoli gruppi rimasero anche loro fermi a guardarmi, incuriositi.

Vedevano che ero uno straniero, ma non sapevano come comportarsi con me, se prendermi in giro, cacciarmi o qualcosa di simile, perché la donna mi aveva offerto da mangiare e io stavo lì, appoggiato alla sua casa. Si vedeva solo che ero affamato, stanco e confuso.

Alla fine mi alzai, salutai e mi allontanai, come la donna mi aveva ripetuto di fare con sempre maggiore insistenza.

Prima che andassi mi diede indicazioni un po' confuse sulla direzione per Binza.

Tempo dopo, quando giunsi di nuovo a una grande strada che mi pareva fosse quella che andava dritta là, il tramonto arrossava l'orizzonte.

Stava per cominciare la mia prima notte a Kinshasa. E non l'avrei passata a casa dello zio.

3

Kinshasa di notte.

Dov'ero io era buio e quindi pensai che ci fosse buio in tutta la città.

A lungo girai a vuoto.

Per le strade sembrava non esserci più nessuno. Ma non ne ero sicuro: per quel che percepivo, anzi, quelle vie e quei vicoli potevano essere pieni di occhi e di orecchi che mi spiavano. Vedevo ombre affrettarsi veloci, udivo voci, richiami.

Era come essere nella foresta: ascolti tutto con attenzione, un fruscìo, un ramo che si spezza, perché speri così di essere pronto a difenderti dall'attacco di un predatore.

Ma poi capisci che è solo questione di fortuna: se l'animale feroce si trova da un'altra parte sei salvo. Se è vicino e ha già mangiato sei salvo. Ma se è proprio te che cerca, se è sulla tua strada e ha fame, sei morto. L'unica cosa da fare è stare fermo, stenderti immobile, respirare appena. Non esserci, se possibile. E aspettare la luce.

La mia prima notte a Kinshasa feci così. Appena trovai un albero con sotto un po' d'erba rinsecchita mi stesi a terra, mi raggomitolai appoggiato al tronco e chiusi gli occhi.

Ero talmente stanco che forse mi addormentai subito.

Sognai.

Qualcuno sussurrava piano parole che dovevano accompagnare il mio sonno, rassicurarmi. Poi mi toccava con dolcezza. Mi accarezzava.

Quelle stesse mani, a un certo punto, mi fecero voltare. Perché fossi più comodo, perché dormissi meglio. Un confuso senso di gratitudine, di calore, mi prese il cuore e la mente.

Sognai di essere a casa. Di essere tornato alle cure di mia madre. Ero nella mia capanna, addormentato fianco a fianco con i miei fratellini, con le punte delle loro ginocchia piantate nel fianco, una loro mano abbandonata sulla mia faccia. Dolcemente mi mossi, mugugnai, spostai con gentilezza quelle gambe, quella mano. Tranquillo.

Al sicuro.

Al primissimo chiarore dell'alba mi svegliai perché avevo freddo.

Mi levai in preda a un'improvvisa consapevolezza.

Tastai. Guardai.

Mi avevano rubato i sandali e i pantaloncini.

La camicia no. Era troppo lacera per servire a qualcuno. Oppure mi ero svegliato in tempo.

Ed ero praticamente nudo!

Provai rabbia e impotenza. Pensai di essere alla fine. Non mi ero mai disperato così, dopo le torture dello stregone. E nemmeno per la fame o per la solitudine o per la paura.

Mi guardai intorno.

La gente non aveva ancora cominciato ad affollare le strade. Pochi passanti assonnati se ne andavano pensando al lavoro che li aspettava o tornando da chissà quale luogo in cui si erano arrangiati per la notte. Non c'era quasi nessuno e nessuno mi guardava.

Ma provavo una vergogna infinita.

4

La disperazione abbatte qualunque barriera interiore.

Non ero ancora capace di rubare, ma di cercare in un mucchio di rifiuti uno straccio per coprirmi il sesso sì.

Non appena avevo adocchiato uno di quei cumuli maleodoranti che si trovano ovunque, in città, mi era subito sembrato una speranza di salvezza e mi ci ero precipitato dentro.

Altri bambini, lì vicino, giacevano addormentati. Scoprii poi che la sera prima avevano cercato cibo fino a tardi in quegli stessi rifiuti. Quando si svegliarono, si misero a osservarmi divertiti: stavo col culo all'aria, come un bambino piccolo, e rovistavo affannosamente tra bucce di frutta marce, sacchetti di plastica, flaconi vuoti, cartoni, bottiglie, stracci.

Ero umiliato e furioso. Furioso e solo. Scavavo con energia e giunsi dove loro non erano ancora arrivati. Scartavo, tra l'altro, cose buone da mangiare e gliele lanciavo perché smettessero di guardarmi e di ridere.

Dopo un po', con mia grande sorpresa, qualcuno di loro mi fu così grato per la comoda colazione appena ricevuta da aiutarmi a cercare quel che serviva a me.

Ci volle un'ora buona. Per quei piccoli era diventato un gioco. Erano bambini e bambine di qualche anno più piccoli di me, sapevano ancora divertirsi.

Alla fine saltò fuori un paio di pantaloncini tutti strappati, sporchissimi e puzzolenti. Me li infilai come se mi avessero regalato un vestito da sposo.

Per i sandali niente da fare: avrei attraversato la città a piedi nudi.

I bambini cercatori mi accompagnarono per un bel tratto. Non avevano niente di importante da fare e non temevano di allontanarsi un po' da casa.

Sapevano a malapena dell'esistenza di un posto chiamato Binza e forse non conoscevano neppure il nome ufficiale del loro stesso quartiere. Di nuovo ebbi l'impressione che per chi abitava per le strade Kinshasa non fosse in realtà che un'immensa foresta. E la foresta non ha vie, né quartieri.

Comunque a un certo punto furono loro a rivolgersi ai grandi, cioè a quelli a cui, con un misterioso istinto, sapevano di potersi avvicinare senza correre il rischio di prendersi subito una sgridata o una bastonata. A Kinshasa un bambino solo non si nota o lascia indifferenti. Due si notano. Tre insieme mettono già in allarme. Di più fanno davvero paura, anche di giorno.

Gli adulti che si fermavano a rispondere alle domande si stupivano e si mettevano a ridere.

«Binza? E che vi importa di Binza: è dall'altra parte della città!»

«Ci deve andare lui» dicevano i piccoli indicandomi.

Allora l'adulto interpellato mi squadrava, sollevando il sopracciglio. Doveva pensare, vedendomi più grande degli altri, che fossi una specie di capobanda che mandava avanti quei mocciosi per qualche suo scopo. Quindi si affrettava a riprendere la strada, cacciando via in malo modo i miei amici e minacciando me. Ma quei bambini non si lasciavano scoraggiare: sciamavano via, poi ricomponevano il gruppo e riprendevano a camminare. Avevano preso la mia ricerca come un nuovo gioco. Del resto avevano appena mangiato, e senza l'urgenza della fame a incatenarli un passatempo valeva un altro.

Ma tutto questo non si spiega a un adulto.

Finì che le poche informazioni utili le avemmo da altri ragazzi. I più grandi fra loro mi guardavano con aria da duri e un interesse che non riuscivo a decifrare.

«Vieni da Binza?» domandavano.

«No, ci abita mio zio...»

«Binza è un quartiere più bello di questo» commentavano. «Ci sono case, gente che ha soldi.»

Il mio aspetto non coincideva con le loro informazioni a proposito di quel quartiere.

«Tuo zio non ti dà i vestiti? Perché ti lascia andare in giro così lontano da casa?»

I più svegli chiedevano subito: «Ti ha cacciato? Perché ti ha cacciato?».

Finalmente, dopo tutte quelle domande senza risposta, qualcuno mi spiegava almeno un pezzo della strada che dovevo fare e io proseguivo.

Qualche ora dopo, i miei piccoli amici si stancarono. Non avevano immaginato che il mio viaggio sarebbe durato così a lungo e anche se a casa non li volevano tra i piedi, appartenevano bene o male a una zona della città e ci stavamo spostando troppo lontano da quella.

Così mi lasciarono, salutandomi un po' delusi. Avrebbero visto un'altra volta la mitica Binza che ormai doveva sembrare loro una terra di sogno.

Dopo un po' due ragazzi a cui avevo avuto il coraggio di rivolgermi anche se ero rimasto da solo si offrirono di accompagnarmi fino a Binza se mio zio, poi, li avesse pagati per il servizio. Mi sembrò una buona idea e ci mettemmo in viaggio.

Per strada mangiammo perché i due riuscirono a rubare delle frittelle da una bancarella. Ne diedero anche a me, mettendole, diciamo, sul conto che lo zio avrebbe dovuto pagare una volta arrivati.

Giungemmo a Binza verso sera.

Era vero quel che si diceva: qui le strade erano più ordinate e alcune case erano più belle di quelle che avevo visto fino a quel momento. Ma non tutte. E poi comunque le facciate erano scrostate e vecchie. Insomma, Binza era meglio del peggio: a metà strada tra la Kinshasa infernale dei quartieri davvero poveri e quella dei ricchi. Ma ai miei accompagnatori sembrava un paradiso, e questo li intimoriva. Si guardavano intorno più circospetti. Allora non sapevo che appena un ragazzo di strada si avventura in un quartiere di ricchi teme subito, anche senza aver fatto niente di male, di essere preso di mira dalla polizia. Di solito Binza non merita tanta sollecitudine nelle forze dell'ordine. Ma loro non lo sapevano. E io meno di loro.

Al tramonto, finalmente, eravamo davanti alla casa che corrispondeva all'indirizzo di mio zio. Dietro a un cancello si intravedevano un giardino e una villa: spettacolo incoraggiante per i miei compagni. Ora speravano di aver fatto un buon affare, accompagnandomi, e tuttavia presero a guardare di nuovo con sospetto i miei pantaloncini troppo stretti e puzzolenti e i miei piedi nudi.

Infilai la testa tra le sbarre del cancello.

La villa sembrava disabitata. Le finestre erano chiuse.

In un angolo del giardino c'era una baracca. Era pulita, dall'aspetto solido e ordinato. Da lì provenivano voci. Poi un bambino uscì, e un altro dietro di lui. Un adulto, da dentro, si rivolse ai due ad alta voce. Parlava di cibo, disse che non tornassero a chiedere più niente. I bambini annuirono senza protestare. Evidentemente bastava quel che avevano già avuto.

Non avevo mai visto i miei cuginetti.

Un attimo dopo vidi l'uomo che aveva parlato con loro. Si affacciò alla porta e diede uno sguardo distratto all'esterno. Lo riconobbi subito: era lo zio Bernard. Felice, lo chiamai con forza, fino a farlo uscire all'aperto, a guardare con sospetto i tre misteriosi visitatori affacciati al cancello.

5

Poco dopo ero seduto in casa.

C'era un silenzio opprimente.

Ho detto che ero sporco e vestito malissimo, ma per lo sguardo indagatore e pieno di sospetto che la donna adulta seduta davanti a me non mi toglieva di dosso non avrei mai potuto essere vestito meglio. Non era il mio abito o i miei piedi sporchi a turbarla. Ero io.

Lo zio aveva mercanteggiato a lungo con i miei due accompagnatori, che senza battere ciglio esigevano un pagamento di almeno trecento franchi o dieci dollari.

Per avermi guidato e protetto, dicevano.

«Non sarebbe arrivato qui vivo» insistettero. «Non sa niente di Kinshasa. E gli abbiamo anche dato da mangiare!»

Alla fine lo zio aveva ceduto e dato loro duecento franchi, anche perché i due si stavano arrabbiando. Capii che non voleva farseli nemici.

Ora me ne stavo seduto davanti alla sconosciuta sull'unica sedia della casa. Avevo appena scoperto che i miei cugini erano cinque. L'ultimo nato stava in braccio alla madre, che continuava a guardarmi male. Era giovane, con un bel vestito a fiori colorati stampati sopra. Per quanto ricordavo, la zia avrebbe dovuto essere più anziana. Chi era quella donna?

I bambini mi guardavano e ridevano. Il più grandicello faceva ridere gli altri tappandosi il naso per quanto puzzavo. Un altro, forse di un anno o poco più, si avvicinò tanto da toccarmi, cosa che fece arrabbiare la madre, che lo sgridò come se avesse cercato di toccare il fuoco. Dalla grinta con cui lo fece capii che quello era sicuramente figlio suo. Gli altri chissà.

Lo zio mi guardava e poi guardava la donna. Tornava a guardarmi e poi spiava le reazioni di lei.

Io aspettavo. Ero stanco, confuso, pieno di vergogna. Dopo tutto quel viaggio, invece che sentirmi a casa, sotto quegli sguardi mi sentivo di nuovo esiliato. Capivo che poteva succedermi di tutto.

La donna voleva uscire dall'imbarazzo e reagì per prima.

«È davvero tuo nipote?»

Bernard annuì: «Sì, è lui. È Michel. È mio nipote. Io sono il suo *tata mobokoli*».

Lo zio non sorrideva. Non aveva ancora sorriso da quando mi aveva visto. E neppure da quando mi aveva riconosciuto. Ma quelle parole mi diedero speranza perché provavano che lui si ricordava chi era per me, dei suoi doveri verso di me: mi aveva assistito durante il rito di iniziazione!

E lo ricordava alla donna che, evidentemente, mi odiava come se avessero appena catturato un ladro sorpreso nella loro casa.

Lei fece una smorfia.

«Ma non era quello che la tua famiglia ha respinto perché...»

«È mio nipote!» la interruppe l'uomo.

Dunque forse non comandava lei, in quella casa.

Eppure nella voce dello zio c'era una nota stonata. Era come se le avesse voluto impedire di pronunciare ad alta voce la tremenda accusa che pesava su di me. In quel momento lo capii benissimo: lei non doveva dire ad alta voce che io ero *ndoki*, perché dirlo significava in qualche modo ammetterlo. Significava mettersi contro qualcosa di terribile.

La donna sembrò cogliere il messaggio e tacque, imbronciata. Nel pesante silenzio che si era creato, il bambino che teneva in braccio si mise a piangere e lei prese a cullarlo energicamente, rivolgendogli attenzioni un po' esagerate. E così, cullandolo e sussurrandogli "Shhhh, shhhh", mentre già quello si calmava, uscì in giardino.

Come obbedendo a un comando, anche tutti i bambini andarono fuori. Li seguii con lo sguardo e quando aprirono la porta vidi che stava facendo buio. Tutto il mio corpo sembrò dirmi, in quel momento, che la mia seconda notte a Kinshasa non l'avrei passata per strada. Potevo sperare, quindi.

Ma ora eravamo soli: io e lo zio che il giorno della mia iniziazione mi aveva detto di essere fiero di me e adesso non mi abbracciava, non mi chiedeva notizie del villaggio, non mi aveva neanche detto come si chiamava la sua nuova donna.

L'uomo rimase in silenzio. Si alzò, si avvicinò a una parete, premette con un dito un interruttore e accese una lampadina appesa al soffitto.

La stanza acquistò nuova vita, ma d'improvviso fu anche notte e tutta la stanchezza mi cadde addosso come un macigno.

Lo zio si sedette di nuovo, sul divano, proprio di fronte a me.

Guardò a terra, prese a grattarsi la testa.

Io tacevo. Non sapevo cosa dire. Non me l'ero immaginato così, il mio arrivo in casa sua.

«Hai fame?» domandò come per prendere tempo.

«No.»

Era vero. Al vederlo così indeciso, anzi, così paralizzato dal problema che sembravo costituire per la donna e per lui lo stomaco mi si chiudeva. La bocca, poi, era asciutta come quando sei nella foresta e sei certo che qualcosa non va, e non sai quanto grave è la minaccia, quanto tempo hai, cosa potrai fare davvero per difenderti.

Tentai di deglutire. Era come avere mangiato una manciata di sabbia.

«Tua madre... sa che sei qui?»

Non mi ero posto il problema.

«Penso di no» risposi.

«Non gli interessa dove sei andato a finire?»

Questo lo disse come se mi trovassi in prigione, o in un paese straniero. Pensandoci poi, mi resi conto che avrei dovuto semplicemente ricordargli che ero venuto nell'unico posto sulla terra dove potevo andare una volta cacciato da casa mia. Ma non lo feci. D'improvviso mi sentii accusato. Capii che mi stava chiedendo perché non ero semplicemente sparito.

La porta si aprì, la donna si affacciò, mi ignorò e guardò Bernard.

«È buio,» disse «facciamo dormire i bambini.»

Lui annuì.

Tutti rientrarono. Seri, muti.

Lo zio si alzò.

«Vieni» disse, e si avviò verso la porta.

Io mi alzai e lo seguii.

Fuori vidi che al centro del giardino, davanti alla villa, c'era una luce che brillava da una lampada di vetro, una boccia rotonda e bianca. Mi parve una cosa curiosa: una luce accesa in uno spazio disabitato, senza gente intorno.

In quel chiarore raggiungemmo un piccolo capanno con il tetto in lamiera.

Lo zio aprì una porta di legno, si volse e mi indicò quello spazio angusto, completamente buio.

Inorridii. Pensai che mi volesse chiudere lì dentro, farmi prigioniero. Feci un passo indietro e poi un altro. Ero pronto a scappare di nuovo.

Lui mi guardava triste. Senza odio. Forse capì. Si staccò dalla porta.

«Entra tu, dopo. Quando vuoi» disse. «In casa non c'è posto. Dormirai qui, questa notte. Chiudi la porta o tienila aperta, come preferisci. Non c'è problema...»

E senza aspettare una risposta si avviò verso la casa, mi oltrepassò e sparì là dentro.

Con la sua famiglia.

6

Mi distesi per terra nel piccolo capanno, ma lasciai aperta la porta. Da lì entrava il chiarore della lampada del giardino. Ero stanchissimo e mi facevano male le gambe. Anche i piedi, che avevano camminato nudi così a lungo , mi facevano male e mi prudevano. Ogni tanto li grattavo, raccogliendo sotto le unghie delle mani lo sporco della strada.

Il pavimento era duro. Ma non fu per questo che tardai ad addormentarmi. Nel silenzio che mi avvolgeva tendevo le orecchie cercando di percepire qualche voce. Pensavo che, una volta rientrato in casa, lo zio avrebbe avuto una discussione con la donna che era con lui.

Lei non mi voleva, si vedeva benissimo. Lui forse un po'. Non del tutto, e non con entusiasmo, ma almeno un po'.

Rimasi in ascolto, la loro casa non era così lontana da non sentire le grida di una discussione tra uomo e donna.

Ma non udii niente.

Se stavano discutendo lo facevano a denti stretti.

A un certo punto, a forza di ascoltare, percepii invece dei suoni che provenivano da qualche parte del quartiere: un battito regolare e insistente di tamburi, voci che si alzavano in un canto. Non potei fare a meno di lasciarmi prendere da quel ritmo, dalle melodie che giungevano a tratti, quando le note erano più acute o quando il vento portava i suoni nella mia direzione.

Non avevo un letto, ma ebbi quella ninna nanna.

Dormii e non sognai.

L'ultima volta che lo avevo fatto non era andata bene.

Il mattino dopo aprii gli occhi e mi trovai davanti i miei tre cuginetti più grandi. Il maggiore mi stava più vicino. Gli altri due, un maschio e una femmina, sorridevano e mi osservavano curiosi da dietro le sue spalle. Entrambi tenevano in mano un pezzo di pane e lo sbocconcellavano senza smettere di guardarmi.

Mi misi seduto e li guardai sorridendo, anche se alla vista di quel cibo avevo subito provato una stretta allo stomaco.

«Ciao» salutai con un pizzico di allegria nella voce.

Risposero insieme: «Ciao», poi silenzio.

Mi levai in piedi e loro considerarono la mia statura, valutarono la mia età.

Guardai verso la casa. Non c'era segno di vita.

«Dov'è la mamma?» domandai.

Si rabbuiarono tutti e tre.

«Non è la mamma», mi avvisò il più grande.

Così fu subito chiaro almeno quell'aspetto della mia situazione, che i tre mi spiegarono con impegno. Da un paio d'anni lo zio aveva mandato via la zia e aveva preso un'altra donna. Ora i figli della sua prima sposa convivevano insieme ai nuovi nati, ma la giovane che aveva preso il posto della loro mamma non li trattava proprio come figli suoi.

La loro vera mamma, invece, non poteva più occuparsi di loro in nessun modo. Non le avevano neppure più parlato.

«Qualche volta la vedo» affermò con fierezza il più grande. «Quando vado al mercato con Desirée per portare le borse più pesanti mi guardo bene intorno, perché la mamma mi spia da lontano e mi saluta con la mano. Desirée non se ne accorge... o fa finta di non accorgersene...»

Compresi che Desirée era il nome della nuova donna di mio zio.

«Ora è dentro con i suoi bambini?» dissi indicando la casa.

«Sì, è là. Tutte le volte che può ci manda fuori. Ci veste e ci manda fuori, ci dà da mangiare e ci manda fuori...» prese a lamentarsi la bambina.

«...appena papà non è in casa, ci manda fuori», concluse l'altro fratellino.

Sorrisi ancora, con aria comprensiva. Mi stavano raccontando quelle cose come se in qualche modo fossimo dalla stessa parte, noi quattro. Avevano capito che ora era arrivato uno della famiglia, che però era ancora più escluso di loro.

Accarezzai la testa del più piccolo, mentre valutavo le mie possibilità di aver davvero trovato una nuova casa. Lui accettò quel gesto, ma si fece subito pensieroso.

«È vero... che sei uno stregone?»

Ritrassi la mano.

E così facendo gli avevo praticamente risposto di sì.

Dunque lo zio e la sua compagna avevano discusso la situazione, dopo tutto. E i bambini avevano sentito.

Mi sentii solo al mondo. Una maledizione per tutti.

Uscii dal capanno, guardai verso il cancello e oltre. Il via vai della gente era già intenso, lungo la strada. Mi rividi a camminare là in mezzo, ancora in cerca di qualcuno.

Ma era finita. Non avevo altra meta.

Sospirai e mi incamminai verso la baracca, preparandomi a chiedere umilmente ciò di cui avevo bisogno.

I miei cugini mi seguirono, ansiosi di vedere come sarebbe andata.

7

Nei giorni successivi lo zio non era con noi. Domandai di lui e Desirée mi diede poche spiegazioni, come fosse contenta di togliermi ogni speranza di trovarlo e di intendermi con lui. Disse che era andato fuori città per conto del padrone della villa, quello che concedeva loro la casa in cui abitavano e una paga regolare per il capofamiglia. Quell'abitazione non era migliore di quella di migliaia di altre famiglie povere di Kinshasa, ma era in quel quartiere ed era all'interno di una proprietà privata, cioè protetta dietro il cancello: un privilegio raro, che faceva di mio zio un uomo fortunato.

Quando la donna mi disse che lo zio era lontano per lavoro lo fece come per rinfacciarmelo, come dicesse: «Certo! Adesso ci sei anche tu, da sfamare!».

Ma in realtà nei giorni successivi avevo sempre fame. Lei mi dava pochissimo cibo e per farmi dispetto ora probabilmente ne dava un po' di più anche ai tre figli della vecchia sposa. Me ne dava solo dopo che avevano mangiato tutti. E non voleva che entrassi in casa a prenderlo: quando avevano finito loro, uno dei bambini più grandi usciva con un piatto con sopra pezzi di manioca, verdure con poco mais o una banana. Mai una di queste cose in abbondanza e mai carne o pesce.

Mangiavo da solo, seduto con la schiena appoggiata al capanno e guardando i bambini che giocavano all'aperto.

Riflettevo.

Evidentemente lo zio aveva stabilito che dovevo essere accolto e nutrito. La sua donna, invece, aveva stabilito quanto dovevo essere accolto e quanto dovevo essere nutrito.

Così, dormendo nel capanno, mi svegliavo a pezzi, sempre più sporco e con il prurito ai piedi che mi tormentava senza sosta. Mangiando quel poco che mi davano, invece, continuavo a dimagrire.

Visto come mi trattavano i miei parenti, prima del ritorno dello zio ero già tornato per strada, almeno per qualche ora al giorno.

Desirée non me lo impediva. E io andavo. Non avevo un'idea precisa in mente, non speravo di trovare qualcuno in particolare. Ma andavo perché dovevo muovermi, fare qualcosa, qualsiasi cosa. E solo sulla strada c'era forse "qualcosa" per uno come me.

8

All'inizio esplorai le vie intorno all'abitazione dello zio. Avevo paura di ogni cosa, ma soprattutto di perdere la strada per il ritorno e di non essere a casa per l'ora in cui mi davano qualcosa da mangiare.

Desirée sapeva sempre che ero uscito e quando rientravo non protestava perché mi ero allontanato, né mi chiedeva dov'ero stato. Una sera venne lei, in cortile, a portarmi da mangiare. Mi squadrò da capo a piedi, come se mi vedesse per la prima volta. Vide che ero dimagrito e parve soddisfatta dell'effetto che mi faceva la città e il trattamento che lei stessa mi riservava.

Avrei voluto chiederle dello zio, ma lei mi prevenne: «Visto che te ne vai in giro, potresti portarti a casa qualcosa da mangiare!» mi disse sgarbata.

Non seppi cosa risponderle.

Dal giorno successivo feci un percorso ancora più ampio.

Per le strade tutto quel che c'era da vedere di giorno era la gente che si muoveva continuamente da una parte all'altra e i mercati.

Ma a poco a poco imparai a distinguere tra la folla i ragazzini come me, che si muovevano facendosi appena notare. A un incrocio ne vidi alcuni che offrivano fazzoletti di carta alle auto in sosta al semaforo. Si avvicinavano, attiravano l'attenzione, mostravano la merce. Chi stava alla guida di solito non abbassava neanche i finestrini. A volte non li guardava neppure, mentre faceva di no dondolando la testa. Qualche volta, invece, gli automobilisti si sporgevano e, senza sorridere o dare confidenza, allungavano una monetina e prendevano il pacchetto, poi ripartivano veloci, prima che dall'auto che li seguiva si levasse una strombazzata impaziente.

Restai a guardare per un po'.

"Potrei farlo anch'io", mi dissi.

Mi feci avanti tra un semaforo rosso e un altro e pensai di interpellare un ragazzino piccolo, che lavorava a una certa distanza dagli altri. Lui mi guardò e subito si spaventò. Non avevo ancora aperto bocca che già aveva gridato un nome, rivolto verso gli altri.

Un ragazzo più grande si avvicinò rapidamente.

«Cosa vuoi, eh? Cosa vuoi?»

Sembrava avere la mia età, ma evidentemente mangiava tutti i giorni a sufficienza e le forze non gli mancavano. Non mi lasciò rispondere e mi diede un forte spintone sul petto.

Caddi a terra.

«Volevo... vendere anch'io» balbettai. «Vendere per voi.»

«Ma vai via!» reagì. E mi diede un calcio a uno stinco.

Aveva le scarpe. Provai una fitta di dolore, ma restai zitto e cercai di alzarmi per andarmene alla svelta.

Il ragazzo continuava a fissarmi minaccioso. Vedevo che aveva voglia di darmene ancora. Spaventato, lo fissai negli occhi. Erano arrossati, gonfi, lacrimavano. Mi guardava con aria allucinata e stringeva i pugni con ira.

Appena fui in piedi attaccò di nuovo. Un altro colpo sulle gambe, fortissimo. Poi un pugno in pancia.

Ricaddi e lui cominciò a darmi calci nella schiena. Mi beccò anche alla testa, la sentii risuonare dall'interno.

"Mi ammazza", pensai.

Lui urlava. Era fuori di sé: «Sei un pezzo di merda! Lo sai? Un pezzo di merda che mi vuole rubare i soldi!».

Poi udii un grido più forte.

«Smettila, Michel, smettila!»

Michel, quel bruto si chiamava come me.

I colpi cessarono.

Alzai lo sguardo. Un giovane alto, vestito con un paio di jeans e una maglietta colorata, anche lui con le scarpe, fronteggiava il mio assalitore. «Sei strafatto!» gli urlava a pochi centimetri dal volto. Poi gli menò una sberla e quello barcollò, confuso.

«Cos'hai sniffato, stavolta, eh? Animale! Cos'hai sniffato?»

Il giovane gridava queste parole e intanto teneva il ragazzo per il collo della maglietta:

«Hai gli occhi di un diavolo! Sei tu la merda!» continuò. Poi, sempre tenendolo, mi indicò: «Non me ne frega un cazzo se vuoi farlo fuori, ma non adesso, e soprattutto non qui! Vuoi che arrivi la polizia?».

Infine lo spinse via e quello cadde a terra.

«E non farti di solvente durante la giornata, hai capito? La notte fai il cazzo che vuoi, ma se vuoi lavorare per me vieni qui con la testa a posto!»

Mentre urlava così, quel giovane robusto si arrabbiava sempre più. Il suo Michel stava appoggiato ai gomiti e lo fissava dal suolo: cominciava a comprendere di averla fatta grossa e non osava aprir bocca.

Il giovane si rivolse a me, che ero di nuovo in piedi.

«E tu per chi lavori?» domandò, sempre con fare minaccioso.

Abbassai lo sguardo. Speravo di potermene andar via al più presto. Speravo che non mi colpisse anche lui.

«Non lavoro. Sono nuovo. Abito... qui vicino...», dissi indicando vagamente verso la casa dello zio.

Il giovane lanciò un'occhiata al ragazzo drogato, che si alzava a fatica. Poi sputò per terra, mi guardò ancora con attenzione e concluse: «Vuoi guadagnare qualcosa?».

In attesa della mia risposta, si volse a guardare Michel con aria di sfida, come a dirgli: adesso ti faccio vedere io!

«Sì» dissi. «Ma non voglio... rubare niente a nessuno.»

«Vieni!» ordinò.

Lo seguii verso una macchina posteggiata poco lontano. A bordo c'erano due altri giovani. Stavano seduti, fumavano e ascoltavano la musica dalla radio. Si spandeva intorno perché i finestrini erano abbassati. Lui infilò dentro un braccio e la testa, trasse dall'interno due pacchetti di fazzoletti e me li passò.

«Ecco, vendi questi. Fai come fanno gli altri. Fatti dare dieci franchi a pacchetto e porta subito qui i soldi, hai capito?»

Non potevo dirgli di no. Mi avviai, zoppicando, verso l'incrocio.

«Perché zoppichi?» mi urlò dietro.

Mi fermai e lo guardai.

«Ho una piaga nel piede. Prima mi grattavo, adesso fa male. Sanguina...»

«Beh zoppica un po' di più e chiedi anche l'elemosina, se vedi che qualcuno, sulle macchine, ti nota per quello. Vieni qui quando hai cinquanta franchi. E non cercare di scappare con i soldi perché ti troviamo e ti ammazziamo, hai capito?»

Avevo capito. Dovevo fare venti franchi coi fazzoletti e trenta chiedendo l'elemosina. Era una prova, per me, e una punizione per quel Michel che aveva disubbidito al suo padrone.

Così cominciai a lavorare a Kinshasa.

9

Pochi giorni dopo lo zio tornò a casa.

Io non c'ero. Adesso uscivo sempre al mattino e tornavo solo verso sera.

Quel giorno quando rientrai era la prima volta che riuscivo a portarmi a casa qualcosa da mangiare guadagnato da me. In un piccolo involto, che reggevo come fosse una reliquia perché mi era costato ore di lavoro, c'era un po' di *cassava*: zucchero, latte, farina di cocco e di tapioca.

Lo zio mi vide passare in cortile e uscì fuori.

Mi fermai e lo salutai.

Rispose con un cenno e mi osservò per un momento.

Io non mi aspettavo di trovarlo lì. Vidi che fissava il mio piccolo involto e fui lieto che vedesse che mi davo da fare. Ma allo stesso tempo ero preoccupato: aspettavo da tempo che tornasse proprio per chiedergli di aiutarmi, di darmi più cibo, di lasciare che mi lavassi in casa, se proprio non potevo dormirci. E adesso mi vedeva con del cibo in mano che mi ero guadagnato da me!

«Perché zoppichi?» mi domandò.

Ormai il piede mi faceva davvero male. Quel giorno,

come i giorni precedenti, lo avevo lavato in una pozza d'acqua che si formava ai bordi di una strada, a qualche centinaio di metri da lì. Ma non era servito a niente. C'era una piaga infetta, che spurgava continuamente. Una parte del piede era gonfia e quando stavo fermo, steso, il dolore pulsava.

Lo zio si avvicinò.

«Fai vedere» disse serio.

Sollevai il piede, per fargli vedere sotto. La piaga era ben visibile e in più il resto della pianta si era riempito di punti neri, circondati da pelle secca, indurita.

Lui fece una smorfia di disgusto.

«Hai le pulci penetranti, in questo piede, lo sai?»

Rimasi in silenzio, scuotendo piano la testa. Mi ridussi a sembrare il più possibile un bambino piccolo: se funzionava con gli automobilisti agli incroci, che neanche mi conoscevano e ne vedevano mille al giorno come me, doveva funzionare anche con lo zio.

«Mettiti lì» mi ordinò, indicando il capanno. «Mangia, poi vengo a vederti il piede...»

Quella sera non mi diedero cibo, anche se la mia *cassava* era bastata appena a sfamarmi. Lo zio però lavò la ferita e con un ago tolse le pulci dalle loro piccole tane, accertandosi di aver levato tutte le teste nere delle bestie. Poi fasciò tutto e mi ordinò di stare fermo per un paio di giorni.

Questa decisione mi tolse subito la consolazione che mi aveva dato il ricevere le sue cure.

«Ma devo andare a lavorare!» protestai.

Mi guardò con imbarazzo, ma non mi chiese cosa facevo tutto il giorno, fuori di lì.

«Beh, domani non puoi camminare» tagliò corto. «E

poi, quando uscirai di nuovo troverai ancora qualcosa. Trovano tutti qualcosa da fare, a Kinshasa.»

Lo disse più a se stesso che a me.

Poi se ne andò.

Io mi stesi e prima di addormentarmi pensai che il giorno dopo me ne sarei rimasto davvero nel cortile. Non perché pensassi che non sarei riuscito a trascinarmi fuori, ma perché il ritorno dello zio mi aveva dato nuove speranze.

"Mi ha curato!", mi ripetevo.

Ma più tardi, appena addormentati i bambini, sentii lo zio che discuteva con Desirée. Questa volta li sentii proprio. Non riuscivo a comprendere tutte le parole, ma il tono era forte.

Lei era esasperata.

A un certo punto sentii che gridava: «Ha ammazzato tuo fratello! Ti rendi conto? Lo ha ammazzato!».

Poi più nulla.

Lo zio non ribatteva a quell'accusa. Non con la forza per cui lo avrei sentito.

Il silenzio non fu più interrotto.

Mi veniva da piangere.

Da lontano, dal solito posto, mi giunsero il battito di tamburi e il suono di voci esaltate. Quella che ormai mi ero abituato a considerare una festa si ripeteva due o tre volte la settimana. E sempre continuava nella notte quando io dormivo.

Era la mia ninna nanna.

E anche quella sera mi addormentai.

UN BAMBINO
SULLA STRADA

1

A Kinshasa ci sono i bambini di strada e i bambini sulla strada. I primi sono quelli che praticamente non hanno famiglia. Vivono sempre per strada e non tornano mai, neppure per qualche ora al giorno, dai loro genitori, dai fratelli, dai parenti. Gli altri una casa ce l'hanno, ma ci vivono solo la notte, perché i genitori non possono pensare a loro e non hanno niente da offrirgli, a cominciare dal cibo. Perciò si devono arrangiare per tutto il giorno e a sera tornano per occupare il loro angolo per dormire. Quando rientrano, però, nessuno domanda loro «Dove sei stato? Cosa hai mangiato?». Nessuno, al mattino, raccomanda loro di fare attenzione ai pericoli della città. Prima se ne vanno di nuovo e meglio è.

Io sono stato a lungo una via di mezzo. Dovevo arrangiarmi, questo è sicuro: con il poco cibo che mi passavano gli zii sarei morto di fame molto presto. Così cercavo di cavarmela restando per strada tutto il giorno.

La sera, però, quando tornavo per dormire, lo zio mi apriva il cancello, ma solo fino a una certa ora, perché la prima volta che ero tornato così tardi che lui era già addormentato, per svegliarlo avevo picchiato con un bastone sulle inferriate e lui era uscito tutto arrabbiato. Mi aveva aperto, ma mi aveva anche fatto una scenata terribile. «Vuoi svegliare ogni notte i bambini?» aveva urlato. «D'ora in poi troverai aperto solo fino alle nove!»

Ero stato ad ascoltarlo con indifferenza. Ormai mi aspettavo di tutto da lui. Dalla sua incoerenza. Sicuramente Desirée stava con le orecchie tese, in casa, per assicurarsi che il marito stesse trattando con durezza l'ospite sgradito. Avrei voluto rispondergli: «E perché non mi cacci del tutto, allora? E se invece mi ospiti, perché non mi dai almeno un pasto vero al giorno?».

Ma ero diventato prudente. Temevo che mi cacciasse del tutto: dopo poche settimane a Kinshasa ero già un bambino sulla strada, non ancora un bambino di strada.

Lo zio aveva smesso di sfogarsi. Senza chiedermi se avevo bisogno di qualcosa fece dietrofront e tornò a dormire.

I bambini che non hanno famiglia vivono in bande. È la banda la loro famiglia. Se non fai parte di una banda sei morto.

In quelle prime settimane ne ho viste diverse darsi da fare tutto il giorno per procurarsi da vivere. Per esempio nel quartiere Massina, che è tutto intorno all'aeroporto.

Dagli aerei scendono i *mundele*, i bianchi. E tutti i bianchi sono ricchi. I ragazzi si appostano davanti alle uscite e prima che un bianco riesca a infilarsi in un taxi o nel pulmino di una organizzazione umanitaria lo prendono d'assalto. Alcuni chiedono soldi: trenta, cinquanta, cento franchi, oppure due o tre dollari, che per il *mundele* sono praticamente niente. Altri offrono tutto quel che hanno: spille, sigarette sfuse, frutta, la pulizia delle scarpe. Ma anche merci proibite. E se stessi. I primi giorni mi mischiavo a loro e sentivo che dicevano: «Vuoi hashish? Vuoi droga? Vuoi donna? Vuoi uomo? Bambina? Bambino?».

I bianchi che vengono per la prima volta non riescono a non ascoltarli, si spaventano un po' e fanno facce strane, soprattutto quando sentono le proposte più spinte, ripetute con insistenza in francese e inglese. Oppure fingono di non aver capito, ma si confondono. A volte tirano fuori qualcosa dalle tasche, e allora è peggio, perché i bambini si fanno più insistenti e arrivare al taxi diventa una lotta. Finché interviene un poliziotto che dà qualche bastonata ai primi che capitano e disperde gli altri.

I bianchi esperti tirano dritto.

È nel quartiere Massina che una banda di bambini di strada mi ha tollerato nelle sue vicinanze per la prima volta. Altri dopo un po' che li stavo ad osservare mi avevano respinto con minacce, perché i gruppi più forti hanno sempre paura che un nuovo arrivato venga a togliere un po' delle loro fonti di guadagno. In fondo si comportano anche loro come una famiglia, che deve essere abbastanza consistente da sfruttare il contributo di più braccia utili, ma nello stesso tempo non deve avere troppe bocche da sfamare.

Il gruppo che accettò che lo seguissi non era ancora abbastanza numeroso da non poter sopportare un nuovo arrivato. Uno testardo. Uno abbastanza disperato da cercare con tutto l'impegno di sopravvivere per strada con ogni mezzo.

«Come ti chiami?» mi domandò a un certo punto uno di loro.

Risposi.

«Ce l'hai una casa?»

Dissi di no.

Il ragazzo tornò dagli altri. Fine. Nessuno mi disse: «Sei dei nostri», o: «Facciamo questa cosa, vieni anche tu?». Semplicemente non mi mandarono via.

Ora potevo seguirli un po' più da vicino e vedere come se la cavavano. Per esempio, guardarli mentre rubavano frutta da un camion in sosta a un semaforo, nella lunga pausa tra l'arrivo di un aereo con i bianchi e un altro.

Quel giorno non tornai a Binza. Non tornai dallo zio entro le nove. Avevo stabilito un contatto prezioso. Poteva essere il mio futuro.

Calate le tenebre, ero ancora con quel gruppo a Massina. E con mia grande sorpresa ci aggiravamo per un mercato aperto e persino affollato. Non c'era illuminazione. Ogni bancarella e ogni telo steso a terra con della merce sopra erano rischiarati da un lumino a olio e così tutto era avvolto da un diffuso, tenue chiarore, nel quale si aggiravano ombre che assumevano tratti umani definiti solo per brevi momenti, quando le persone entravano nel fascio di luce di una di quelle fiammelle.

Sedute accanto alla loro roba stavano quasi soltanto donne, con grandi foulard avvolti intorno al capo. Qui tutti le chiamano le *maman*. Significa mamme, e un po' lo sono, se non le fai arrabbiare. Spesso passano ai bambini di strada qualcosa da mangiare, qualche avanzo della merce che rimane invenduta e il giorno dopo sarebbe comunque troppo marcia anche per una clientela poco esigente come quella dei poveracci di Kinshasa.

Vidi come facevano gli altri a farsi aiutare.

Non si presentavano in gruppi numerosi, e nemmeno in coppia. Troppi bambini davanti fanno sempre paura a un adulto. Si disperdevano, quindi, e ciascuno si avvicinava a una *maman* da solo, affacciandosi alla luce del suo lumino.

Non c'era bisogno di parole. O quella ti cacciava via con un «non ho niente, sparisci!» o ti allungava qualcosa, in silenzio. Quel che arrivava arrivava. Non si poteva pretendere altro.

Feci anch'io come gli altri. E la *maman* alla quale mi accostai comprese, con mia grande sorpresa, di trovarsi di fronte a un nuovo arrivato.

«E tu da dove sbuchi?» mi domandò con la solita cordialità un po' rude di chi vive sulla strada.

Risposi timidamente che venivo dalla foresta, che avevo parenti a Binza, ma non mi volevano. Mi trovai, insomma, a raccontarle di me. Il fatto stesso che stesse ad ascoltarmi mi commosse. Stavo persino per dimenticarmi di avere fame.

Lei ascoltava e scuoteva il capo.

«Ma come? Adesso anche i genitori delle campagne cacciano via i figli?»

Era scandalizzata. Chissà cosa pensava del mondo lontano dalla città. Forse lo vedeva come un paradiso. Coinvolse nel suo stupore anche una donna che sedeva accanto alla bancarella vicina. E quella prese a raccontare di certi suoi parenti che avevano dovuto costringere i bambini più grandi a venire in città a cercare fortuna.

«È colpa della guerra!» sentenziò la vicina. «Qui siamo al sicuro, ma in campagna si combatte...»

«Sei scappato dalla guerra?» mi domandò la donna che avevo accostato, mentre mi porgeva un cartoccio con del cibo.

Non sapevo nulla della guerra. Avevo solo il ricordo di quella volta che io e la mamma avevamo visto i cadaveri galleggiare sul grande fiume. Così pensai alla mamma e mi confusi. Ma non potevo parlare dell'accusa per cui mi avevano cacciato. E allora dissi: «Sì, per la guerra». Quella motivazione andava bene: la donna mi diede ancora più cibo, dopo che ebbi pronunciato quella parola.

Nei giorni successivi mi accorsi anche che le *maman* hanno un sesto senso. Capiscono al primo sguardo se hai fame davvero o se hai già ricevuto qualcosa e cerchi merce che poi rivenderai a qualcun altro. Capiscono anche se dentro la testa stai considerando l'ipotesi di rubare. Infine capiscono come stai, con occhi di madre: sanno a un primo sguardo se sei troppo denutrito o malato. Se ti sei appena drogato.

Sanno anche chi è il capo della banda e chi sono i suoi compagni più fidati. Con loro, con i capi, si accordano per avere un certo numero di bambini che le aiutino, il giorno dopo, per fare qualche lavoretto: trasportare della merce, vigilare sulla bancarella, tenere occupato un posto che non deve essere perso per nessun motivo, facendo ricorso anche alla violenza, se necessario.

Ecco, in quei giorni ho visto e imparato queste cose. E ho scoperto che se facevo parte di una banda potevo anche passare la notte fuori, steso insieme agli altri sotto gli alberi di un parco, lungo il muro di cinta di un parcheggio, in un cimitero, nel cortile di una fabbrica abbandonata.

E ho visto che mentre i più piccoli, i più deboli, o i nuovi arrivati si tengono in disparte e cercano di dormire, i più grandi e i capi si divertono. Sono loro, infatti, ad avere in tasca dei soldi e li spendono tutti per comprare lattine e bottiglie di birra, alcolici in monodosi vendute in sacchetti di plastica, distillati di frutta, erba da fumare, solventi e colle da sniffare. O droghe più pesanti e più costose.

Passano le sere ad ubriacarsi, a fumare. Poi ballano, fanno la lotta, si addestrano ad affrontare i loro nemici.

E mentre tu cerchi di addormentarti li guardi e li stai ad ascoltare. E li vedi diventare qualcun altro. Allora ti tieni in disparte e stai attento a non attirare l'attenzione, perché una volta drogati quasi tutti diventano pericolosi.

E in quelle ore hai paura di loro. Come dei tuoi cattivi genitori, che ti hanno cacciato di casa con violenza perché non ci vedevano più dalla disperazione e dalla fame, e tu gli ricordavi che non avevano niente da darti da mangiare.

Li guardi, taci e hai paura. Ma nello stesso tempo, a differenza dei tuoi genitori, che alla fine a ripensarci ti fanno pena, questi li invidi, perché pensi che siano forti e che stiano bene. Pensi che se la stanno godendo.

E pensi che appena possibile ti procurerai anche tu un po' di fumo o almeno un flacone di solvente da sniffare.

Prima che anch'io ci provassi, e ci arriveremo, gli altri mi dicevano, gettando occhiate invidiose verso chi già ne aveva a disposizione, che sniffare ti fa sentire tranquillo e soprattutto ti fa dimenticare la fame, compagna di ogni ora delle nostre giornate tutte uguali.

Poi lasci tutti questi pensieri e ti addormenti. E il mattino dopo ti svegli prima dei capi, ma attendi che si rimettano, gironzolando intorno senza prendere iniziative.

Quando sono davvero svegli, loro hanno mal di testa e di pancia e non sono più pericolosi. E poi ti devono un pizzico di gratitudine: qualcuno, nella notte, doveva restare lucido per avvisare dei pericoli, una banda rivale o la polizia.

Sono tante le cose che impari in poche notti a Kinshasa.

2

In una banda ci sono bambini e bambine.

Di giorno circolano insieme.

I maschi sono più numerosi, ma ci sono comunque molte femmine.

La sera le femmine diminuiscono.

Non capivo perché e mi dicevo che era per il fatto che le ragazzine sono meglio accolte di ritorno nelle case, almeno per la notte. Sono più deboli, riflettevo: se anche in famiglia per loro non c'è cibo, gli possono almeno dare protezione.

La pensavo così finché scoprii che una buona parte delle ragazzine del mio gruppo a una certa ora del pomeriggio non andava a casa, ma aveva una specie di appuntamento.

Si facevano trovare a un incrocio. Lì venivano dei giovani a prenderle. Poi le scortavano, a piedi e qualche volta in macchina, verso certe case dove le facevano entrare e restare tutta la sera e la notte. In quelle case entravano e uscivano persone di ogni età, che restavano mezz'ora, un'ora al massimo, e poi se ne andavano per la loro strada.

Un giorno chiesi il motivo di quei movimenti a Isabelle, una ragazzina di dieci-dodici anni che mi ricordava tanto mia sorella Charlotte ed era sempre gentile con me.

«Dove andate la sera?» domandai apertamente. «Chi c'è in quella casa?»

Lei mi fissò stupita. Poi capì che non la volevo provocare o prendere in giro e si mise a ridere.

Ma non era una risata di vero divertimento. Era quella di un ragazzo più grande che ride di un bambino perché si sente più adulto e più forte e ne è orgoglioso. C'era dentro una nota di disprezzo, non di sorpresa o di gioia.

Poi improvvisamente si calmò e si fece seria. Ora mi guardava come se si sentisse offesa. Come se il suo senso di superiorità di poco prima la mettesse improvvisamente in imbarazzo. Vidi che stava quasi per mettersi a piangere.

Io ero confuso, non capivo quell'atteggiamento mutevole.

Alla fine mi disse, secca: «Andiamo con gli uomini. Siamo lì e ci sono uomini che fanno sesso con noi. Pagano per questo».

Mi impensierii. «Così piccole?» avrei voluto domandare. Ma avevo capito che era meglio tacere. Lei abbassò lo sguardo. Ora non mostrava più nessun sentimento. Io restai lì a fissarla, senza sapere cosa dire. Lei sorrise un po' e con un pizzico di tenerezza che non potrò mai dimenticare mi disse: «Tu di queste cose non ne sai niente, vero?».

Non capii se si riferiva al suo essere prostituta o all'amore tra gli uomini e le donne. Non ero un grande esperto neppure di questa seconda cosa. E così, con naturalezza, lei mi spiegò le cose del sesso e mi disse che per gli uomini era un gran piacere, il farlo. E io rimasi in silenzio, ad ascoltare. E guardavo quella ragazzina che di giorno teneva tanto a coprirsi il corpo e non voleva essere presa in giro, disprezzata, obbligata a fare nulla da nessuno. E mai diceva parolacce. E si faceva sempre rispettare. E intanto, ascoltandola, mentre mi descriveva quel che accadeva là dentro, non potevo fare a meno di immaginarla nella semioscurità, nuda, stesa su un materasso a sopportare il peso di un uomo molto più grande, con il suo corpo pieno di voglia, i colpi insistenti del suo sesso dentro di lei. E lei ferma, sotto. A pensare a che cosa?

"Avere dei soldi ti dà tutti i diritti", pensai. E ci pensai anche nei giorni successivi, ogni volta che vedevo gente che stava meglio di noi, che guidava le macchine ed era vestita con abiti puliti.

Ma non c'era nessuno con cui condividere quelle considerazioni, così smisi presto di dirmi quelle cose e ripresi a fare con più impegno quello che facevo ogni giorno per arrangiarmi.

Tacqui sempre, in seguito, su questi argomenti. Anche quando scoprii che una parte dei soldi guadagnati dalle bambine in quel mestiere andava al capobanda. Era lui a segnalare a quei giovani che giravano sulle macchine e avevano stereo, vestivano bene e portavano catenine, che c'erano bambine e ragazze adatte a quel servizio. Quegli uomini le prendevano, le portavano con sé, insegnavano loro quel che dovevano fare e davano ogni notte qualche centinaio di franchi al nostro capo.

Lui e i suoi pochi amici, invece, si accoppiavano con quelle stesse ragazzine gratis.

Una volta ne conobbi persino una che sulla strada era diventata mamma. Un capo l'aveva messa incinta e il bambino era nato davvero. E così formavano una famiglia di strada, con il piccolo che cresceva sballottato di qui e di là. Finché fu raccolto da qualcuno e portato via a quegli improbabili genitori. Da un parente, spero. O da un operatore umanitario. O da una *maman*. Chissà.

Ecco, anche da questo punto di vista la vita del capobanda non era male.

Quella delle femmine, invece, è sempre comunque peggio, anche per strada.

3

Non avevo raccontato a nessuno la mia storia. Nessuno sapeva perché ero venuto a Kinshasa e perché ero sulla strada.

O almeno così credevo.

Una notte, infatti, scoprii che gli altri avevano capito tutto. E scoprii che come me ce n'erano molti.

Fu quando sentii di nuovo, addormentandomi per terra in un parcheggio, il battere dei tamburi e il levarsi delle voci insistenti di un coro. Non mi trovavo a Binza, nel capanno dello zio. Ma quei suoni somigliavano moltissimo a quelli che avevo udito spesso in quella parte della città.

Mi levai e rimasi in ascolto. Robert, un compagno con cui cominciavo a fare amicizia, mi vide teso in ascolto e si allarmò. Pensava che stesse arrivando la polizia. Lo tranquillizzai dicendogli che non era la prima volta che ascoltavo quei canti, a Kinshasa, e non avevo ancora capito di cosa si trattava.

«È una festa?» domandai. Non mi sarebbe dispiaciuto vedere della gente che si divertiva tutta la notte, con la musica e tutto il resto.

Ma lui scosse il capo.

«Macché festa. È una preghiera.»

E mi spiegò che erano molti, in città, i luoghi dove la gente passava anche tutta la notte a cantare e ballare per ottenere la protezione del signore Gesù.

«E ci possono andare anche i bambini?», feci io speranzoso.

Robert mi spiazzò. Spalancò gli occhi ed esclamò: «Ma non ti hanno torturato abbastanza!?».

Non capivo. Che centravano le mie torture al villaggio con quelle canzoni?

Lui si alzò e mi ordinò di seguirlo.

Ci lasciammo guidare dai tamburi e dalle voci. Mentre percorrevamo le strette vie di quel quartiere poverissimo i suoni ci giungevano sempre più definiti. Infine giungemmo a uno slargo sul quale si affacciava un capannone industriale. L'interno era illuminato e vedemmo gente che entrava ed usciva dall'ampio ingresso principale.

«Non facciamoci vedere,» sussurrò Robert «o quelli ci massacrano...»

Mi condusse con prudenza verso la parete più in ombra dell'edificio e qui salimmo i gradini di ferro di una scala di sicurezza. A una certa altezza c'era una porticina di ferro tutta arrugginita e piena di buchi. Nessuno ci notò e noi potemmo spiare da lì quel che accadeva nel capannone.

L'interno era quasi vuoto: non c'erano macchinari o scaffali. A una parete era appoggiata una grande e alta croce di legno, decorata con lampadine accese di diversi colori. Davanti alla croce c'era un lungo altare pieno di fiori, cesti di frutta e di altri cibi.

Poi c'era l'ampia sala piena di gente, uomini e

donne. E c'erano anche bambini. Questi stavano tutti in mezzo, mentre gli adulti li circondavano.

Erano gli adulti che cantavano e ballavano. Molti tenevano le braccia levate verso l'alto e gli occhi chiusi. Alcuni eseguivano una danza tutta loro, staccandosi dal cerchio e percorrendo da soli gli ampi spazi dell'ampio capannone. Non tutti cantavano, però. Una donna, per esempio, a un certo punto venne verso di noi, anche lei con gli occhi chiusi. Ma non stava cantando: urlava parole incomprensibili e si batteva il petto e il viso con forza.

Sembrava impazzita.

Un'altra donna si gettò a terra e prese a dimenarsi. Subito un gruppo di uomini e donne fece cerchio intorno a lei e prese a incitarla come se lei stesse compiendo uno sforzo che andava incoraggiato.

Intanto, al centro della sala, si fece avanti un uomo alto, vestito di un ampia tunica splendente. Con una mano teneva un bastone. Raggiunse il centro del cerchio formato dalla maggioranza degli adulti e si accostò ai bambini. L'uomo con la tunica si fermò in mezzo a loro, stese la mano libera, si concentrò, e cominciò a recitare una preghiera.

I bambini lo fissavano. Erano impauriti. Alcuni di loro si guardavano in giro, come in cerca d'aiuto. Capii che se il cerchio dei danzatori non fosse stato così stretto sarebbero scappati via. Uno parve riconoscere qualcuno tra le figure intorno, eccitate nella danza. Allora si precipitò verso quella persona: era una donna, forse la mamma. Ma appena ebbe il piccolo vicino, la donna lo ricacciò al centro del cerchio con una spinta. Il bambino tornò indietro, ma piangeva e sembrava più spaventato che mai. Altri due, un maschio e una femmina che si somigliavano molto, a questo punto si inginocchiarono. Tenevano gli occhi rivolti al cielo, le mani giunte. Ogni tanto si facevano un segno di croce.

Ma l'uomo con la tunica dorata si avvicinò a quei due e prese a sgridarli.

Era arrabbiato.

«Volete imbrogliarci? Chi vi ha insegnato a fingere amore per Dio quando sappiamo benissimo che è il diavolo a guidarvi?»

A poco a poco si fece silenzio. Tutti erano in attesa di vedere cosa sarebbe accaduto a quei due. I bambini erano rimasti interdetti e fissavano impauriti il sacerdote. Improvvisamente, lui colpì il maschio con il suo bastone. Dall'alto in basso, tra il collo e la spalla. Il bambino si lasciò andare a terra, dolorante. L'uomo si volse e fece segno, tra la folla, che qualcuno lo raggiungesse. Due uomini si fecero largo. Portavano un piccolo secchiello e un bicchiere.

Cominciai a ricordare le mie torture al villaggio.

L'uomo che guidava la cerimonia costrinse il bambino che aveva colpito ad alzarsi e gli fece bere un bicchiere del liquido che era nel secchiello.

Appena quello ebbe bevuto la gente si concentrò su di lui. Tutti lo guardavano. Il piccolo aveva una faccia disgustata e si premeva le mani contro lo stomaco. Poco dopo vomitò. Ebbe un conato, poi un altro. Sembrava non fermarsi mai. I bambini lo guardavano terrorizzati. Gli adulti, invece, a un cenno del sacerdote esultarono tutti insieme e subito la musica e la danza ripresero con intensità ancora maggiore.

Mi volsi verso Robert, che non sembrava per nulla sorpreso da quello spettacolo.

Mi fissò e disse: «Sono bambini stregoni, proprio come te e me».

Non sapevo che dire. Non gli avevo mai detto di essere stato accusato di stregoneria.

«Molti della nostra banda sono bambini e bambine stregoni,» riprese lui «o almeno così dicono i loro genitori, o gli zii o i nonni. Li portano dai sacerdoti per liberarli dal maligno, ma non sempre funziona...»

Avevo sentito dire che tra i bambini di strada ce n'erano che erano sospettati di essere *ndoki*. Ma quella notte Robert mi rivelò che i bambini stregoni erano molti più di quel che avevo immaginato. E anche io, con le mie ferite sulle braccia e sul viso, ero considerato dagli altri uno di quelli.

Temetti subito il peggio.

«Ma lo sapete... che non è vero, no?»

Robert mi sorrise. «Per la maggior parte di noi non è vero» disse. «Qualcuno invece i poteri li ha. E la gente li teme, per questo.»

«E chi sono?» domandai incredulo.

«Tata Kisenso, per esempio» rispose sicuro. «Lui è davvero uno stregone. E lo sono anche i suoi amici grandi.»

Tata Kisenso era il soprannome del capo della nostra banda.

1

«Tu!»

Faccio un passo indietro. Tata Kisenso sta guardando proprio me. È notte e i suoi occhi lucidi e fissi non promettono nulla di buono.

«Vieni qui, stupido!»

Inutile cercare di nascondermi. E poi non posso più permettermelo: ho accettato da almeno due mesi la protezione della banda, è il momento di pagare per quel che ricevo.

«Tu verrai con noi. Sei coraggioso?»

Rispondo di sì, anche se non so esattamente di che tipo di coraggio avrò bisogno.

«Sarà facile. Verrà anche Robert, sei contento?»

Robert. Sì, è mio amico. Questa è una buona notizia. Annuisco col capo. Non parlo perché potrei dire la cosa sbagliata, e quando il capo si arrabbia, per qualsiasi motivo, il suo coltello è veloce e nessuno interviene mai in aiuto di un bambino ferito da lui. E poi tutti sono convinti che ne abbia uccisi più coi suoi poteri di stregone che con le armi. Che abbia ucciso anche dei grandi.

Io a questa cosa non ci credo, ma non è il momento di dirlo. E nemmeno di pensarlo.

«Degli amici miei ci hanno dato un incarico. È una cosa vantaggiosa. Se lo facciamo avremo soldi, cibo, tutto quello che serve. Ce n'è anche per chi viene con noi. Vuoi restare un bambino per sempre?»

Non so se voglio restare un bambino. So che non è possibile.

Partiamo.

Noto subito che siamo solo in sei. Io e Robert siamo i più piccoli. Poi c'è Tata Kisenso, che ha quindici-sedici anni, e tutti i suoi amici più fidati, ragazzi di strada da anni. Procediamo per vie buie, poi costeggiamo un mercato rischiarato dai lumini delle *maman*. Le donne ci guardano attente, ma noi non ci fermiamo. A quel chiarore sbircio il volto di Robert. È serio, ma non sembra spaventato.

Io invece sono spaventato. Va bene arrangiarsi stando sulla strada, mi ci sono quasi abituato. Nell'ultimo mese sono tornato dallo zio solo un paio di volte e lui mi ha guardato mentre me ne andavo, al mattino, con evidente sollievo. Questa vita va bene a tutti. Ma ora che succederà? Non oso fare domande agli altri e da solo non saprei darmi una risposta.

Camminiamo a lungo. Usciamo dal quartiere di Kisenso, dove il capo ha da sempre la sua base e dove tutti lo conoscono, anche i poliziotti e anche le altre bande. È qui che si è guadagnato il suo soprannome.

Ma ora ci spingiamo oltre e la mia ansia cresce. Sento il cuore battere forte nel petto. Penso di scappare. A un certo punto, mentre attraversiamo un intrico di vicoli, potrei anche provarci. Ma la paura mi paralizza: se fuggo ora non potrò più farmi vedere per strada.

Un'ora dopo arriviamo in una zona dove ci sono veri negozi, non solo bancarelle. Qui di giorno c'è molto traffico. Di notte invece è il deserto, anche se le strade sono illuminate: un vero lusso, a Kinshasa. Eppure da quella luce nasce una grande paura. La gente non si fida a uscire: proprio quella luce potrebbe attirare disperati in cerca di denaro.

Ora camminiamo per una via che agli occhi di un bambino di Kisenso, Massina, Kasa-Vubu, è piena di lusso. Guardo le vetrine dei negozi, spente e per la maggior parte sprangate. Dovremo rubare in uno di quei negozi? So che una volta dei ragazzi grandi di una banda di Kisenso lo hanno fatto.

Ma non è questo. A un angolo tra due vie c'è una baracca che sembra chiusa da ogni lato con grandi assi di legno incrociate. È stata ridipinta da poco con colori vivissimi: giallo e arancione. Dai manifesti che sono appesi alle pareti capisco che si tratta di un'edicola di giornali. Ce ne sono, in questi quartieri.

Tata Kisenso si ferma dall'altra parte della strada, all'ombra di un grande albero. Lo raggiungiamo e restiamo fermi, in silenzio. Faccio appena in tempo a chiedermi perché stiamo così, quando sento anch'io delle voci. Dopo poco li vediamo: lungo la via avanza una piccola squadra di vigilanti. Sono in quattro e sono armati.

Capisco subito tutto: non dovremmo essere qui, lontani dall'oscurità dei nostri quartieri. Quelli se solo ci vedono cominciano a spararci contro.

Ci stringiamo tutti dietro l'albero e smettiamo di respirare.

I quattro scherzano tra loro. Parlano di calcio. La nazionale fa schifo. Il paese fa schifo. Quando Kabila avrà preso il potere allora sì che le cose cambieranno. Lui farà fuori quasi tutti i giocatori di adesso e ne sceglierà altri. Pare che ci stia già pensando. Uno si prende gioco di chi dice così: «Sì, stronzo: Kabila pensa alla nazionale del Congo mentre sta ancora combattendo la guerra!».

Parlano e avanzano piano. Sono rilassati: dev'essere da un po' che non accade nulla di grave, nel quartiere.

Appena si allontanano, Tata Kisenso apre una borsa che tiene a tracolla. Lo guardo armeggiare, ma non capisco cosa succede. Trae dalla borsa due bottiglie di vetro, con il tappo a vite. Sono piene di un liquido rossastro. Ora ha in mano due stracci e li avvolge ben stretti intorno al collo di ciascuna delle bottiglie, lasciando che un lembo penda dal nodo con cui li fissa.

Alla fine si volge verso me e Robert.

Ciascuno di noi riceve una di quelle bottiglie.

Afferro la mia e mi accorgo di tremare. Per un attimo penso che mi cadrà a terra e quell'idea mi fa gelare il sangue. Sono tutto sudato, e non per la marcia notturna.

«Ehi, idiota!»

Tata Kisenso parla con me. Probabilmente mi ha già detto qualcosa, ma io stavo con gli occhi fissi sul liquido nella bottiglia. Alzo lo sguardo. Lui mi fissa e vede la mia paura.

«Va bene. Fai quello che fa Robert, capito?»

Mi volto. Robert mi sorride. Ha paura anche lui, ma mostrarsi più coraggioso di me gli dà la carica.

Cerco di dire qualcosa. Ma devo solo ascoltare.

«Allora Robert, concentrati. Io e gli altri proseguiamo. Tu guardaci attentamente. Quando arriviamo in fondo alla strada ti faremo segno. Da quel momento tu conterai piano fino a trecento. Lo sai fare, no?»

Lui annuisce.

«Bene. A quel punto con questo,» dice il capo mostrando a Robert un accendino di plastica «accenderai lo straccio da questa parte. E lo stesso farai con lo straccio di Michel. Appena li avrete accesi, attraversate la strada di corsa e gettate le bottiglie contro quella baracca. Dovete centrarla con forza, in modo che la bottiglia si rompa. Ce la farete?»

Tutti e due facciamo cenno di sì.

«Si alzeranno alte fiamme. Voi cominciate subito a scappare. Non dovete fare altro. Se ci sono guardie o poliziotti in giro correranno verso l'incendio e voi sarete già lontani. Facile no? E poi ci vedremo domani a Kisenso. È tutto chiaro?»

È chiaro e non ci vengono altre domande.

Tutti si allontanano. La strada è deserta. Io e Robert la fissiamo tesi, mentre gli altri la percorrono restando il più possibile all'ombra degli alberi che la costeggiano.

Il tempo non passa mai. Stringo la bottiglia, ripetendomi che quello che devo fare non è difficile e finirà presto. Già mi vedo correre via, veloce come il vento.

Ma più quelli si allontanano, più sento crescere in me la paura. Guardo Robert: ha paura anche lui.

«Robert...» sussurro. Lui si volta, ci fissiamo. «E se fosse... una trappola?»

«Che trappola?»

«Forse Tata Kisenso vuole farci fare una cosa al suo posto. Una cosa che dovrebbe fare lui...»

Il mio amico spalanca gli occhi. Si arrabbia: «Ma

cosa dici? Devono... devono fare una rapina. E noi dobbiamo distrarre le guardie e la polizia».

Mi arrendo. Lui sembra avere le idee chiare, anche se vedo che anche la sua mano, stretta intorno al collo della bottiglia, trema un po'.

«Lo sai usare l'accendino?»

Chissà perché mi viene fuori quella domanda. È che non posso stare zitto: parlare mi fa bene, mentre i grandi si allontanano e io precipito nel buio. Lui non mi risponde, ma comincia a far scattare l'accendino, una, due, tre volte. Finalmente si accende e mi mostra la fiammella come a confermare che tra noi due il capo è lui. È lui che ha meno paura, è evidente.

Intanto i nostri compagni sono giunti in fondo alla strada. Laggiù c'è un incrocio e loro svoltano. C'è un lungo momento di silenzio. Sento il mio cuore battere forte.

«Comincia a contare», dico.

«No. Ha detto di aspettare il loro segnale», mi ricorda Robert.

Aspettiamo.

Ecco: uno di loro si affaccia verso di noi e agita un braccio.

Robert attacca, ad alta voce: «Uno, due...».

Quando arriva al venti credo di impazzire. Tengo la bottiglia con tutte e due le mani perché sono così sudate che temo mi cada a terra e esploda ai miei piedi.

«Venticinque, ventisei...»

C'è un rumore. Mi volto.

In fondo alla strada, dalla direzione opposta a quella dove sono spariti i nostri capi, ci sono due fari accesi che avanzano piano.

«Trentasette, trentotto...»

«Robert...»

Lui mi mette a tacere con un brusco gesto della mano. Capisco che è tutto concentrato nell'eseguire alla lettera il suo compito. Ma l'auto avanza e io sto per svenire. E poi perché va così lenta?

Al cinquanta costringo Robert a voltarsi. Lui vede i fari e capisce con me che l'auto si è fermata. La fissiamo insieme, ansiosi, mentre il conto prosegue.

«Sessantatré, sessantaquattro...»

I fari non si spengono. L'auto riparte, invece, sempre alla stessa velocità. Avanza pianissimo.

«Cento.»

Robert esita. L'auto è a cento metri da noi e si è fermata di nuovo.

«Chi sono?» domando, come se il mio amico avesse il potere di comprendere ogni situazione.

«Non lo so...»

«Forse ci vedono.»

«Beh... scapperanno, appena vedono il fuoco.»

E riprende la conta.

Io non ascolto più quella serie terribile di numeri. I miei occhi non perdono di vista l'automobile ferma. Mi dico che è così. Scapperanno quando faremo il fuoco. Quando noi già staremo correndo via.

«Duecentoquaranta...»

L'auto riprende ad avanzare, sempre molto lentamente.

«Duecentoottantadue...»

Robert solleva l'accendino. La sua mano trema, ma la scintilla scatta solo una volta prima di dare la fiamma. E lui l'avvicina allo straccio avvolto intorno al collo della sua bottiglia e gli dà fuoco.

Ma proprio in quel momento la luce che scende da uno dei fanali che illumina la strada colpisce direttamente la macchina. Ci sono due persone a bordo. E capisco con una stretta allo stomaco che è una macchina della polizia.

«Robert!»

Lui mi guarda, stralunato.

Solleva lo sguardo dalla fiamma.

L'auto è vicina ormai. Non possiamo avere dubbi.

E in quel momento, mentre restiamo a fissarla imbambolati, con la fiamma dello straccio ben visibile nell'ombra fitta dell'albero che ci protegge dalla luce dei lampioni, quegli uomini notano il bagliore e l'auto accelera.

Non ci diciamo più nulla.

Le bottiglie cadono a terra.

Ma quella di Robert esplode ai suoi piedi con una vampa terribile. Io cado all'indietro, tremante e allucinato. Robert urla, urla come un pazzo. Ha una gamba completamente avvolta dalle fiamme.

I poliziotti sono scesi dall'auto e gridano qualcosa verso di noi. Estraggono le pistole.

Robert urla e si contorce in mezzo alla strada.

E io comincio a correre come un matto. Verso l'altro capo della strada. Verso i nostri compagni.

Ma in un attimo uno di loro mi è quasi addosso.

«Fermo!»

Uno sparo.

Il colpo fischia poco lontano e raggiunge una parete davanti a me.

Mi getto a terra. Tremo tutto.

Robert urla ancora.

Un poliziotto mi raggiunge, mi afferra per un braccio e me lo torce dietro la schiena. Sento una fitta di dolore fortissima.

«Che cazzo ci fate qui, eh? Che cazzo ci fate?»

Non rispondo. L'uomo è arrabbiato, ma anche spaventato. Mi spinge verso la macchina, sempre tenendomi il braccio in quel modo così doloroso. "Ora si spezza" penso. "Non gli importa nulla di farmi male, anzi: è quello che vuole." Allora mi metto a urlare, esagero il dolore che provo.

Funziona. Non mi spezza il braccio. Mi fa entrare nell'auto.

Intanto l'altro uomo se ne sta lì a fissare Robert che brucia, che strilla, che tenta di alzarsi agitandosi come un ossesso per raggiungere un riparo, una pozza d'acqua, qualsiasi cosa possa dargli sollievo. Ma poi ricade. Ora gli brucia anche la camicia. Non ha più voce per urlare: la bocca è spalancata ma non esce quasi alcun suono.

Poi finalmente sviene.

Il poliziotto lo guarda bruciare con le mani appoggiate ai fianchi.

Ogni tanto si guarda intorno per vedere se arriva qualcuno.

Ma non accade nulla. Nessuno si fa avanti. Probabilmente qualcuno sbircia dalle finestre, ma non osa scendere in strada.

Mentre Robert muore i due risalgono in macchina e ci avviamo.

Pochi minuti dopo sto percorrendo le vie del quartiere seduto dietro ai poliziotti.

Sono muti, seri.

Nella macchina c'è una puzza insopportabile. E capisco che i due sono ubriachi. Completamente ubriachi. Ecco perché avanzavano piano, fermandosi ogni momento. Il solito giro di pattuglia è una gran noia. Oppure fa paura. Ma quel quartiere va protetto dagli sbandati come noi e loro fanno il loro giro, ma per sopportarlo bevono e bevono.

E mi portano via.

5

Al posto di polizia c'erano già altri ragazzi come noi.

Quasi tutti non avevano fatto niente, erano stati semplicemente sorpresi a dormire all'aperto in una via troppo vicina a un quartiere ricco. In questo caso di solito i poliziotti li svegliano e li cacciano via. Ma qualche volta li arrestano, senza un criterio preciso. I bambini di strada stanno bene attenti a tenersi lontani da quelle parti della città dove non si vuole neppure sapere della loro esistenza. Ma quando la situazione per le strade illuminate è tranquilla, i poliziotti fanno giri più ampi e sconfinano nelle vie che di solito non percorrono. Lo fanno per vincere la noia, ma anche perché arrestando qualche ragazzo vagabondo ci guadagnano: per rilasciarlo si fanno dare dei soldi, tutto quello che ha. Oppure sigarette, droga. Se beccano ragazzi che non hanno nulla, allora si divertono.

All'inizio i due poliziotti che mi avevano catturato non sapevano cosa fare di me. Erano così ubriachi che non avevano neppure ispezionato il terreno intorno all'albero. In quel caso avrebbero scoperto la mia bottiglia di benzina ancora intatta e per me sarebbe stata una tragedia ancora peggiore.

Ricordo ogni momento di quel che è accaduto nelle ore successive. Lo ricordo come fosse adesso.

Mi portano al posto di polizia. Mi interrogano. Mi picchiano. Mi chiedono che ci facevo là con il ragazzo della bomba.

Io non rispondo. Mi fa male tutto il corpo, ma sono anche terrorizzato: a ogni colpo continuo solo a pensare al peggio che deve ancora venire perché sono certo che mi uccideranno.

Invece niente. Dopo un po' si stancano. Io ho male dappertutto, ma loro è come se non si ricordassero più perché mi stanno pestando. Allora mi portano via e mi chiudono in una cella piena di altri ragazzi. Quelli arrestati per abitudine.

C'è anche qualche femmina. Se ne stanno tutte insieme, impaurite, in un angolo.

Io non so cosa pensare. Mi siedo. La testa mi gira. Ho un occhio semichiuso perché si sta gonfiando sempre più.

Un ragazzo, seduto accanto a me, piange.

«Perché piangi?» gli domando.

Scopro che non ha fatto nulla. «Allora ti andrà bene» gli dico, come se fossi un esperto.

Lo dico perché ogni tanto vedo ragazzi come noi o poco più grandi uscire dalla porta principale sorridendo e scherzando tra loro. Mi dico che alla fine potrebbe capitare così a tutti. Anche a me: forse mi hanno picchiato abbastanza.

Allora non sapevo che stavano uscendo quelli che avevano di che pagare.

Terminato quel piccolo esodo, nella cella siamo molti di meno.

Nessuno parla, gli occhi bassi, le espressioni rassegnate.
Dopo un interminabile momento, due poliziotti vengono a prendere due di noi.
E cominciamo a sentire i colpi e le urla.
Sono il solo a sorprendermi. Tutti gli altri sanno cosa li aspetta. Siamo quelli poveri e quelli sorpresi, come me, a fare qualcosa che loro considerano grave. E adesso c'è la punizione, quella che io credevo di aver già ricevuto.
Ora quelli che vengono rilasciati se ne vanno zoppicando e piangendo. Oppure vengono portati fuori di peso e gettati sulla strada.
«Ci picchiano», dico al ragazzo accanto a me tanto per dire qualcosa, per fargli dire una parola. Quello tiene la testa bassa, giù, tra le ginocchia. Scrolla la testa. Poi si volge, mi guarda, capisce che non so ancora nulla e dice, comprensivo: «Sì, ci picchiano».
Quando viene il nostro turno ci fanno entrare in una stanza cieca, dove ci sono quattro, cinque poliziotti sudati e stanchi. Qualcuno di loro dice che siamo venuti nel quartiere da troppo lontano, che io stavo appostato al buio con un delinquente pericoloso, che ho fatto resistenza ai colleghi che mi hanno arrestato.
Del ragazzo che hanno portato qui con me dicono che ha rubato, gli hanno trovato la roba addosso.
A me fanno ancora qualche domanda, ma non aspettano la risposta.
Ci picchiano, sì. Ma poi chiamano altri due agenti. Ci costringono ad abbassare i pantaloni e a metterci piegati, col busto steso su un tavolo che sta al centro della stanza.

Rimaniamo così, col sedere nudo rivolto verso di loro.

Qualcuno dice che non ce la fa, che il cazzo non gli tira più, per quella notte. Un altro avvisa che sono finiti i preservativi.

Ridono tutti, a quelle battute.

Poi parlano di usare dei manganelli, e ridono di nuovo.

E poco dopo noi piangiamo, urliamo, mentre quelli ci tengono fermi e il dolore è forte.

Infine, mentre ci rivestiamo e io guardo il sangue scorrermi giù lungo le cosce, ci minacciano ancora e ci fanno uscire a spintoni.

E così siamo fuori. Alla luce dei lampioni.

Camminiamo il più in fretta possibile per raggiungere il buio. Per cercare nell'oscurità un senso a quel che ci è capitato. Mentre penso che forse non potrò mai più sedermi e che presto avrò perso tutto il mio sangue. Mentre l'altro ragazzo, pieno di vergogna, cammina più svelto di me e alla fine mi lascia indietro.

E io sono solo e dolorante, nel buio di Kinshasa.

6

Fu la mia seconda notte di vera solitudine.

Ma sopravvissi, come bisogna fare sempre di nuovo, ogni volta.

Vagai a vuoto, per ore e ore. Infine stramazzai al suolo, quando il dolore e lo stordimento furono più forti di me.

Al mattino mi levai e per la sete che mi divorava bevvi acque putride. In quelle stesse acque cercai di lavarmi, poi mangiai cibo trovato tra i rifiuti, cosa che da quand'ero arrivato in città non avevo mai fatto.

Non sapevo come tornare verso Kisenso, verso il quartiere dov'era la mia banda.

E tornare era un bene?

Io e Robert avevamo fallito. Eravamo stati puniti, è vero, ma quelli della banda ci avevano affidato un compito e noi non lo avevamo eseguito. E poi, con il passare delle ore, dentro di me si faceva strada un senso di ribellione. Perché esporci così? Perché farci rischiare? Avremmo dovuto incendiare l'edicola e così attirare in quel luogo guardie e polizia, ma così non saremmo comunque stati noi due le più probabili vittime di quei bastardi?

Insomma, non trovavo più la strada per Kisenso, ma forse non la cercavo davvero.

Ore dopo giunsi al Grand Boulevard 30 giugno, il viale più grande di Kinshasa. Avanzavo tra la gente che si affrettava ai mercati, agli uffici, agli impieghi rispettabili, improvvisati o magari umilianti con cui si guadagnava da vivere. Quelle persone non mi vedevano, oppure gettavano uno sguardo su di me e si scansavano.

La testa mi girava, la pancia era tutta un dolore. Era pieno giorno e il caldo era afoso e intenso. Eppure sudavo e tremavo. A un tratto vomitai, in mezzo al marciapiede. Prima che potessi rendermi conto che stava succedendo, ero lì che fissavo una piccola pozza di vomito. Qualcuno dei passanti protestò: «Che schifo!», un altro raccomandò a un amico: «Attento, scansati. È malato!».

Sì, stavo male.

Abbandonai il viale, fuggii la folla, con lo stesso istinto degli animali che cercano di morire lontano dallo sguardo delle altre bestie, e probabilmente lo fanno per paura di essere attaccati e mangiati appena prima di essere morti del tutto.

Mi fermai altre volte. Vomitai ancora.

In una via più povera e più nascosta qualcuno che non posso ricordare mi aiutò, mi diede dell'acqua pulita da bere, me ne versò sulla testa, che bruciava e girava come una trottola. E tutto questo senza toccarmi. La gente ormai sa che chi è malato non va troppo toccato.

Proseguii e verso sera mi resi conto che avevo camminato tutto il giorno senza pensare a una meta, ma compresi anche che la mia anima e le mie gambe ne avevano una e mi ci avevano portato senza che lo decidessi.

Prima delle nove oltrepassai il cancello della villa dello zio.

Il mio istinto aveva pensato bene: quella porta restava aperta, per me, anche se probabilmente chi c'era in quella casa sperava di non vedermi ricomparire mai più.

Il mattino dopo mi scoprì uno dei miei cuginetti. Io ero in preda a una febbre delirante. Credo di averlo sentito gridare. Aveva visto che la porta del capanno era socchiusa, si era avvicinato e aveva sbirciato dentro, trovandosi davanti un ragazzo smagrito, ferito e schiumante.

Ci furono anche altre grida e qualcuno che si agitava, intorno a me. Cercai di parlare, chissà per dire cosa, e mi accorsi che le mie labbra erano gonfie, secche, piene di piaghe.

Non pensai che stavo per morire. Sarebbe successo e basta.

Anche quella notte, nel dormiveglia, mi aveva raggiunto l'eco dei tamburi, dei canti e delle danze sfrenate.

Il mio esorcismo continuava. Più inutile che mai.

7

Non mi cacciarono via: in quelle condizioni buttarmi sulla strada significava uccidermi. Rimasi nel capanno. Nei primi giorni capivo poco di quel che mi accadeva. So che invece di essere steso a terra ora sotto di me c'era una stuoia e a un certo punto comparve anche un vecchio cuscino, sempre fradicio del mio sudore.

Tremavo sempre e mi lamentavo. A volte il suono della mia voce mi sorprendeva e mi scuoteva dal sonno, come se avesse parlato un altro accanto a me. Anche le braccia e le gambe si agitavano senza che fossi io a controllarle.

Come cura, nei primi giorni bevvi solo acqua pulita, in abbondanza. All'inizio me la dava lo zio, poi cominciai a stare meglio e ci pensavo io stesso, prendendone con un bicchiere di plastica da un secchio depositato accanto a me.

Infine venne un dottore. Mi visitò con attenzione perché la febbre continuava a tormentarmi, non riuscivo a stare in piedi, appena mangiavo qualcosa la nausea mi assaliva e alla fine dovevo vomitare tutto. E lo facevo lì, accanto a me. Qualcuno poi puliva in fretta il terreno e la puzza, nel capanno, era insopportabile: quando lo zio o i miei cuginetti si affacciavano all'entrata per darmi un'occhiata vedevo i loro volti fare smorfie.

Al termine del suo esame il medico disse che non sarei mai guarito senza prendere alcune medicine. Ascoltando quelle parole lo zio si fece scuro in volto. «Dove li trovo i soldi?» si disperò. «Non ho comprato medicine neanche quando si sono ammalati i miei figli!»

«Ma senza medicine lui morirà» rispose asciutto il medico, mentre scriveva su un foglietto i nomi delle sostanze di cui avevo bisogno.

Notai che non aveva obiettato nulla sul fatto che io stavo nel capanno e non aveva battuto ciglio per il fetore che ti assaliva appena entravi. Doveva vederne di tutti i colori nelle case della gente semplice. Anche a Binza.

Dopo che quell'uomo se ne fu andato lo zio mi lasciò solo a lungo. Era come se avesse deciso di sospendere ogni assistenza. Di Desirée non avevo visto neppure la faccia, in tutti quei giorni. Ma ora anche ai bambini figli della mia vecchia zia era stato evidentemente proibito di visitarmi e le ore passavano senza che me ne accorgessi: alternavo lunghi periodi di sonno a brevi veglie, e non trovavo più nessuno, al risveglio, accanto a me.

Quando venne sera mi svegliai di nuovo e mi stupii del totale silenzio che mi avvolgeva. Stavo male ed ero la persona più sola della terra. Compresi che tutti si aspettavano che io me ne andassi. O che morissi. Il che avrebbe risolto il problema.

Tentai di alzarmi, ma appena sollevavo la testa il mondo cominciava a girare. Mi facevano male tutte le ossa, come se mi avessero appena picchiato duramente.

Passò la notte, venne il giorno. Peggiorai: la febbre riprese ad assalirmi e ricominciai a delirare. Vedevo la mamma che mi dava da mangiare e da bere. Io aprivo la bocca, ma non sentivo il sapore del cibo. Allora mi lamentavo, dicevo che la mamma non aveva preparato bene quel cibo. Lei mi guardava, offesa, e la vedevo rattristarsi e piangere. Mi sentivo in colpa. Un'ansia bruciante faceva battere a mille il mio cuore, mentre lei si chiudeva nel silenzio e smetteva di guardarmi. Poi vidi mio padre che si avventava su di me per colpirmi. Sentii di nuovo l'acuto dolore dei ferri roventi dello stregone del villaggio. Il suo volto era a pochi centimetri dal mio, mentre mi chiedeva se ero uno stregone e si arrabbiava perché io negavo con il capo. Poco dopo dei poliziotti mi inseguivano. Tentavo di scappare, ma le gambe erano come paralizzate. Loro si avvicinavano sempre più e li sentivo gridare. Le gambe non rispondevano al mio ordine di correre. Loro mi prendevano, mi picchiavano, ridevano e mi bastonavano. Io cercavo di urlare, ma anche la voce era bloccata. Spalancavo la bocca e nessun suono usciva dalla gola.

Poi udii la voce di Desirée. Era furiosa. Ma forse non faceva parte del sogno. Forse era davvero lì. Cosa ci faceva così vicino? Perché ce l'aveva ancora con me?

Mi sforzai di ascoltare, di restare in contatto con la realtà. E compresi che quella donna non stava scaricando la sua rabbia contro di me, ma se la prendeva con qualcun altro. Cercai di aprire gli occhi, gonfi e pieni di lacrime. Ma la luce del giorno li colpì come una lama fredda, insopportabile, e li richiusi subito. Sentii una mano infilata sotto la mia testa. Quella mano mi sollevava il capo e una voce diceva: «Bevi, bevila tutta».

Un liquido amaro mi entrò in bocca.

Pensai allo stregone, alle torture contro i bambini *ndoki*. E istintivamente mi ritrassi. Ma la voce, ora nervosa, reagì con forza: «Avanti! Non ne devi sprecare neppure una goccia!».

Era lo zio. Era lui che mi dava da bere.

E intanto la sua compagna continuava a lamentarsi.

«Ma non vedi che è spacciato? Hai fatto tutta quella strada fino a Mont Ngafula per niente. E i nostri bambini non hanno abbastanza da mangiare!»

Lo zio rispose con calma.

«Era l'unico modo per avere medicine gratis. E ringrazia il cielo che le suore italiane mi hanno creduto. Non ne danno al primo che arriva, perché pensano che voglia rivenderle. Fortuna che avevo il foglietto del medico. Ma ho dovuto comunque implorarle. E se non guarisce non me ne daranno altre...»

«Sì, ma intanto hai speso i soldi per il dottore! Chi ce li ridarà, lui? Appena starà meglio riprenderà a farsi i fatti suoi chissà dove e non ci porterà nulla di quel che guadagna...»

Quella donna non si arrendeva. Era così arrabbiata che pensai che se avesse potuto mi avrebbe ucciso con le sue mani.

Intanto avevo finito di bere e mi sentivo spossato, come se avessi scalato una ripida collina. Prima di ripiombare nel sonno ebbi modo di chiedermi chi erano le suore che avevano aiutato lo zio. Fu la prima volta che le sentii nominare. E nel delirio subito me ne dimenticai.

8

Dieci giorni dopo stavo meglio. Abbastanza bene perché lo zio Bernard si decidesse finalmente a parlarmi per dirmi di andarmene per sempre dalla loro casa.

«È meglio così» disse.

Ne era davvero convinto.

Era meglio per lui, ovviamente. Desirée non mi voleva assolutamente più vedere e lo torturava ogni giorno per questo motivo. Era giunta a minacciare di tornare alla sua famiglia portandosi via i suoi bambini. Era evidente che lo avrebbe fatto e che alle sue spalle c'era davvero una famiglia. In quel caso, i suoi fratelli se la sarebbero presa con lo zio e con i suoi figli, lo avrebbero minacciato e attaccato senza che nessuno ci trovasse niente da ridire.

Capivo tutto questo ed ero rassegnato alla situazione.

E poi avevo visto che potevo cavarmela, sulla strada. Anche se adesso si trattava di ricominciare e dovevo stare lontano da quelli di Kisenso.

Ringraziai lo zio, il mio *tata mobokoli*, l'ultimo legame con la mia famiglia. Lui mi guardava incerto, come sempre. Incapace di imporsi alle circostanze.

Ma prima che mi avviassi mi fece una sorpresa. Trasse da una tasca una busta gialla, un po' sgualcita ma chiusa, e me la porse.

«È per te. È arrivata mentre eri malato...»

Era una lettera di mia madre.

La lessi quando già mi trovavo per la strada.

Michel, figlio mio! Solo ora posso finalmente mettermi in contatto con te. Finora Oziadambra e Watamba me lo hanno impedito perché non volevano che tu pensassi che potevi tornare da noi. Anche quelli della famiglia del papà avevano detto che se ti avessero trovato nella nostra regione ti avrebbero ucciso. Ma ora è accaduto un fatto nuovo, ed è giusto che tu lo sappia: la zia Marie, quella strega, ha ammesso di essere stata lei a incendiare la nostra capanna, il giorno che papà è morto. Lo ha detto solo quando si è ammalata di febbre gialla e stava per morire. Pensava che era l'unico modo per impedirti definitivamente di essere accettato da quelli del villaggio, dopo che avevi superato così bene l'iniziazione e tutti volevano mettere una pietra sopra il passato. Morendo aveva ancora paura di te, tanto era convinta della pericolosità dei tuoi poteri.

Molti non hanno creduto alla sua confessione, perché dicono che quando parlava così era malata e non ragionava. E poi dicono che anche la sua malattia era una conseguenza del tuo odio e del potere del demone che è in te. Un potere che agisce anche a distanza.

I casi di bambini accusati di stregoneria, isolati, imprigionati, torturati e a volte uccisi stanno aumentando, sia qui che nei villaggi vicini. Ma mi hanno detto che ce ne sono moltissimi soprattutto nelle città. Perciò stai attento, non attirare in nessun modo l'attenzione su di te.

E poi io credo alla confessione della zia, e anche i tuoi fratelli. Ci credo e penso che abbiamo ceduto a una paura sbagliata, nei tuoi confronti, e lo abbiamo fatto per paura della sfortuna. Ma la gente, oggi, non sta meglio di prima: stiamo tutti peggio. C'è la guerra, la povertà, i nostri uomini non possono andare

nelle città a vendere e si sentono notizie di gente costretta a lasciare le proprie case inseguita dai soldati congolesi e stranieri. Queste cose non sono colpa dei bambini come te, tu non sapevi neppure cosa sono!
Ora penso che tu sia a Kinshasa, presso lo zio Bernard, anche se quando gli ho fatto scrivere, un mese fa, una prima lettera in cui chiedevo notizie di te, mi ha risposto che non sapeva nulla, che non eri mai arrivato da lui. Ma io penso che prima o poi dovrai andare da lui e perciò ho fatto scrivere questa nuova lettera. Non saprei dove trovarti, del resto.
Perdonaci, Michel. Perdonaci e facci sapere dove sei, cosa fai. E se un giorno farai fortuna, in città, qualcuno dei tuoi fratelli potrebbe venire a stare con te. E magari anch'io, perché al villaggio non c'è più posto per noi. E poi siamo tutti più poveri, te l'ho detto. Sempre più poveri.
Vivi bene, con l'aiuto di Dio, e dacci notizie di te.

La mamma

Leggevo e piangevo. Per la nostalgia. Per la tenerezza. Mamma si illudeva che io facessi fortuna, a Kinshasa. E pensava che lo zio Bernard si desse da fare in ogni modo per aiutarmi come se fossi un figlio suo.

Ma piangevo anche per la rabbia.

Perché non avevano creduto già allora alla mia innocenza? E perché ora non tutti credevano alla confessione della zia Marie?

Non ci pensai neanche a tornare indietro e a far leggere la lettera allo zio. Non avrei sopportato che mi dicesse, sollevato, di tornare al villaggio e di farmi riaccogliere dai miei, liberandosi così definitivamente del peso che io rappresentavo per lui. Non aveva neanche detto alla mamma di avermi visto e ospitato!

Lessi e mi allontanai sempre più in fretta. Presi nuove vie. Vagai verso sud.

Un paio d'ore dopo giocavo a pallone in un campetto improvvisato nella depressione creata da un cedimento del terreno tra due grandi caseggiati cadenti.

La palla era di carta compressa e plastica, tenuta insieme con elastici.

Il gruppo di bambini che stava giocando aveva bisogno di un portiere e quando dissi che volevo giocare dissero che dovevo fare proprio quello, visto che ero molto magro e debole e non sapevano se ero bravo a correre e a scartare.

Giocai tutto il pomeriggio.

A sera quasi tutti tornarono a casa, qualcuno richiamato dalle voce della mamma.

Con quelli che rimasero fuori, come me, ci riconoscemmo per quello che eravamo: bambini di strada.

UN BAMBINO
DI STRADA

1

La stagione delle piogge a Kinshasa è un vero disastro. L'acqua che scende dal cielo tutti i giorni è un piacere: ti lava, ti rinfresca. Ma quella che si ferma al suolo è un problema per tutti.

Una volta mi trovavo nel quartiere Matete ed era piovuto tutto il pomeriggio. Lungo le strade si erano formati i soliti torrenti pieni di rifiuti, escrementi umani e animali, sporcizia di ogni genere. Le correnti d'acqua portavano quelle schifezze a intasare gli incroci delle strade e a galleggiare sulla superficie di pozze grandi come stagni.

Le auto, i fuoristrada, gli autobus e i camion sgangherati e strapieni guadavano con prudenza i tratti di città trasformati in distese paludose.

La gente più semplice usciva dalle baracche allagate portandosi dietro le poche cose preziose: una pentola, un vestito, una coperta. Poi tutti se ne stavano ore ad aspettare pazientemente che l'acqua si ritirasse tanto da permettere loro di rientrare nelle loro case pericolanti.

In genere i poveri costruiscono le loro misere abitazioni dove la pendenza del terreno le mette al riparo da queste rapide alluvioni, ma sui terreni più sicuri non c'è mai spazio per tutti e gli ultimi arrivati costruiscono ai bordi dei quartieri e così si trovano più esposti.

Quel giorno gli scrosci dal cielo erano stati particolarmente abbondanti. Non ci avevo fatto troppo caso: cominciavo ad abituarmi ai disagi di quella stagione e agli improvvisi cambiamenti delle vie della città. E nulla mi stava preparando allo spettacolo che mi attendeva a un certo punto di una strada che da più giorni percorrevo per andare a chiedere cibo nel principale mercato del quartiere.

Mentre avanzavo per il solito percorso, notai che il traffico era fermo e già tutto era sovrastato dallo strombazzare impaziente dei clacson. Pensai che più avanti ci fosse stato un incidente, anche perché vidi gente accorrere dalle strette vie del quartiere. Curioso come tutti, raggiunsi la folla ferma a guardare, mi feci largo e finalmente potei rendermi conto di quanto era accaduto.

L'area dell'incrocio tra due vie di solito molto trafficate era sprofondata di almeno tre metri. Evidentemente col tempo l'acqua aveva scavato sotto il livello del suolo un'ampia caverna, ma nessuno si era mai accorto di nulla. Magari il vuoto nella terra giallognola, friabile, si era formato già l'anno precedente e per mesi veicoli pesanti e leggeri e migliaia di persone avevano transitato su quella trappola senza saperlo. Ora si era aperta improvvisamente una voragine e la folla, sempre più numerosa, circondava sconcertata l'ampio cratere e osservava le persone che uscivano, fradice e spaventate, da alcune auto e da un autobus che erano precipitati di sotto con tutta la strada che fino a pochi minuti prima li sosteneva.

Sul fondo della grande buca si era già formato un lago pieno di almeno un metro d'acqua e quelle persone sguazzavano nel fango, raggiungevano i bordi scivolosi della buca e cercavano di issarsi fuori. Ma il terreno franava ancora e quelli ricadevano indietro.

Alcuni spettatori, spinti da chi premeva per vedere la scena, perdevano l'equilibrio e cadevano anche loro nella fossa, cominciando subito ad agitarsi come gli altri nell'acqua torbida.

Nel giro di pochi minuti, molti se ne stavano laggiù, immersi fino ai fianchi. E il livello dell'acqua continuava a crescere, perché da una delle strade interrotte dal crollo ne scendeva un torrente e la buca si riempiva sempre più.

Arrivavano anche rifiuti, che galleggiavano in superficie.

Lungo uno dei bordi vidi due grossi topi nuotare veloci per sottrarsi alla confusione e agli sguardi. Ma nessuno badava a loro, perché nella folla stava accadendo una curiosa trasformazione: visto che non sembravano esserci vittime dell'incidente e gli unici a lamentarsi erano i proprietari dei veicoli che si disperavano per l'acqua e il fango che entravano nei motori e negli abitacoli, la gente cominciò a tuffarsi volontariamente nel laghetto e a giocare. In poco tempo, tutto lo slargo sprofondato e inondato divenne una grande e maleodorante piscina e tante persone, in preda a un'assurda allegria, ci giocavano schizzando acqua sui vicini, montavano sui tettucci delle auto e, ignorando le grida di protesta dei poveri proprietari, si mettevano a ballare là sopra prima di tuffarsi di nuovo.

Sembrava una festa.

Mi tuffai anch'io e così fecero molti bambini e ragazzi del quartiere. Nella fossa gli adulti stavano in piedi a fatica o cadevano in acqua perché scivolavano e perdevano l'equilibrio. Noi invece nuotavamo, mentre la folla che stava lungo i bordi ci incitava allegra.

Nella gran confusione riconobbi alcuni bambini di strada che avevo incrociato in quei giorni mentre cercavamo un riparo dalla pioggia o un buco abbastanza asciutto in cui dormire. Tra gli altri ce n'era uno, appena più grande di me, che poche sere prima mi aveva fatto sloggiare con pesanti minacce da una grossa scatola di cartone che avevo trovato prima io e dove avevo intenzione di ripararmi.

Ma in quel momento anche il ragazzo prepotente mi sorrideva e voleva giocare con me. E io scherzai con lui. Lo sfidai addirittura a una gara di nuoto e lo battei, anche se ero più magro. Lui non si offese, anzi: volle giocare ancora e ci divertimmo tanto.

Per me era come essere di nuovo al mio villaggio, alla foresta, al fiume. E anche quel ragazzo sembrava tornare a un momento felice della sua vita, quando poteva lasciarsi andare e giocare senza paura con un ragazzo come lui.

Sono i vantaggi della vita di strada: non sai mai quale imprevisto può cambiare il volto delle persone e offrirti una nuova occasione di incontrarle.

Quel ragazzo si chiamava Armand, e fu durante quel bagno che senza dirci niente decidemmo che potevamo stare insieme per le strade di Kinshasa. Ma prima ci godemmo tutta la festa, che durò a lungo perché ci volle molto tempo prima che giungessero delle auto della polizia e gli agenti riuscissero a disperdere la folla, a isolare l'incrocio e a deviare il traffico impazzito. E nel frattempo aveva anche ripreso a piovere e dopo un'altra mezz'ora nella fossa noi ragazzi non toccavamo più il fondo e potevamo nuotare e tuffarci in piena libertà.

Nel mezzo della città. Tra isole di rifiuti che si andavano formando sul pelo dell'acqua. Ma senza più topi, tutti spaventati e cacciati via dai nostri schiamazzi.

2

Ormai ero un ragazzo di strada.

Prima che lo zio mi mandasse via definitivamente dalla sua casa, anche se da lui non tornavo quasi mai, sapevo di avere un posto dove c'era qualcuno che non poteva dire di non conoscermi. E anche se già allora dovevo comunque cavarmela da solo per ogni cosa, questa consapevolezza mi faceva sentire più forte.

Ora continuavo a fare più o meno le stesse cose, eppure era tutto diverso, perché adesso ero davvero solo. Non appartenevo a nessuno. Non ero figlio di nessuno. Perciò cominciai a comportarmi come se fossi più grande della mia età.

È difficile spiegarlo: se sei un vero ragazzo di strada gli altri capiscono al primo sguardo che sei un ragazzo solo, che non hai nessuno dietro le spalle. Perciò ti temono e ti rispettano di più. E tu ti accorgi di questo e senti che la tua solitudine e la tua disperazione si trasformano in una forza.

La sera del bagno in mezzo all'incrocio io e Armand andammo insieme verso il mercato, a cercare un po' di cibo.

Mentre camminavamo fianco e fianco ci studiavamo

l'un l'altro: quanto eravamo grandi, quanto eravamo forti. Lui era più robusto, e io ero un po' più alto. In qualche modo decidemmo che eravamo alla pari e che potevamo aiutarci a vicenda.

E poi, mentre avanzavamo lungo le strade che pian piano si svuotavano, mi accorsi che a una certa distanza ci seguivano dei bambini più piccoli: sei o sette, tutti di almeno un paio d'anni meno di noi.

«Li conosci?» domandai al mio nuovo amico.

Lui li squadrò con aria di superiorità.

«Non tutti» disse serio. «Oggi se ne sono aggiunti due.»

E mi raccontò che da qualche settimana quei bambini lo seguivano, facevano dei piccoli lavori per lui, a volte gli portavano del cibo. Insomma, stavano cercando di mettersi sotto la sua protezione, di formare con lui un gruppo.

La cosa mi colpì. Mi sembrava già strano che Armand, che in fondo era uno come me, potesse cavarsela da solo e ora sembrava che avesse tanta forza da attirare altri bambini.

Lui non si scompose.

«Vado in giro da solo,» spiegò «ma non sono solo.»

E poco dopo, quando giungemmo nella piazza del mercato, capii a cosa si riferiva. Senza dirmi una parola si diresse deciso verso un gruppo di giovani alti, che fumavano e bevevano birra in bottiglie di vetro.

Io ebbi subito paura. I giovani più grandi non vogliono ragazzini tra i piedi, a meno che non lavorino per loro. E io non avevo nessuna voglia di subire scherzi o violenze.

Ma quando giungemmo in vista del gruppo, quelli

riconobbero Armand e lo salutarono con calore. «Tutto ok?» chiedevano «Sei a posto?» E intanto mi squadravano.

Armand mi presentò.

«Lui è Michel. È mio amico, va bene?»

Quelli dissero di sì e salutarono anche me.

Ero confuso.

Ci allontanammo e Armand mi guardava, godendosi la mia sorpresa.

«Ma chi sono quelli?» domandai stupito.

Lui mi diede una pacca su una spalla e tutto allegro e sicuro di sé rispose: «Sono amici di mio fratello Marcel. Lui è il loro capo. Quindi mi proteggono, perché tutti, nel quartiere, sanno chi è mio fratello...».

«Ma tra quelli chi era Marcel?»

«Ora non c'è» ripose più serio. «Ha dovuto andare via dalla città per un po' di tempo. La polizia lo sta cercando. Ma presto tornerà e intanto quelli della sua banda lo aspettano.»

Sentir parlare della polizia non mi piaceva e non domandai più nulla. Non volli sapere perché cercavano il fratello di Armand e che cosa avesse fatto di così grave da costringerlo a rifugiarsi addirittura fuori dalla città, visto che nascondersi a Kinshasa è più facile che nella foresta.

Ma allora non sapevo nulla delle regole della malavita. Non pensai che Marcel poteva avere ben altri nemici che la polizia. Fui solo contento quando vidi che al mercato del quartiere le *maman* erano particolarmente generose con chi si presentava insieme ad Armand. E lo furono anche con i bambini più piccoli, che non avevano smesso di seguirci e che più tardi trovarono per noi un angolo per dormire nel retro di un negozio, al riparo dalla pioggia che aveva ripreso a cadere.

Così cominciai una nuova vita. E nelle settimane successive mi divertii proprio tanto.

Per me e per Armand era tutto facile. Ovunque andassimo, in quella vasta zona della città trovavamo chi ci offriva cibo e riparo. E se lo volevamo potevamo lavorare, ma decidevamo noi se farlo per qualche giorno o anche solo per qualche ora.

Per esempio una volta trovammo posto in un lavaggio delle auto. La gente portava lì la macchina sporca di fango e attendeva, o andava a prendersi un caffè in un bar lì vicino, mentre noi la spruzzavamo tutta con il getto d'acqua di due tubi di gomma, poi la insaponavamo e ancora la bagnavamo finché la carrozzeria splendeva al sole.

Era divertente. E lo facemmo finché fu divertente. Poi, quando ci stancammo, lasciammo che fossero i bambini più piccoli della nostra banda a lavorare.

Il padrone del garage non ci sgridava mai quando facevamo così. Non ci diceva: «Ehi! fate attenzione!», oppure: «Non vi pago, perché eravamo d'accordo che avreste lavorato per quattro ore!». Quando ne avevamo abbastanza, ci pagava e noi ce ne andavamo per i fatti nostri.

Soldi ne avevamo sempre. E non tanto quelli che guadagnavamo, ma quelli che gli amici del fratello di Armand gli davano ogni volta che lui li chiedeva. Loro sì che erano ricchi. Più li conoscevo e più me ne stupivo. Avevano macchine, vestiti nuovi. Quando giravano per le strade, con belle ragazze al fianco, si facevano notare.

Anch'io ebbi vestiti nuovi. Giravo con Armand e i bambini mi rispettavano come fossi un capo del quartiere. Gli amici di Marcel erano una vera banda e noi giocavamo a imitarli.

Ogni tanto giocavamo con altri ragazzi a pallone. E usavamo un pallone vero. Quando invece pioveva o faceva troppo caldo, il proprietario di un locale ci faceva entrare in una sala e ci faceva guardare alla televisione le partite di calcio o i film in cassetta, quelli americani, dove i divi sparano, ammazzano i nemici, bevono e stanno con belle donne.

Altri giorni, invece, quando Armand ne aveva voglia, ce ne andavamo in giro come semplici ragazzi di strada e solo per divertirci rubavamo qualcosa da una bancarella o facevamo a botte con ragazzi di altre bande.

La notte spiavamo quel che accadeva nelle case dove gli uomini andavano con le ragazzine o con le donne. Così finalmente imparai tutto del sesso vedendolo con i miei occhi. E mi venne voglia di farlo anch'io. Armand lo aveva già fatto e una notte mi portò là dentro. E senza pagare andai con una della mia età, che buona buona mi guidò e mi fece godere. E godeva anche lei. O almeno così mi parve.

Fu un bel periodo. Non dovevo preoccuparmi di nulla. Ad Armand stavo simpatico, non mi imponeva niente. Era solo contento di stupirmi ogni giorno con una nuova scoperta. E io mi stupivo eccome. Non avrei mai pensato che vivendo sulla strada a Kinshasa avrei potuto essere così felice.

3

Una sera eravamo alla ricerca dei giovani della banda di Marcel. Armand voleva dei soldi perché aveva deciso di comprare un paio di scarpe che aveva visto nella vetrina di un negozio.

Io, come sempre, meno abituato al lusso, ero più prudente di lui. «Che te ne fai delle scarpe nuove?» gli dicevo. «Si notano; certamente qualcuno cercherà di rubartele e tu dovrai stare attento ogni momento.»

Ma lui non voleva sentir ragioni. Si sentiva sempre più sicuro perché il rispetto della gente gli dava alla testa.

Ci toccò cercarli a lungo, i giovani della banda, perché quella sera non erano nei soliti posti. Alla fine uno che li conosceva ci disse dove potevamo trovarli, ma sembrò subito pentirsi di avercelo rivelato.

«Forse però è meglio che li lasciate stare, questa notte. Cercateli domani, è meglio...»

Armand non diede peso a quell'avvertimento e ci dirigemmo dove ci era stato indicato: nella zona dove c'era un cimitero e dove spesso, la notte, trovavano rifugio i più disperati della città.

Quando finalmente li avvistammo, vidi che i nostri amici erano tutti riuniti alla luce di un unico, isolato lampione che rischiarava a malapena parte di un ampio parcheggio. Era la prima volta che li vedevo radunati tutti: non erano più di trenta, ma a me sembravano un piccolo esercito. Se ne stavano in cerchio e da lontano li sentivamo gridare. Non si capiva quel che stava accadendo all'interno del gruppo.

Nessuno si accorse di noi e così potemmo avvicinarci. Ci accostammo alle spalle di quegli uomini alti e vedemmo che erano davvero molto eccitati. Quasi tutti avevano bottiglie di birra in mano e nell'aria si sentiva l'odore intenso del fumo della marijuana. Con le grida che avevamo sentito già da lontano e con risate incitavano qualcuno che stava nel mezzo.

Quando, sempre senza essere notati, vedemmo cosa attirava la loro attenzione restammo in silenzio a guardare.

Due della banda tenevano fermo un uomo per le braccia. Era nudo e uno del gruppo lo colpiva con una verga sul petto, sulla pancia, sulle gambe e sul viso. L'uomo era irriconoscibile, una maschera di sangue, e ormai si lamentava debolmente perché era esausto, ma ogni nuovo colpo aveva come una contrazione istintiva: tutti i muscoli del suo corpo si irrigidivano per un momento e quel contrarsi, insieme alle smorfie che non poteva trattenere, faceva un effetto comico. I giovani intorno a noi ridevano a ogni nuova scossa e urlavano al carnefice di colpire sempre più duro. Oppure, strillando per sovrastare le voci degli altri, indicavano nuove parti del corpo ancora intatte o ferite aperte che potevano essere particolarmente sensibili.

Per loro era un gioco. Sembravano felicissimi.

Guardai Armand. Era affascinato. Non si univa all'euforia generale, ma aveva lo stesso sguardo di quando parlavamo del sesso o di qualcosa di particolarmente divertente che avremmo potuto fare.

A un certo punto qualcuno si accorse di noi e ci indicò agli altri.

Ci fu un brevissimo momento di sconcerto, poi tutti riconobbero il fratello di Marcel e il fatto che lui fosse lì con loro invece che contrariarli parve divertirli.

«Ehi, piccolo stronzetto! Sei venuto a imparare?» gridò qualcuno. Altri si limitarono a fischiare, eccitati. Se lo indicavano l'un l'altro e facevano matte risate. Alcuni stavano in piedi a fatica. Uno gli diede una pacca sulle spalle. «Dammi un cinque!», lo salutò un altro, ma ubriaco com'era batté contro la sua mano con troppa forza e quasi lo fece cadere, suscitando altra ilarità.

Per un attimo temetti che si mettesse male.

Poi vidi che salutavano anche me in quel modo chiassoso e con parole volgari. Anche se erano strafatti mi avevano riconosciuto: si erano abituati a vedermi, sapevano che stavo sempre con Armand.

Poi, senza chiedergli niente, spinsero il mio amico verso il centro del gruppo e il giovane che teneva la verga la passò tutto contento nelle mani del fratello del capo. Qualcuno disse a gran voce che se Marcel non era presente per punire personalmente «quel bastardo» che stavano torturando, ora almeno c'era uno della famiglia, com'era giusto che fosse. E così incitarono tutti Armand a colpire l'uomo che tenevano prigioniero, a frustarlo forte dove gli pareva.

Lui li guardava con un sorriso a metà. Era contento che gli dimostrassero tanta considerazione, ma evidentemente non aveva mai fatto niente del genere. Guardò la vittima, deglutì. Poi, siccome le voci intorno si facevano sempre più acute, ebbe paura che quelli si arrabbiassero, levò il braccio e colpì l'uomo al fianco.

Quello parve accorgersi appena di quel colpo, che era stato troppo debole. Ci furono proteste. Il pubblico era deluso. Allora un giovane disse che sapeva lui come fare e si avvicinò ad Armand tenendo in mano un piccolo flacone di plastica. Lo stappò e barcollando lo avvicinò al naso del ragazzo. Lui sentì l'odore che proveniva dall'interno e istintivamente si ritrasse, come se avesse sentito una puzza insopportabile. Ma quello gli afferrò la nuca con violenza e gli tenne ferma la testa, costringendolo a respirare quella roba.

Gli altri approvavano urlando tutti come animali.

Io invece avevo paura. Se fossi stato da solo sarei scappato via. Ma Armand era lì, davanti a me, costretto con la forza a fare cose che non voleva. E io lo guardavo senza sapere cosa fare.

Un giovane porse anche a me un flacone di plastica stappato.

«Senti qui! senti che roba!» urlò.

«Sì, anche a lui, giusto! Anche lui è dei nostri!» gridarono intorno.

Io non volevo contraddirli. Non volevo che mi afferrassero e mi costringessero a sniffare da quella bottiglia facendomi male. Accostai il naso e inspirai piano. Era davvero sgradevole, all'inizio. Ma subito in qualche modo ti arrivava alla testa. Pensai che mi sarebbe venuta la nausea e che sarei svenuto.

Invece rimasi sveglio e lucido.

Guardai dentro il flacone. C'era una sostanza liquida e trasparente come l'acqua, ma aveva la consistenza dell'olio.

«Bravo, ancora!» mi dissero.

Respirai di nuovo. E a poco a poco cominciai a sentirmi fortissimo. Era come se stessi correndo in una gara e stessi vincendo. Così batteva il cuore, così si concentrava la mia mente, così si espandevano i miei muscoli. Eppure ero fermo, ero lì, in mezzo a quegli uomini che sicuramente provavano le stesse sensazioni che stavo provando io.

Ogni paura scomparve in un soffio. Non mi ero mai sentito così potente. Se mi avessero mostrato un serpente avrei subito cercato di afferrarlo. Se mi avesse minacciato un adulto, magari un poliziotto, lo avrei caricato a testa bassa. Sì, era quello che volevo fare: volevo colpire con tutto il peso del mio corpo un poliziotto. Volevo ammazzare con le mie mani il primo nemico che avesse osato affrontarmi!

Poi tutto accadde di conseguenza. Armand, che aveva assorbito la mia stessa droga, ora si scagliava contro il disgraziato prigioniero come un ossesso. Lo colpiva con frustate rapide ed energiche, sempre nello stesso punto, aprendo e poi scavando una ferita dalla quale usciva sangue e ancora sangue.

E io lo incitavo: «Ancora! Più forte! Merda!».

Mi esaltavo a ogni nuova smorfia di sofferenza.

E andammo avanti così per un bel pezzo, finché per sua fortuna quell'uomo svenne e rimase inerte sotto i nuovi colpi. A quel punto non era più divertente e i due che lo tenevano lo lasciarono cadere a terra.

Tutto il gruppo prese me e Armand, ci sollevarono e ci portarono via in trionfo. Dicevano che eravamo diventati grandi e che Armand poteva essere il nuovo capo, se Marcel non tornava. E altre frasi senza senso.

La festa continuò in un locale del quartiere dove ci fecero bere, ci diedero soldi, ci rivolsero complimenti sempre più esagerati.

Armand era fiero di sé e io ero fiero di Armand, ero contento di essere lì, di essere potente e rispettato da tutti.

Quando cominciammo a essere stanchi perché l'effetto della colla che avevamo sniffato stava per passare e non dormivamo da moltissime ore, i grandi ci concessero un ultimo omaggio: ci fecero fumare una sigaretta ciascuno, preparata da loro con grande cura.

E io questa volta mi sentii come avvolgere in una coperta. Soffice, né calda né fredda. Sentii che ero leggero, sereno, grato. Nessuna sensazione pesante del corpo o della mente poteva rattristarmi: fame, sete, paura, ansia, tutto spariva e c'ero solo io, libero e trasparente.

Quella notte invece che addormentarmi e poi sognare passai senza accorgermi dalla veglia al sogno. Entrai direttamente in un mondo perfetto, fatto su misura per me.

Chissà quanto durò, cosa vidi e cosa pensai.

Il mattino dopo mi svegliai e scoprii che avevo dormito steso a fianco di Armand su una stuoia. Eravamo sotto la tettoia in lamiera del bar dove si era svolta la festa nella notte.

Il locale era chiuso. Non c'era nessuno della banda di Marcel. Il traffico sporco e caotico di Kinshasa riprendeva a pochi passi da noi.

4

La droga costava e procurarsela non era come procurarsi il cibo: chi l'aveva non se la faceva certo rubare e non ne buttava gli avanzi nelle montagne di rifiuti.

Dopo quella notte di follia, gli amici di Marcel non ce ne diedero più. Anzi: erano evidentemente arrabbiati con se stessi per avercene data. Probabilmente temevano che quando il capo fosse tornato non sarebbe stato affatto contento che gli amici cui aveva affidato la protezione del fratello avessero rischiato di farlo diventare un drogato.

Quindi, se volevamo altra droga dovevamo trovarla con i nostri mezzi e questa ci parve una sfida divertente. Non pensavamo di correre alcun pericolo perché non eravamo spinti dalla dipendenza: avevamo provato una volta sola e ci era piaciuto, tutto qui.

Del resto la droga sembrava piacere a tanti.

E poi continuava a non mancarci niente e quindi potevamo dedicare tempo a cercare di rinnovare quella bella esperienza. Così dopo quella sera spendemmo qualche giornata per quell'unico scopo, anche se bisognava avere soldi e fare tanta strada per trovare droga fuori dal quartiere dove i più grandi avevano proibito a tutti gli spacciatori di vendercene.

Ma in seguito, senza che ce ne accorgessimo, la nostra mente cambiò, perché una volta trovata nuova erba da fumare ci accorgemmo che non sapevamo dare una risposta alla domanda: «Perché non fumarne ancora, appena sarà possibile?».

Dopo i primi giorni in cui ci drogavamo, al mattino ci mettevamo a gironzolare e a fare le solite cose. Ma con il passare delle ore il tempo per pensare alla droga c'era sempre e pensarci era già come cominciare a usarla. Finché, arrivati a metà giornata, e soprattutto verso sera, con nessuno che ci ordinasse di fare niente o che ci controllasse, con nessuna casa in cui tornare, con nessuno da aiutare, era naturale dire a se stessi che procurarsi un po' di quella roba era l'unica cosa importante.

Dopo due settimane il cibo, i lavoretti a metà utili e a metà divertenti, i giochi per strada e persino il sesso non bastavano più a distrarci e dopo un mese si poteva ormai dire che usavamo la maggior parte del nostro tempo per procurarci la droga e per consumarla. E così, anche se all'inizio dicevamo che la volevamo provare solo un'altra volta, e poi solo un'altra ancora, ora mettevamo tutti i giorni dei soldi da parte solo per quello.

Presto, insomma, non fu più un gioco, ma una necessità.

E allontanandoci sempre più dal quartiere della banda di Marcel, dove non volevamo che ci scoprissero, tornammo a poco a poco a vivere di espedienti, come tutti i ragazzi di strada senza protezione.

Per esempio: anche prima di allora ci era capitato di rubare, ma non ne avevamo davvero bisogno e stavamo attenti a non farci beccare. Ma ora avevamo perso ogni timore e guardavamo solo al risultato, ai soldi che non bastavano mai. Ci aggiravamo per gli infiniti viali, i mercati, i vicoli ed eravamo come predatori affamati. Appena una donna che aveva fatto la spesa si distraeva un attimo, noi già eravamo su di lei, tutti e due. Uno la urtava, la distraeva, faceva finta di chiederle la carità. L'altro, veloce, le sfilava il cibo dalla borsa di plastica o le rubava il resto appena ricevuto da una *maman*. Quel che rubavamo lo rivendevamo e così avevamo il cibo, ma soprattutto i soldi.

Con il passare del tempo cominciammo ad agire con sempre minore destrezza: in due eravamo abbastanza robusti e veloci per strappare una borsa o far cadere il suo contenuto a terra per poi afferrare semplicemente quel che capitava e correre via.

Ai ragazzini del quartiere di Marcel, che si ostinavano a venirci dietro, ora imponevamo di trovare soldi per noi. Ma in questo non potevamo esagerare: avrebbero potuto riferire il nostro comportamento ai più grandi.

Comunque, in un modo o nell'altro la nostra scorta di colla, quella che ci faceva sentire fortissimi e ci rendeva ancora più audaci nel rubare, l'avevamo assicurata. Ma di gran lunga preferivamo il fumo di quella specie di marijuana molto forte, quella che ti fa sentire bene e tranquillo ovunque tu sia, qualunque cosa succeda.

Presto scoprimmo che fumarla dopo aver bevuto della birra era ancora meglio. Era una combinazione che ti faceva dimenticare anche la fame. E così mangiammo sempre meno e diventammo sempre più magri. Quindi, contrariamente al nostro stato d'animo, eravamo sempre più deboli.

In quel periodo e in quello stato incrociammo per la prima volta dei volontari che aiutavano i ragazzi di strada come noi e cercammo di approfittare di loro.

La notte che per la prima volta ricevemmo qualcosa da alcuni volontari ci eravamo avvicinati solo per curiosità a un pulmino bianco con una grande scritta colorata e il disegno di un arcobaleno sulla fiancata. A bordo c'erano un autista, una ragazza con un curioso cappellino e due giovani con spalle robuste, gli uomini più forti che abbia mai incontrato. E ce n'era bisogno: il pulmino sostava nei pressi di un parco pubblico del quartiere di Kasa-Vubu ed era circondato da ragazzi di ogni età che vociavano e saltavano per farsi notare. Altri, richiamati dall'agitazione, insolita per quell'ora, stavano sopraggiungendo da ogni parte del quartiere.

Quegli uomini e quella donna offrivano acqua pulita, razioni di cibo e soprattutto medicine. Ma non lo facevano a caso. La ragazza era un'infermiera ed era lei a dare le medicine, ma i due uomini robusti tenevano indietro i ragazzi perché lei non venisse assalita, mentre l'autista, seduto accanto alla donna, prima che lei concedesse qualche aiuto prendeva nota dei nomi di ciascuno e della risposta ad alcune domande.

Restammo in disparte a osservare la scena.

«Come ti chiami?» «Sai quanti anni hai?» «Sei di Kinshasa?» «Di quale quartiere?»

L'uomo parlava ad alta voce, per farsi capire bene in mezzo a quel trambusto. I ragazzi rispondevano. Qualcuno veniva riconosciuto perché non era la prima volta che si presentava. In quel caso recuperavano la sua scheda, vedevano in che condizioni l'avevano trovato la volta precedente e gli chiedevano come andava e se stava meglio o peggio.

La cosa andava per le lunghe e molti dei ragazzi che

erano accorsi si scoraggiavano e se ne andavano, in coppie o addirittura in gruppetti. Dopo una mezz'ora, infatti, ne erano stati ascoltati solo cinque.

Notammo che quando si presentava qualcuno che era già noto agli operatori questi perdevano ancora più tempo con lui. Gli parlavano. Era come se cercassero di convincerlo a fare qualcosa. Ma quei ragazzi scuotevano il capo e in alcuni casi si arrabbiavano e se ne andavano, anche senza aver ricevuto niente.

Ci consultammo.

«Le medicine le possiamo rivendere» disse Armand in tono pratico. «Le *maman* le pagano bene perché ne fanno scorta per i loro bambini.»

«Ma perché dovrebbero darcene?», domandai.

«Perché siamo magri. Diciamo che abbiamo il mal di pancia. E poi tu hai quelle brutte ferite...»

Era la prima volta che Armand faceva riferimento alle mie cicatrici.

«Fidati,» proseguì «i bambini di strada cacciati di casa come te fanno ancora più pena. Fai come faccio io.» E così ci mettemmo in fila, spingendo un po' e facendoci strada nel gruppo di chi aspettava.

Alcuni bambini, che sembravano aver davvero bisogno di aiuto, faticavano ad avanzare e venivano cacciati indietro da quelli più forti e prepotenti. Anche noi facemmo così: in quei giorni non ci importava nulla degli altri.

Finalmente venne il nostro turno. A un cenno di uno dei due giovani guardiani Armand lasciò la fila e si fece avanti prima di me. Avanzò zoppicando e vidi che incurvava la schiena tenendosi le mani sulla pancia. Mi aspettai che scoprissero subito che faceva finta e che lo sgridassero. Ma lui sembrava recitare bene ed era davvero magro e sciupato.

Rispose alle domande dando un nome falso. Disse che era di Kinshasa e di quel quartiere. Si lamentò perché soffriva di forti dolori di pancia, aggiunse che vomitava spesso, che aveva la diarrea e si sentiva molto debole.

Registrarono i suoi dati e gli diedero quello che avevano: una bottiglia d'acqua, una razione di cibo in un sacchetto di plastica e un piccolo blister con sei pastiglie.

«Tieni» disse l'infermiera. «È un disinfettante intestinale. Ne devi prendere tre al giorno: adesso, domani mattina, a mezzogiorno e di nuovo a sera e così via. E starai meglio. Hai capito?»

Lui annuì, prese tutto e fece per allontanarsi.

«Da quanto vivi sulla strada?» gli domandò ancora l'infermiera.

«Da un anno» rispose lui deciso. «I miei sono morti,» mentì «tutti e due. Sono morti di AIDS...»

«Se hai bisogno vieni ancora da noi» disse la donna.

Quando fu il mio turno evitai di zoppicare e di tenermi le mani sulla pancia, come aveva fatto Armand, ma dissi che stavamo sempre insieme e che avevo mangiato e bevuto le stesse cose che aveva preso lui. Perciò anch'io avevo disturbi alla pancia.

La donna mi fissò, vide le mie cicatrici.

E vide qualcos'altro.

«Non sei di Kinshasa, vero?»

«No.»

«E da dove vieni?»

«Dalla foresta. Sono qui...» esitai. Da quanto tempo ero in città? Non avevo mai fatto il conto, ma ora che la stagione delle piogge era passata doveva essere più di un anno. Cioè un secolo, a pensarci, che però per me era passato come un soffio.

La donna notò il mio smarrimento e mi sorrise.

Fu quel sorriso a mandarmi in confusione. Mi ero preparato a mentire il meglio possibile e a subire la loro rabbia nel caso che mi avessero scoperto. Ma non ero pronto ad affrontare un adulto armato di sorriso.

D'improvviso fui sopraffatto dalla voglia di chiedere aiuto davvero. E non per il finto mal di pancia o per quel che potevo guadagnare dalla vendita delle medicine.

La donna sorrise ancora. Era dolcissima.

Si volse, afferrò un blister di medicine e me lo porse.

«Tieni. È un disinfettante intestinale. Lo devi prendere tre volte al giorno: adesso, domani...»

Parlava, ma io non ascoltavo le sue parole. Improvvisamente capivo che mi stava dando le medicine non perché fosse convinta che stavo davvero male. Non era così ingenua. E probabilmente anche ad Armand non le aveva date perché ci era cascata, ma perché voleva che noi credessimo che lei ci cascava e che ci sarebbe cascata ancora, se ci fossimo ripresentati. Lo faceva per farci sentire più furbi di lei e così spingerci a tornare. Voleva farci credere che eravamo noi a condurre il gioco. In questo modo voleva stabilire un contatto che era più importante delle medicine che perdeva.

Capii tutto questo e istintivamente, senza sapere perché, le fui grato. Dopo gli anni con mia madre, che mi aveva voluto bene davvero, ai miei occhi gli adulti erano tutti o spaventati da me, e quindi aggressivi, o pronti ad approfittare di me, usando la loro forza e la loro superiorità. La scaltrezza di quella ragazza, invece, sapeva di buono. Quel che stava cercando di fare mi parve una cosa meravigliosa e io non volevo fare altro che fidarmi di lei. Volevo restare lì con lei.

Ma le indicazioni sull'uso del farmaco erano terminate e il giovane aiutante mi invitò ad allontanarmi.

«Forza, Gerard, tocca agli altri...»

Gerard era il falso nome che avevo dato.

«Sì, Gerard,» disse l'infermiera pronunciando quel nome con un tono poco convinto e continuando a fissarmi negli occhi «vai pure.»

Mi strappai a quello sguardo che mi leggeva dentro e mi allontanai.

Armand mi stava aspettando, impaziente. Era fiero del piccolo colpo che avevamo compiuto. Credeva davvero di aver ingannato quella donna bravissima e bellissima.

Sì, bellissima.

E mentre ci allontanavamo, con Armand che mi teneva il braccio intorno alle spalle e blaterava di andare subito a vendere le medicine al mercato, sentii che uno dei giovani assistenti dell'infermiera la chiamava a gran voce dal mezzo del gruppo di ragazzi in attesa: «Sylvie! Qui ce ne sono almeno altri quindici davvero conciati!».

"Sylvie!" pensai.

E per tutto il resto della notte mi ricordai di lei. Anche quando mi addormentai cullato dalla solita fumata, avvolto nell'illusione consueta, che questa volta aveva un volto e un nome.

5

Per il ragazzo di strada tutto il tempo è uguale. Non che non gli capitino delle avventure: gira per le strade, cambia il modo di cavarsela di momento in momento, una volta si riposa e una volta è tutto preso dalla paura o è impegnato a salvarsi la pelle.

Ma non ha uno scopo. Non c'è nulla che debba fare di importante, se non il sopravvivere giorno per giorno. Un ragazzo che va a scuola frequenta un determinato anno di corso e spera di essere promosso all'anno successivo. Poi spera di raggiungere un diploma, per poi passare in un'altra scuola o cercare di lavorare. Cose così. Anche un ragazzo che lavora per contribuire al benessere della sua famiglia ha delle soddisfazioni e un obiettivo: aiuta a crescere i suoi fratelli, è alleato dei suoi genitori, che lavorano anche loro da mattina a sera. E man mano diventa grande e comincia a pensare di farsi una famiglia, di mettere su casa, per piccola e sgangherata che sia.

Un ragazzo di strada, invece, vive in un eterno presente. I mesi passano senza che si accorga di nulla e lui va avanti verso il nulla. Questa condizione ti scava dentro senza che tu te ne accorga: ti convinci che non vali niente perché il tuo tempo è fatto di tutto e di nessuna cosa importante.

Anche io e Armand tiravamo avanti senza altro scopo che la droga che potevamo assumere la sera per addormentarci e dimenticare tutto.

Ma adesso io avevo un desiderio.

Per qualche giorno suggerii al mio amico di tornare a chiedere medicine e cibo ai volontari tra i quali c'era Sylvie. Sapevamo che non si recavano tutte le sere nello stesso posto, ma se avessimo voluto avevamo tutto il tempo per rintracciarli: bastava chiedere in giro e costruirsi una specie di mappa dell'area dove la loro organizzazione aveva deciso di operare.

Armand era d'accordo di procurarsi altre medicine con l'inganno, ma si rifiutava di rivolgersi alle stesse persone.

«Sei proprio scemo!» mi disse quando insistetti con forza per convincerlo a cercare proprio i volontari di quella notte. «Per una volta è andata bene, ma dobbiamo lasciare che passi un po' di tempo, altrimenti ci riconoscono e non possiamo più dire che abbiamo il mal di pancia...»

«Diremo che abbiamo un'altra malattia» proposi poco convinto.

«Sì, bravo. Sono stupidi, ma non così tanto come credi!»

Io non credevo affatto che quelli fossero stupidi, ma non volevo ammettere con il mio amico che non mi importava nulla delle medicine e delle altre cose che potevamo ricevere da quelle persone. Erano loro a interessarmi. Era lei.

«Guarda che di volontari ce ne sono molti altri, in città,» riprese lui «presto ti ci porto.»

Era vero.

Una sera ci accodammo alla fila di bambini che ricevevano aiuto da un'altra associazione. Quando venne il nostro turno dichiarammo nomi diversi da quelli che avevamo detto a Sylvie e raccontammo la nostra bugia.

Ma questa volta non ci credettero.

«Che cosa fai con i soldi che ti danno in cambio delle medicine?» mi assalì un'infermiera molto sveglia. «Ci compri la droga, non è vero?»

Io negai. Mi prese la paura che per aver tentato di imbrogliarli ci avrebbero fatto arrestare.

«Guardati! Non hai ancora dieci anni, ma sei furbo e mangi certamente tutti i giorni. Eppure sei magrissimo!»

Lo disse come se mi avesse in pugno. Lo disse con asprezza. Lei e i suoi colleghi non volevano aiutare quelli come noi.

«Torna qui quando avrai smesso di drogarti,» concluse «e non rubare il pane di bocca a quelli più deboli di te!»

Ad Armand disse cose anche peggiori, tanto che lui, poi, mentre ci allontanavamo, continuava a minacciare quella gente di farla punire da suo fratello e dalla sua banda.

Io lo ascoltavo e facevo finta di essere del tutto d'accordo con lui.

Ma la verità era che della banda di Marcel non sapevamo nulla da settimane. Eravamo sempre più soli e sempre più disperati.

Eppure continuavamo a cavarcela, un giorno dopo l'altro. E questo peggiorava la nostra situazione.

Ma se il nostro mondo era sempre uguale, il mondo intorno a noi continuava a girare.

Un giorno ci accorgemmo che qualcosa stava cambiando.

Era mattino, ci eravamo appena svegliati da un lungo sonno stesi sotto gli alberi ai margini di un mercato. A giudicare dalla luce del sole l'ora era quella in cui di solito la città si anima e la gente affolla le strade. Eppure non c'era quasi nessuno e i pochi passanti correvano: sembravano avere fretta di sparire dalla circolazione. Ci colpì soprattutto la quasi totale assenza di automezzi.

«Che giorno è?» chiesi ad Armand. Sapevo che a Kinshasa quel deserto non c'era neppure la domenica mattina o nei giorni di festa, ma cercavo comunque una spiegazione a quel clima insolito.

«Non so» rispose lui. E vidi che era preoccupato.

Vagammo per le strade e notammo che i negozi erano chiusi, le finestre sbarrate.

Anche i mercati erano deserti.

Gli unici che non avevano dove nascondersi, come tutta la città stava evidentemente facendo, erano i bambini di strada come noi. Ne incontrammo altri e ci diedero qualche notizia.

«Tutti hanno paura perché ci sarà la guerra» dicevano alcuni. «I soldati vengono in città e combatteranno.» «Spareranno a tutti quelli che trovano fuori dalle case!» assicuravano altri.

Dopo un po' ci convincemmo che era meglio cercare un rifugio. Spaventati da quell'aria di attesa, che sembrava coinvolgere tutta la città, ci dirigemmo verso il quartiere di Marcel. Non ci andavamo da molto tempo, ma speravamo comunque di trovarvi protezione. Camminavamo in fretta e a tratti correvamo. E percorrendo le strade ci accorgemmo che con il passare delle ore la città era sempre più deserta.

Poi, mentre avanzavamo in una zona in cui sembrava che non ci fosse nessuno, udimmo alle nostre spalle un rumore sordo e crescente. Corremmo dietro a un fitto cespuglio e scrutammo la strada. Un rombo sempre più vicino fece tremare la terra. Rimanemmo immobili e così fummo tra i primi a vedere una colonna di automezzi carichi di soldati che avanzava lentamente.

Su ogni camion e camionetta c'erano molti giovani in divisa, con mitra e fucili spianati. Erano accigliati, tesi, attenti. Incutevano timore non solo perché erano armati, ma perché erano forti, vigorosi. Da tanto tempo non vedevamo uomini così sicuri di sé. A confronto con loro anche i minacciosi poliziotti di Kinshasa sembravano dei ragazzi.

La colonna sostò davanti a noi.

Ci appiattimmo a terra, con il cuore che batteva a mille e sembrava voler scappare via.

Un autista scese dal posto di guida di un camion e sorrise ai soldati che trasportava nel cassone scoperto.

«Dov'è la gente?» gli domandarono quelli.

Lui allargò le braccia.

«E che ne so?» disse. «Mobutu avrà fatto uccidere tutti, prima di scappare.»

Gli altri lo canzonarono e lui scosse la testa sorridendo ancora, a confermare che si rendeva conto benissimo anche lui che l'uccisione di tutti, in città, era una cosa impossibile.

Un uomo vestito con un'uniforme pulitissima si fece avanti lungo la strada. I soldati tacquero e l'autista si irrigidì in un saluto militare.

«Siamo ancora in periferia, no?» domandò l'uomo al suo sottoposto.

L'autista esitò.

«Signorsì. Siamo in periferia... ma in questi quartieri abita un sacco di gente...»

L'ufficiale si guardò intorno. «E di cosa hanno paura?» domandò con uno stupore un po' forzato.

«Forse pensano che non abbiamo ancora vinto. Pensano che si combatterà...» suggerì il soldato. Poi si animò e con aria decisa quasi proclamò: «Ma non appena capiranno che i padroni siamo noi usciranno a festeggiarci!».

«Ben detto,» approvò l'altro «ora fammi salire. Avanti piano e vediamo se finalmente la città si sveglia.» I due montarono nella cabina del camion e il convoglio ripartì, avanzando lentamente. E noi lo guardammo sfilare, stando sempre ben attenti a non farci notare.

Ma dopo pochi minuti il regolare frastuono di quei mezzi cominciò a mischiarsi a un altro rumore, prima incerto, poi sempre più forte.

A una certa distanza dal punto in cui ce ne stavamo riparati, la gente cominciava a uscire dalle case e a invadere il viale dopo aver percorso a gruppi sempre più numerosi i vicoli laterali.

E tutti ora salutavano i soldati, levavano alte grida e facevano i versi che si fanno nell'eccitazione della danza, quando c'è una festa.

In breve tempo anche noi ci accorgemmo che il clima era cambiato e vedemmo gente che si era materializzata intorno a noi come d'incanto, come fossero tutti usciti dal terreno.

I soldati salutavano, fieri, dagli automezzi. Cominciarono a far sventolare bandiere e a esporre ritratti del loro comandante supremo

La gente prese a scandire: «Kabila! Kabila! Kabila!».

Kinshasa accoglieva i suoi liberatori come se non avesse atteso altro per anni. Mentre a noi, che ci univamo ai festeggiamenti, sembrava di non aver sentito mai parlare di una liberazione in atto. E neanche molto della guerra, a dir la verità.

Ma agli adulti quel che avveniva sembrava evidentemente una cosa buona. E quando i soldati cominciarono a gettare caramelle ai bambini sembrò buona anche a noi.

6

La festa durò tre giorni. Tutti si aspettavano qualcosa di nuovo e anche noi, senza sapere perché, eravamo in attesa di un grande cambiamento.

All'inizio i soldati per le strade erano tanti. Ed erano gentili. Dopo tanta guerra nella foresta e lunghi e pericolosi spostamenti, ora si muovevano alla luce del sole e non dovevano combattere. Perciò avevano un'aria rilassata, come fossero in vacanza.

Non erano di Kinshasa: venivano quasi tutti dalle province. Quando parlavano riconoscevo a volte i dialetti della mia gente o di popolazioni vicine. Tra loro c'erano anche degli stranieri: ruandesi, angolani.

Noi ragazzi di strada eravamo simpatici ai soldati, perché gli facevamo sempre compagnia: conoscevamo la città in ogni angolo e la spiegavamo a questi adulti che non avevano paura di noi e ci ringraziavano per il nostro aiuto. Ci davano cibo e ci facevano salire sui loro camion, poi ci mostravano le loro armi e ce le facevano tenere in mano. Quel peso freddo, quelle cartucciere lucide facevano uno strano effetto. Però non avevamo paura: quelle armi per noi avevano sparato solo in aria, nei giorni dei festeggiamenti per la liberazione dal vecchio regime.

Un pomeriggio di qualche settimana dopo stavamo giocando a pallone, ragazzi e soldati.

I giorni passavano e i militari cominciavano ad annoiarsi. La sera riempivano i locali della città, anche quelli tirati su per l'occasione in baracche e chioschi improvvisati. Lì si ubriacavano, cantavano, discutevano tra loro ad alta voce del futuro del paese. Poi facevano sesso nelle case chiuse, dove gli affari erano più intensi che mai. Circolava anche molta più droga, ma io e Armand ne trovavamo a fatica, perché i soldati se la prendevano tutta. Ma andava bene anche così, perché l'arrivo dei soldati ci aveva un po' distratti dalla nostra solita vita.

Di giorno, invece, una partita a pallone con i ragazzi andava bene ai militari per far passare il tempo. L'unica alternativa che avevano, infatti, era guardare dall'alto dei mezzi la gente che andava a lavorare o le donne che andavano al mercato, fischiando e facendo battute sconce sulle più carine.

Non era la prima volta che giocavamo a pallone con loro. Mi piaceva giocare, mi impegnavo al massimo.

Ma quella volta notai che i miei compagni di squadra adulti erano distratti.

In un momento in cui la palla era lontana dalla nostra parte del campo, ne udii due che parlavano tra loro.

«Allora è sicuro.»

«Sì, partiamo al massimo la settimana prossima. Kinshasa è presa, ma la guerra non è finita...»

«E qui chi rimane?»

Io ascoltavo attentamente, fingendo di seguire l'andamento del gioco. Persi comunque qualche battuta, perché sentii soltanto che i due concludevano un breve ragionamento con queste parole: «...faranno pulizia, la città ha bisogno di pulizia. È troppo corrotta, capisci?».

La palla arrivò verso di noi. Mi gettai avanti per intercettarla e non ascoltai più nulla.

Al termine della partita Armand mi corse incontro raggiante.

Io volevo raccontargli delle parole che avevo sentito, ma lui aveva una notizia straordinaria da comunicarmi e non mi lasciò parlare. Era felicissimo.

«Mio fratello è tornato! È in città!»

Era una cosa bellissima. Sapevo che anche nei giorni in cui stavamo alla larga dalla banda di Marcel il pensiero del ritorno del fratello, della sua stessa esistenza, era la forza del mio amico.

Ci abbracciammo.

«Ma l'hai visto?» domandai.

Armand si rese conto di aver praticamente urlato. Si guardò intorno, abbassò la voce e proseguì: «No, si nasconde. La polizia non lo cerca più. Non cercano più nessuno. Ma ci sono dei nemici, gente di un'altra banda, dai quali deve stare nascosto».

«E come le sai, queste cose?»

«Sono venuti due dei suoi. Dicono che mi hanno cercato dappertutto, in questi giorni...»

Guardai il mio amico con una punta di invidia. Era bello sentire di qualcuno che ti cercava. Dopotutto forse era quella la novità che l'invasione dei soldati stava portando nella nostra vita.

«Vieni,» disse il mio amico «facciamo attenzione che nessuno ci segua. Andiamo da lui insieme: vedrai che accoglierà anche te nella sua banda.»

Ci avviammo per compiere un percorso tortuoso, seguendo a una certa distanza gli amici di Marcel che ci facevano da guida. Quasi non badavano a noi, tanto erano certi che li avremmo seguiti senza perderli di vista. Per strada ripetei ad Armand le parole che avevo udito pronunciare da quei soldati. Lui mi ascoltò, ma era preso nei suoi pensieri e comunque non era in grado di interpretarle.

Lungo i viali principali notammo che il movimento dei mezzi militari era più intenso che mai. Ma andavano in diverse direzioni e non sembravano lasciare la città. Decidemmo quindi che quei due soldati erano i soli che se ne stavano andando e che a proposito della guerra non ancora finita avevo capito male io. L'imminente incontro con il mitico fratello del mio amico ci fece dimenticare tutta quella questione.

Sempre seguendo le nostre guide, scoprimmo che lui e i suoi non erano nel solito quartiere o in uno dei posti che frequentavano abitualmente: un bar o il retro di un negozio. Si erano invece radunati in una delle più povere baraccopoli della città.

La cosa ci colpì. Era evidente che avevano paura e che la loro riunione si teneva di nascosto.

Quando ci avvicinammo a una baracca, verso la quale si dirigevano le nostre guide, ci raggiunsero le voci di un'accesa discussione.

«Non capisci che non hanno scelto noi?» gridava qualcuno con tono esasperato. «Si fidano di quelli di Mutebe. Sì, proprio di loro! Perché quando i soldati sono entrati in città, sono stati quelli di Mutebe ad aiutarli ad aggirare il quartiere di Mama Mobutu, dove temevano di incontrare resistenza. In realtà non c'era nessuno ad aspettarli, ma quelli gli sono grati lo stesso. E tu hai ucciso il cugino di Mutebe!»

Uno dei giovani che ci avevano condotto fin lì ci fece segno di aspettare.

Dentro ci fu un momento di silenzio.

«È solo questione di tempo,» riprese qualcuno con voce ferma «ora che in città ci sono tanti soldati faremo più affari. E c'è posto per tutti. E se non c'è posto, ce lo riprenderemo!»

Armand si animò: «Questo è mio fratello!».

La discussione continuava.

«No, Marcel. Non è così semplice. Kabila e i suoi non vogliono problemi,» disse un altro «sanno che qualcuno deve pensare alla droga, alle donne, a tenere la gente al suo posto, ma non vogliono problemi con le guerre tra le bande. In tutti i quartieri è lo stesso: i soldati scelgono di chi fidarsi e la notte, quando la gente se ne sta nelle case e non corre rischi, danno la caccia agli altri. Così possono dire che sono venuti anche per combattere la malavita. Sono cose che piacciono, alla gente che conta...»

Io cercavo di capire cosa stesse succedendo. Quel luogo, quella segretezza, quei toni mi facevano temere cose cattive.

Il capo cercò di replicare, ma gli altri erano spaventati e lo zittivano.

Armand non si trattenne oltre, aprì la porta della baracca ed entrò. Io mi limitai ad affacciarmi.

All'aprirsi della porta si era fatto silenzio e gli sguardi di tutti erano puntati sul nuovo venuto.

Marcel riconobbe immediatamente il fratello e gli venne subito incontro.

«Armand!»

Si abbracciarono. Poi il più grande allontanò il minore da sé e lo sgridò.

«Dov'eri finito? Avevo detto che quelli della banda dovevano sempre sapere dove ti trovavi e cosa facevi!»

Il tono era preoccupato e duro. Pensai che Armand avrebbe faticato a giustificare la libertà di movimento di quegli ultimi mesi. Lui balbettò una risposta.

«Me ne andavo in giro... non sapevo cosa fare tutto il giorno. Tu non arrivavi...»

«Io non arrivavo ma tu dovevi obbedirmi!» si accese Marcel. Si stava arrabbiando sul serio, teneva il piccolo per le spalle e lo scuoteva per sottolineare le sue parole. «La città è più pericolosa che mai. Potrebbero ucciderti!»

Armand spalancò gli occhi, incredulo.

«Perché dici così? Ci sono i soldati e sono buoni!»

A queste parole molti dei presenti alzarono gli occhi al cielo. Evidentemente non la pensavano come quell'ingenuo ragazzo.

«Non sono buoni per niente!» replicò Marcel. «Non fidarti di loro, hai capito? E non dire a nessuno chi sei!»

In quel momento mi notarono, affacciato alla porta immobile e stupito.

«E questo chi è?» domandò Marcel brusco.

«È un mio amico...» disse Armand confuso.

Gli altri, che mi avevano visto più volte in compagnia del ragazzo, annuirono per far capire al capo che era vero, ero un amico.

«Vieni avanti,» mi ordinò Marcel «e chiudi la porta!»

Entrai e mi presi la mia parte di severe raccomandazioni.

«Nascondetevi dai soldati. Nascondetevi sempre! Soprattutto di notte. Non parlate con loro, cercate di essere invisibili!»

Quando fu certo di averci spaventati a sufficienza, Marcel ci ordinò di uscire e di attenderlo ai limiti della baraccopoli.

Era evidente che non dovevamo sentire il resto della discussione e senza protestare uscimmo e ci allontanammo.

Io ero contento che ci avessero mandati via. In quel gruppo c'era una tensione che non avrei potuto sostenere più a lungo.

Armand, invece, era umiliato e furioso.

«Non sono più un bambino piccolo!» protestava. «Faccio quello che voglio!» Poi si volse a guardarmi, per ottenere la mia approvazione: «Ma di cosa hanno paura? Sono matti? Tutti sono contenti per l'arrivo dei soldati!».

Non avevo risposte. Annuivo per non offenderlo, ma badavo ad avanzare per non essere sorpreso a disobbedire al comando di allontanarci.

Giungemmo ai limiti della baraccopoli, che confinava, dalla parte verso cui ci eravamo diretti, con una zona di capannoni industriali abbandonati. Ci sedemmo su un muretto e restammo in attesa, mentre Armand si calmava a fatica.

E così vedemmo i soldati avanzare.

Erano tanti. E dal giorno del loro ingresso in città non li avevamo più visti così tesi e concentrati.

Sbucarono in colonna da dietro il lungo edificio che

chiudeva la nostra vista, poi cominciarono, rapidi, ad aprirsi a ventaglio e si diressero a piccoli gruppi verso gli stretti vicoli della baraccopoli alle nostre spalle.

Seguivano le indicazioni di alcuni civili, giovani dell'età di Marcel e di quelli della sua banda, vestiti allo stesso modo.

Dopo un momento di smarrimento saltammo giù dal muretto e ci mettemmo a correre come disperati verso l'interno dell'alveare.

«Ehi! Fermi!» sentimmo gridare dietro di noi. Ma non ci fermammo. Correvamo e correvamo. E ci stupivamo di aver percorso tanta strada, assorti nei nostri pensieri, dalla baracca dove erano radunati i nostri amici.

Finalmente giungemmo in vista dell'anonima costruzione, uguale a tutte le altre ma per noi così speciale.

Praticamente sfondammo la porta.

Tutti si spaventarono a morte. Comparvero anche delle armi.

In quel momento, vedendo il loro spavento, compresi che eravamo davvero tutti in pericolo.

Con voci spezzate raccontammo dei soldati che avanzavano, degli uomini che li guidavano.

«Lo dicevo!» proruppe uno di loro. «Siamo stati traditi!»

Un altro era sconcertato: «Ma come, di giorno!?».

«Certo, idiota! Uno dei nostri li sta portando qui. Vanno a colpo sicuro e non hanno paura di colpire qualcuno. Anzi: vogliono essere visti dalla gente mentre arrestano dei delinquenti alla luce del sole!»

A queste parole tutti si precipitarono fuori.

«Disperdiamoci!» ordinò Marcel. «Non state insieme!»

La gente per le vie era sparita nelle case. C'era una terribile calma.

Ci guardammo intorno terrorizzati, poi ci avviammo, ciascuno in una direzione diversa. Ma in quel momento, nel silenzio irreale che ci avvolgeva risuonò uno sparo. Era vicino e fortissimo.

«Fermi! Arrendetevi! Siete circondati!»

Compresi che mentre io e Armand ci precipitavamo ad avvisare, altri soldati erano giunti da altre direzioni. Evidentemente sapevano davvero dove dirigersi ed erano stati rapidi nel circondare la baracca, molto rapidi.

Uno del gruppo si mise a correre, nella speranza di ripararsi dietro a una delle baracche lì vicino. Ma si udì subito un altro colpo e lui fu scaraventato a terra, dove rimase a contorcersi, ma senza emettere un solo lamento. Lo guardai, era a pochi metri da me. E capii perché non si lamentava: non riusciva a prendere fiato, lo avevano colpito alla gola, il sangue zampillava fuori e lui soffocava.

Anch'io non riuscivo a deglutire. Ero paralizzato dalla paura.

Armand era al mio fianco, ansimante per la corsa e per il terrore.

Poi udimmo, dietro di noi, la voce ferma di Marcel che era alle nostre spalle e ci sovrastava tenendo le mani in alto.

«Voi due allontanatevi piano, molto piano. Entrate nella baracca e fingete di essere due bambini spaventati. Avanti!»

Mentre tutti i membri della banda alzavano le mani guardandosi intorno, io e Armand indietreggiammo. Non dovevamo fingere di essere bambini spaventati: lo eravamo davvero.

Poi il silenzio cessò.

I soldati balzarono fuori da ogni angolo, gridando ordini agli uomini che volevano fare prigionieri.

«A terra! Le mani sopra la testa! Giù, giù!»

E in quel momento di confusione noi scivolammo nella baracca e ci rannicchiammo a terra, con la testa tra le gambe.

Fuori qualcuno urlava a squarciagola: «Non abbiamo fatto niente! Non abbiamo fatto niente!».

I soldati non rispondevano. Sentimmo dei colpi sordi e dei lamenti. Poi ogni voce dei nostri tacque. Ci furono altri ordini, secchi, da soldato a soldato. I militari erano tranquilli, sicuri di sé. Contenti che l'operazione si fosse rivelata così facile.

Uno gridò: «C'è qualcuno nella baracca?».

Rimanemmo fermi.

Lo stomaco si contorceva per la tensione.

«Venite fuori! Subito!»

Dopo un nuovo momento di silenzio sentimmo dei passi che si avvicinavano lentamente all'ingresso. Altri passi scricchiolarono intorno alla piccola costruzione. Noi ce ne stavamo lì, immobili, senza respirare. Ma a un tratto pensai che forse era meglio che ci facessimo vivi, per evitare che a qualcuno venisse l'idea di sparare sulla baracca. Ero certo che in quel caso le pallottole sarebbero passate attraverso la lamiera arruginita.

Feci per alzarmi, incerto.

E improvvisamente la porta crollò a terra con un boato e due uomini con i mitra puntati fecero irruzione urlando. Nello stesso momento un altro puntò la sua arma all'interno dall'unica finestrella.

Ci gettammo a terra, serrando gli occhi e strillando, pronti al dolore.

Forse quell'irruzione ci salvò la vita: se ci avessero interrogati con calma non avremmo saputo mentire bene. Così invece perdemmo la parola, ogni pensiero, ogni traccia di fiducia in noi stessi. Perdemmo almeno cinque anni di età.

E mentre, sempre senza guardare, piangevamo stesi a terra, udimmo, increduli, le risate che scuotevano quegli uomini forti, ora che anche loro avevano superato in modo inatteso la tensione e la paura.

Sempre ridendo ci fecero alzare. Ma noi non riuscivamo a stare in piedi e cademmo in ginocchio, tremanti.

Ci trascinarono fuori. Fecero ridere anche gli altri mostrando il nostro spavento. Poi ci diedero un gran calcio nel sedere e ci cacciarono via.

Mentre ci allontanavamo, pieni di vergogna, udimmo una voce levarsi alta, dietro di noi: «Ehi! Quello è il fratello di Marcel, il capo della banda!».

Il traditore, chiunque egli fosse, aveva riconosciuto Armand. Ma era troppo tardi. Quel grido ci fece partire velocissimi.

Qualcuno ci urlò dietro. Probabilmente tentarono di inseguirci. Ma nessun adulto può correre più di un bambino di strada spaventato a morte.

A sera, dopo aver percorso moltissima strada, eravamo in un quartiere così lontano che ci sembrava di essere in un'altra città.

Vivi e soli. Dopo aver perduto la nostra ultima fragile speranza.

TUTTO CAMBIA, NIENTE CAMBIA

1

«Come ti chiami?»

«Samuel.»

«Anche tu sei un bambino stregone?»

Rivolgo la solita domanda al nuovo arrivato. Ma lo faccio con sempre meno curiosità. Mi capita spesso, ormai, di indovinare la risposta.

Sono passati mesi e mesi: un'altra stagione delle piogge, con le strade di Kinshasa ridotte sempre peggio e meno voglia di divertirsi, tra la gente, quando l'accumularsi delle acque e i crolli delle strade creano temporanee piscine.

Quei soldati che si scambiavano notizie durante una partita a pallone avevano ragione: la guerra non è finita. Non si combatte a Kinshasa, ma sembra che non ci sia pace in nessuna parte del paese. E in città arrivano sfollati da ogni regione, famiglie intere che si sistemano in ogni spazio libero. Anche gli orti delle *maman*, da anni coltivati tra i palazzi, lungo i binari della ferrovia, ai margini degli incroci delle grandi strade nazionali, ora sono occupati da campi profughi improvvisati.

La popolazione aumenta. La miseria aumenta. E aumenta il numero dei bambini di strada.

Io e Armand ora abbiamo di nuovo una piccola banda tutta nostra. Sono tanti i piccoli che si possono reclutare e noi siamo vecchi ed esperti della città. Quando vediamo uno dei nuovi arrivati che ci sembra abbastanza robusto e utile al gruppo lo contattiamo e lo interroghiamo: più per fargli capire chi comanda che per conoscere una nuova storia.

Insisto.

«Allora, sei un bambino stregone?»

Il piccolo ha due o tre anni meno di me. La stessa mia età di quando sono arrivato in città. Ha i segni delle botte e delle torture. Abbassa la testa. Si vergogna ancora, e ha paura.

«Dicono così, ma non è vero...»

«E cosa dicono?»

«Che ho fatto ammalare la mamma, quando siamo arrivati qui. Che l'ho fatta ammalare perché sono diventato cattivo.»

Lo guardo e mi rivedo. Negli ultimi tempi mi rivedo troppe volte.

Anche prima c'erano bambini costretti a vivere per la strada per la miseria delle loro famiglie. E anche prima c'erano bambini sospettati di avere poteri maligni. Ma adesso questa sta diventando la scusa di tutti quelli che vogliono liberarsi di una bocca da sfamare. Sarà perché dalla provincia in guerra arriva sempre più gente, e sempre meno cibo.

Ora Samuel tace, timoroso. Ha paura di me, capisce che sono più grande e più esperto e teme che anch'io sfoghi su di lui la mia rabbia con la scusa che la sua anima è nera.

Ma io sono emozionato, anche se cerco di non farlo

vedere. Sentendolo parlare ho capito che ho davanti un bambino *mangbetu*. E ora so che la guerra è arrivata fino al mio villaggio. Ho capito che Samuel potrebbe essere della mia famiglia.

«Hai superato l'iniziazione?»

Questa non è la solita domanda. Voglio sapere se il bambino è davvero mio fratello, se è un guerriero, un uomo: uno che mi riveli che la mia infanzia vale ancora qualcosa.

Lui si confonde.

«Non c'è stato il tempo,» confessa «era tutto preparato, ma prima dei giorni dell'iniziazione sono venuti i soldati e abbiamo dovuto scappare via...»

Adesso è davvero pieno di vergogna. A differenza di me non ha nessun vanto da esibire: i suoi lo rifiutano accusandolo di essere un diavolo, la terra dove è nato è perduta e non ha neppure la prova di essere un uomo.

Cerco di incoraggiarlo con una mezza bugia.

«Quando i tuoi si saranno sistemati meglio potrai avere la tua iniziazione.»

Ma Samuel non è così piccolo. Ha visto e ha capito ciò che voglio nascondergli.

«Non è vero. I miei genitori non seguono più lo stregone del villaggio. Non sanno nemmeno dove sia finito. Da quando siamo in città ci portano alle grandi preghiere notturne, dove tutti cantano e si agitano. Lì torturano i bambini come me. Lì il sacerdote ha detto che io ho uno spirito maligno e ha cercato di scacciarlo da me. A questo pensano i miei, non all'iniziazione.»

Annuisco. So che il bambino dice la verità: le grandi adunanze e i riti notturni dei santoni cristiani si stanno moltiplicando, in città. Gente sradicata, come i genitori di Samuel, è come se cercasse una nuova tribù, un nuovo stregone, se possibile più potente. E i santoni che radunano gente nei tendoni da circo o nei capannoni abbandonati appaiono molto più forti dei vecchi stregoni, anche se io so bene che non fanno che sfruttare la stessa ignoranza e la stessa viltà di un tempo, amplificate dalla miseria e dalla paura.

Kinshasa sta cambiando. In peggio.

«Vieni con noi» dico a Samuel, il mio piccolo fratello. «Oggi vendiamo fazzoletti a un incrocio. Così potremo mangiare. Ti mostro come si fa, ok?»

Ci avviamo. Lui è contento di aver superato l'esame. Io invece sono stanco. Tutti i giorni sono uguali, ma io ho sempre meno energie. Mi importa sempre meno di me stesso e di qualsiasi altra cosa.

Dopo un paio d'ore sotto il sole, spese a cercare di farsi notare dagli automobilisti, Samuel capisce che è dura.

I bambini di strada aumentano e la gente li tratta sempre peggio.

I più non si limitano, come facevano un paio d'anni fa, a farti segno di no per convincerti a smettere di insistere. Ora si arrabbiano, sfogano su di te la loro rabbia per il traffico che peggiora, per la gran gente che circola senza scopo, per quelli che vengono in città a rubare lavoro, cibo, acqua, tutto.

Poi, improvvisamente, la nostra attività si interrompe. Qualcuno dei nostri, incaricato di tenere gli occhi aperti, grida: «La polizia!». E tutti scappiamo, disperdendoci tra la folla.

Anche questo è cambiato. Prima i poliziotti punivano a modo loro solo i ladri e vigilavano, di notte, sugli sconfinamenti dei ragazzi di strada nei quartieri da preservare. Ora se la prendono ogni volta che i ragazzi di strada diventano semplicemente visibili e li attaccano con violenza ovunque li trovano. Colpiscono duro con i bastoni, picchiano. E lo fanno in mezzo alla folla indifferente o che approva quel che vede accadere.

Hanno proibito anche alle *maman* di darci i loro avanzi, di ospitarci per la notte. Loro lo fanno comunque, quasi tutte. Ma sono diventate prudenti, sbrigative, perdono in fretta la pazienza e gli sembra subito di aver fatto molto, troppo.

Siamo sempre più bambini di strada. Ma anche la strada non è più la nostra casa. Non come prima.

2

Dopo aver conosciuto Samuel il pensiero della mia famiglia non mi abbandonava. Da quel poco che sapevo, in quei giorni altri *mangbetu* potevano essere in fuga dalla guerra. Anche mia madre e i miei fratelli potevano essersi diretti verso la città in cerca dello zio. In cerca di me.

Così dopo tanto tempo tornai a Binza.

Notai che qui non c'erano bambini di strada. A Binza non ce n'erano mai stati molti, ma in quel periodo in altri quartieri del centro eravamo diventati davvero tanti.

La villa di cui lo zio era custode ora era abitata. Le finestre erano spalancate. Mi dissi che il padrone era tornato.

C'erano anche dei bambini che non avevo mai visto. Giocavano nel giardino e avevano un'aria sana e serena. Furono loro ad accorgersi di me. Poi restarono, muti, a guardarmi come fossi uno strano animale. Fissandoli mi resi conto che non avevano mai visto un bambino di strada.

Una donna, che stava nella casa, udì quel silenzio e uscì fuori a vedere cosa accadeva. Era vestita molto bene. Non come una *maman* o una qualsiasi donna delle baraccopoli, con il solito unico vestito colorato e un foulard intorno al capo. Aveva una camicetta verde e una gonna di lino, i capelli ben curati e pettinati in un'elaborata acconciatura. Osservò la scena e vide chi attirava gli sguardi dei suoi piccoli.

Io stavo lì, aggrappato alle sbarre del cancello, a guardare un mondo lontanissimo da me eppure abitato da esseri come me.

La donna si spaventò.

«Bernard!» gridò. «Bernard!»

Chiamava mio zio senza togliermi gli occhi di dosso. Lo chiamava come chiamasse la polizia.

Lo zio apparve, sbucando fuori da un angolo del giardino. Aveva in mano un attrezzo da lavoro e si rivolse alla donna tutto sollecito.

«Sono qui, signora. Cosa succede?»

La donna mi indicò.

«Mandi via quel ragazzo. Se ne sta lì a guardare i miei bambini e li spaventa. Lo mandi via, ma non gli dia niente, ha capito? Potrebbero tornarne altri!»

Lo zio mi vide e non sorrise.

Avanzò verso di me in silenzio.

Sotto il suo sguardo cupo mi sentivo come uno che veniva a pretendere il pagamento di un debito.

Mi venne vicino e mi affrontò con durezza.

«Cosa vuoi? Sparisci per più di un anno e ora vieni a chiedere aiuto?»

Io non avevo ancora chiesto niente. Ma capii che ogni spiegazione era inutile.

«Cerco mia madre,» dissi senza fare premesse «in città viene gente dalla nostra provincia, scappano dalla guerra. Ho pensato che forse tu l'avevi vista... o che sapessi qualcosa di lei.»

Lo zio si tranquillizzò. Ma parve rattristarsi.

«No, niente. Non so niente. Di nessuno.»

I bambini avevano ripreso a giocare, anche se il più grande continuava a spiare, da lontano, cosa accadeva al ragazzo affacciato al cancello ora che la madre aveva ordinato di mandarlo via alla svelta.

Notai in quel momento che il capanno degli attrezzi in cui avevo dormito e in cui ero stato a lungo malato non c'era più. Lo spazio su cui sorgeva era arato e vi spuntavano tenere pianticelle. Tutto il giardino era molto più curato. Evidentemente se ne occupava lo zio.

Ma dov'era la sua famiglia? E i miei cugini?

Lui notò che fissavo la povera catapecchia in cui abitavano e rispose alla domanda che si leggeva sul mio volto.

«Non stiamo più qui. Ci siamo spostati...»

I suoi occhi fuggivano i miei. Si vergognava. Compresi che la nuova sistemazione della casa non prevedeva la presenza di una famiglia povera all'interno della proprietà.

Smisi di scrutare il suo volto. La vista di un adulto umiliato, un uomo che aveva assistito alla mia iniziazione e in qualche modo mi aveva aiutato, mi era insopportabile. La sua miseria era la mia. Persino la rabbia della sua donna, che mi odiava tanto e che in quel momento immaginavo benissimo irata con lui per non aver saputo mantenere la sua posizione, la sentivo come una sconfitta personale. Come un lampo una triste consapevolezza mi attraversò la mente: probabilmente ora anche i miei cuginetti vivevano, se andava bene, tra una baracca e la strada. Soffrii subito anche di questo. I legami famigliari sono fortissimi, sono più forti di noi.

Ci guardammo ancora, in silenzio. Non c'era più niente da domandare.

«Tornerò, se riuscirò a stare meglio» promisi. «Tu promettimi solo una cosa: se la mamma cercherà di mettersi in contatto con te non le dirai che non mi hai mai visto. Le dirai che sono vivo, che cerco di sopravvivere. Lo farai?»

«Sì, te lo prometto.»

Avremmo potuto stringerci la mano, come due uomini che hanno concluso un patto.

Ma la voce della donna ci assalì.

«Allora? Bernard! È tutto a posto?»

Lui si volse.

«A posto, ora se ne va!»

«Non sarà per caso un altro dei tuoi figli o un parente, eh?»

«No, signora. È un ragazzo che chiede se ci sono dei lavori da fare. Gli ho detto di no e gli sto dicendo di dirlo anche ai suoi amici. Così non verranno a disturbarla ancora.»

Si girò per salutarmi, sempre tenendo la zappa in mano. Era un po' curvo. Sembrava invecchiato di dieci anni.

Ma io non ero più attaccato al cancello. Ero già in mezzo alla strada e lo salutai con un cenno.

3

E un giorno io e i miei amici vedemmo qualcosa di nuovo.

Erano le prime ore del pomeriggio di un giorno caldissimo. Avevamo mangiato e stavamo giocando in un piazzale. Il traffico e il viavai della gente si erano diradati. Rincorrevamo una palla fatta con sacchetti di plastica senza un pensiero nella testa, contenti di poterci divertire senza disturbare, senza attirare troppa attenzione, in quell'ora all'aperto disertata da molti, simile a un'ora notturna, nonostante la luce abbagliante che avvolgeva ogni cosa.

Giocavamo immaginandoci di far parte della nazionale del Congo, perché in quelle settimane in Burkina Faso si cominciava a giocare la Coppa d'Africa e i nostri, dopo tanti anni, mostravano di avere qualche speranza di passare il primo turno.

E mentre sudavamo, spensierati in quell'ora di tregua, la nostra attenzione, sempre pronta a cogliere l'avvicinarsi di un rischio o di un'opportunità, fu attratta prima dalla vista, ormai rara, di un camion pieno di militari, poi dalla presenza, insieme a loro, di un bambino armato.

«Lo vedi?» mi domandò Armand incredulo.

Anche Samuel si era fermato a guardare e così tutti gli altri bambini.

I soldati erano come li avevamo conosciuti nei mesi precedenti: forti, severi. Imbracciavano le armi come un naturale prolungamento della loro persona. Davano l'idea che non avrebbero saputo fare altro, nella vita. E probabilmente era così: combattevano sempre e quando una guerra era finita ne inventavano certamente un'altra. Ecco perché se n'erano andati quasi tutti da Kinshasa: qui non c'era nessuno da combattere perché le bande e le fazioni che non servivano al nuovo governo erano state eliminate in fretta.

In quel gruppo compatto e uniforme il ragazzo spiccava come un fiore isolato in un cespuglio. Eppure aveva anche lui la divisa, e un mitra. Il suo mitra.

«Ha la tua età» mi disse Samuel. Dal suo tono compresi che aveva trovato nei miei confronti un nuovo motivo di rispetto, dopo quelli che mi ero guadagnato proteggendolo e insegnandogli come sopravvivere sulla strada.

Ma io, chissà perché, mi sentii umiliato. La vista di quel ragazzo molto più serio dei suoi compagni, molto più duro di loro, tutto compreso nel suo ruolo assurdo come solo un ragazzo può esserlo, mi parve subito una terribile sfida. D'improvviso vidi che anch'io, se avessi voluto, avrei potuto appartenere a qualcuno, far parte di una squadra importante. Essere temuto e rispettato.

Quando Kinshasa era piena di soldati, a noi ragazzi le armi ce le avevano appena fatte toccare. Quel ragazzo, che ora, a una sosta del camion, ci osservava da una distanza immensa, aveva il suo mitra e la sua divisa. E perciò non era un ragazzo: era un uomo in un corpo di ragazzo, una combinazione esplosiva che probabilmente incuteva timore persino negli altri soldati. E infatti gli adulti si guardavano in giro con curiosità e scherzavano fra loro. Il bambino soldato no. Vedeva tutto, ma non osservava niente. Era come una macchina pronta all'uso: avrebbe fatto quello che gli avrebbero detto di fare. Senza timore, ma senza sapere perché e senza mai chiederselo.

«Ce l'hanno con noi» notò Armand.

Era vero. Il camion non ripartiva e nel prolungarsi della sosta i soldati ci indicavano come fossimo uno spettacolo interessante. Si scambiavano battute, ridevano, ma facevano anche facce serie.

Ci valutavano.

Ci sentimmo a disagio. Perché tutto quell'interesse? Ormai a Kinshasa i bambini di strada non erano una novità.

Divisi nelle due squadre per giocare eravamo una ventina, di età diverse. Ma ora la partita era interrotta e senza averlo deciso ci eravamo stretti in un unico gruppo. Fissavamo quegli uomini e quell'unico ragazzo con loro.

E tutti avevamo paura soprattutto di lui.

Dopo qualche interminabile momento riuscii a parlare.

«Andiamo, ragazzi. Ma senza correre. Allontaniamoci con calma...»

Non ero io il capo di tutti, la nostra piccola banda era formata da me, Armand, Samuel e altri cinque. Ma in quel momento, sotto gli sguardi di quei soldati, nessuno contestò il mio ordine. Nessuno disse «Salutiamoli!», o «Andiamo a conoscere quel ragazzo con il mitra. Come ha fatto ad averlo?».

Ci voltammo e ci allontanammo senza voltarci.

A differenza della polizia, sempre più dura con noi, i soldati non ci avevano mai fatto niente. Ma quel giorno non ci fidammo.

4

Senza che si potesse parlare di una nuova invasione, nei giorni successivi altri camion di soldati furono avvistati in città, anche se non crearono nessun allarme. Non erano tanti da attirare l'attenzione degli adulti: mai una lunga colonna che potesse rallentare il traffico e spingere qualcuno a contare i mezzi in sfilata uno dietro all'altro. Ma i ragazzi di strada li notarono, perché era raro che su di essi mancassero uno o addirittura due ragazzi armati.

Cominciarono a girare delle voci.

«I bambini armati sono figli dei comandanti. Accompagnano i soldati più grandi perché vivono sempre in mezzo a loro. Hanno delle armi giocattolo...»

E in effetti, ci dicevamo, se un camionista portava qualche volta con sé il figlio maggiore nei suoi viaggi, un commerciante faceva sorvegliare il negozio dai suoi maschi e un insegnante faceva di tutto perché il figlio studiasse, perché un militare non doveva insegnare il mestiere a suo figlio?

Nel fare quei ragionamenti non si capiva bene se parlavamo dei bambini soldato con sospetto o con invidia. Nel primo caso quelle parole servivano a rassicurarci: nessuno ci avrebbe obbligato a diventare come quei ragazzi e, soprattutto, quei terribili nostri coetanei non ce l'avevano con noi. Nel secondo caso, invece, stavamo semplicemente immaginandoci come entrare a far parte di un gioco terribile e affascinante fino ad allora lontano da noi: la guerra, la forza, la sicurezza.

E mentre i camion continuavano ad arrivare, notammo anche che non si sapeva dove andassero a finire quei soldati. Evidentemente venivano ingoiati dalle caserme e restavano sempre lì. Non li vedevamo girare neppure la sera, per locali o per donne.

Intanto la febbre per la Coppa d'Africa saliva mano a mano che il Congo raggiungeva le fasi finali del torneo.

Un ragazzo che conoscevamo la sera lavorava in un bar e vedeva le partite alla televisione tra le decine di clienti che affollavano il locale proprio per quel motivo. Guardava gli incontri e ascoltava i discorsi dei grandi, e così sapeva tutto.

«L'ultima volta che abbiamo vinto la Coppa è stato nel 1974», ci spiegava con aria di importanza. «Allora ci chiamavamo Zaire. Si giocava in Egitto e la finale la giocammo due volte. La prima partita finì due a due dopo i tempi supplementari. E allora ci fu un'altra partita, due giorni dopo, che finì due a zero per noi!»

Non sapevamo fare molto bene i calcoli di quanti anni erano passati, ma eravamo certi, anche solo dal tono del nostro amico, che era un sacco di tempo. E lo si capiva anche dall'eccitazione crescente della gente, in tutta la città.

«Non sapete chi era Mulamba Ndaye?» si stupiva

l'esperto. «Nel 1974 ha segnato nove gol in sei partite nella fase finale!»

Ascoltavamo e annuivamo, consapevoli dell'importanza del mitico personaggio.

«E purtroppo il Congo di adesso non ha un calciatore così bravo», aggiunse qualche giorno dopo, mesto, il nostro insegnante. La sua tristezza era motivata dal fatto che alla fine il Congo aveva mancato l'opportunità di andare in finale perdendo contro il Sudafrica, «dove i bianchi, che laggiù sono ancora i veri padroni di tutto, uccidono i calciatori neri, se non vincono», ci disse.

E noi ci credemmo.

Per le strade ci fu chi pianse la sconfitta come se avesse perduto un parente. Ma subito tutti si rianimarono, perché comunque c'era da giocare la finale per il terzo e quarto posto. E proprio contro il Burkina Faso, i padroni di casa del torneo.

Contagiati dalla febbre generale, domandammo al nostro fortunato amico se la sera della partita poteva farci entrare, di nascosto, nel locale. Magari nel momento di massima confusione, quando nessuno ci avrebbe notati. Magari solo per il secondo tempo.

Lui ci guardò con aria di sufficienza. Poi ci mostrò del denaro, una vera cifra.

«Mi spiace,» disse senza alcun dispiacere «ma mi sono già impegnato con altri ragazzi...»

Ci rassegnammo. Non avremmo potuto seguire la partita. Non avevamo neanche una radio ed era difficile aggregarsi a chi ne aveva una e in quei giorni organizzava con gli amici, i parenti, i conoscenti, gruppi di ascolto nelle baracche e nei cortili. Decidemmo quindi che la sera della gara avremmo vagato per le strade tendendo le orecchie. E magari avremmo potuto restare nelle vicinanze di uno di quei gruppi.

«Nessuno ci caccerà via» ci dicevamo. «Non si accorgeranno neppure di noi, se non diamo fastidio.»

Nell'attesa passammo qualche giorno a giocare per le strade fingendo di essere noi i campioni del Congo e di battere il Sudafrica, l'Egitto, che era l'altra squadra finalista, il Burkina Faso e il mondo intero. Ci procurammo anche delle bandiere della nostra patria. Era facile, ce n'erano ovunque.

In quei giorni la polizia, dalla quale ormai scappavamo sempre, si faceva vedere pochissimo. Era come se fosse stata dichiarata una tregua da ogni pericolo e la gente, per strada, non parlava della guerra, della fame, delle vie piene di buche, delle migliaia di profughi che arrivavano ogni giorno, ma solo di calcio. E molti scommettevano, anche: un'attività sconosciuta, fino ad allora.

Il giorno della partita guardammo con invidia quelli che tornavano a casa dopo aver fatto una spesa al mercato più ricca del solito e si portavano dietro una buona dose di bibite e alcolici.

Passammo le ultime ore prima della gara a studiare le vie dove potevamo sperare di ascoltare meglio le cronache viste e ascoltate dagli altri.

Poi, mentre le strade si svuotavano e solo noi, i senza casa, restavamo in circolazione, si diffuse una notizia sconcertante.

«Venite! C'è un posto dove possiamo andare a vedere la televisione!»

«Come? Dove?» domandammo anche noi.

«Correte! L'hanno detto quegli uomini sul camion.»

Ci precipitammo.

Nel mezzo di una piazza, con il traffico ridotto al minimo, c'era un camion militare con il cassone scoperto e quasi vuoto. Sopra c'erano solo due soldati, ma erano disarmati. E c'erano anche due ragazzi, due normalissimi ragazzi come noi, senza divisa né altro. Sorridevano, sembravano molto eccitati, e facevano ampi gesti per richiamare la nostra attenzione.

«Salite ragazzi!» ci gridavano. «Si va a vedere la partita! Tutti devono vederla, lo ha deciso il governo! Nel cortile della caserma c'è un grande schermo e tutti potrete vederla. Andiamo!»

Sembrava un sogno. Ci guardammo in faccia, io, Armand e Samuel, mentre molti nostri amici e altri ragazzi si avvicinavano tranquillamente al camion per ascoltare meglio.

"Perché no?" pensai. In quelle ore tutto sembrava diverso e tutta la gente pensava solo alla partita. Anche i soldati, certamente, avevano in mente solo quello. Ed erano lì, davanti a noi, disarmati e sorridenti.

Ma esitavo. Ancora una volta temevo gli adulti, mi spaventava istintivamente qualsiasi cosa venisse da loro.

Armand e Samuel mi guardavano. Toccava a me decidere: Samuel era come se fosse il mio fratello minore e dopo la scomparsa di Marcel nelle prigioni di Kabila Armand non era più il ragazzo sicuro di sé di una volta.

«Ci sarà da mangiare e da bere!» gridavano quelli. «Ordine del governo!»

I primi gruppetti di ragazzi e bambini cominciarono a salire sul camion. A quella vista subito altri si precipitarono e presero d'assalto il mezzo.

«Andiamo!» esclamai.

I miei due amici non aspettavano altro. Corremmo insieme, incitandoci a vicenda. Ma ci eravamo mossi nello stesso momento in cui si muovevano altri cento come noi e quando arrivammo al camion i ragazzi salivano da ogni parte, si chiamavano, aiutavano altri a montare o respingevano i nuovi venuti.

Issammo Samuel, che, piccolino, trovò subito un angolo tra il fitto gruppo dei fortunati, e subito lo perdemmo di vista. Poi cercammo di salire noi. Io fui respinto da un bullo del quartiere che conoscevo bene. Caddi a terra e protestai.

«Ehi! Brutta merda!» gridai con rabbia.

C'era una gran confusione. Vidi che Armand era riuscito ad aggrapparsi, insieme a molti altri, alla fiancata, e difendeva coi denti la sua posizione. Ci provai anch'io, ma a quel punto per salire avrei dovuto buttare giù un altro. Vincendo la mia istintiva prudenza ci provai, ma non con la dovuta violenza. Potevo comandare sui miei due amici e su qualche bambino più piccolo: non riuscii a impormi su altri come me, disperati come me, impazziti come me all'idea di passare una serata diversa, davanti alla televisione, come fanno i grandi e le famiglie che stanno bene.

Caddi ancora. Imprecai. Compresi che non sarei mai riuscito a salire.

Il camion si avviò con uno scatto. Ne caddero anche altri.

Samuel non si vedeva. Armand si volse a cercarmi e vide che ero sulla strada, in piedi. Si stupì, mi fece segno di inseguirli. Qualcuno lo faceva, sperando di montare sopra al primo semaforo.

Io gridai: «Vengo!». E mi avviai, ma lo feci solo per impedire ad Armand di buttarsi giù. Perché pensai che almeno lui doveva andare con loro, per proteggere Samuel, il mio fratellino *mangbetu*. Il piccolo bambino stregone.

Armand non scese. Forse mi capì e pensò davvero di restare con Samuel per farmi un favore. O forse la partita gli interessava più di ogni altra cosa. Più di me.

E forse pensava da un po', senza dirmi niente, di prendere contatto con i soldati e di diventare come quei ragazzi armati e forti e terribili che avevamo visto in loro compagnia.

Non lo saprò mai.

Non li ho rivisti mai più.

Dei fortunati che erano riusciti a salire sul camion non tornò nessuno.

Tempo dopo si disse che il governo aveva deciso di uccidere quanti più bambini di strada fosse possibile e che quella notte, approfittando della partita, i soldati ne avevano catturati e uccisi molti. Ma altri dissero che in quel modo l'esercito aveva arruolato centinaia di bambini soldato, perché, commentavano, a quanto pare soldati buoni come i piccoli per la guerra non ce n'è.

Non so. So che rimasi solo un'altra volta.

TRA DIECI ANNI, FORSE MAI. FORSE STASERA

1

La vita di un ragazzo di strada può continuare sempre uguale per anni.

Nessuno si interessa mai di lui, se non per difendersene. E lui attraversa le stagioni cercando di non farsi notare. E non diventa mai adulto, perché prima o poi muore per la strada, dove ha imparato solo a sopravvivere finché la fame, la malattia, la solitudine e l'ostilità dei grandi hanno alla fine il sopravvento.

Eppure la sua vita può cambiare improvvisamente: può succedere tra un giorno, un mese, un anno. Nessuno lo sa.

Quando io sono rimasto solo per l'ultima volta, Kinshasa aveva sette milioni di abitanti. Allora, mi hanno detto, i ragazzi di strada erano forse trentamila. Oggi gli abitanti sono dieci milioni e i ragazzi abbandonati a se stessi sono almeno il doppio. Ma chi può tenere il conto? E quanti sono i ragazzi sulla strada e quelli di strada?

In questo immenso e maleodorante alveare ci sono uomini e donne che in grande maggioranza non sanno come sopravvivere. Preoccuparsi dei figli è per tutti una croce. Eppure la maggior parte lo fa: per dare cibo ai figli spende tutte le proprie energie e offre loro un tetto. Tra questi, comunque, pochi possono dare ai piccoli il superfluo, cioè la scuola.

E poi ci sono molti, moltissimi, che non ce la fanno e ai bambini non possono nemmeno pensare. E allora li affidano alla strada con qualsiasi pretesto: l'accusa di stregoneria per questo va benissimo.

E in questa immensa moltitudine di gente che lotta con dignità e di disperati che si arrendono ci sono anche degli angeli: gente che, chissà perché, ha deciso di aiutare i bambini di strada. E questi angeli sembrano davvero esseri caduti dal cielo, ma sono pochi e hanno poco da offrire. Niente che ti cambi la vita.

Oppure sì.

Quando ho incontrato il mio angelo, in una qualsiasi notte di Kinshasa, io vagavo senza meta da molto tempo, un periodo che non saprei misurare tanto i giorni erano uguali, tutti dominati dalla fame e dalla paura.

Nonostante l'esercito avesse fatto scorta di bambini e ragazzi per il suo sporco mestiere, i ragazzi di strada continuavano ad aumentare. Il governo aveva deciso di fare piazza pulita e la polizia ci dava la caccia ogni notte. Ma quello stesso governo si era dimenticato di fare qualcosa perché le famiglie di Kinshasa stessero meglio e non dovessero liberarsi dei loro bambini. E soprattutto non faceva cessare la guerra, che portava in città ogni giorno nuovi disperati.

Io sopravvivevo, cioè facevo quello che avevo fatto per anni. Quindi ero vivo, ma senza alcuna prospettiva: ero vivo per morire.

E infatti a poco a poco mi stavo spegnendo.

Facevo lavoretti, rubavo, mendicavo. Facevo tutte le

cose che avevo imparato a fare sulla strada. Quando potevo mi procuravo un po' di colla o, meglio, dell'erba da fumare, e per una breve pausa evadevo e sognavo. Poi, a ogni nuovo mattino, riprendevo la solita vita.

Ma anche se non me ne accorgevo andavo sempre più piano.

E restavo sempre da solo, perché ormai pensavo di es sere davvero un maledetto. Tutti quelli che avevano passato del tempo con me erano finiti male: lo zio Bernard ora era più povero, Robert era bruciato vivo davanti ai miei occhi, Armand e Samuel potevano anche essere morti uccisi dai soldati o erano costretti a vivere come loro, Marcel era morto anche lui o stava in prigione.

E io ero vivo. E solo.

E vennero giorni in cui ero ormai così debole che per la prima volta provai freddo. Appena calavano le tenebre non riuscivo a smettere di tremare. Allora mi tenevo in movimento anche di notte, ma ero stanco e a un certo punto crollavo. Perciò mi rannicchiavo in un angolo, steso su un fianco, abbracciavo le ginocchia e cercavo di dimenticare quella orribile sensazione. Mi facevano male la testa, lo stomaco, la pancia.

Un giorno, disperato, con un guizzo rubai una vecchia coperta piena di buchi a una *maman* che la usava per proteggere la sua merce dal sole di mezzogiorno. Quella donna mi aveva più volte aiutato e io le ero grato. Per questo aveva abbassato la guardia, con me: pensava di potersi fidare e non credeva che io avrei voluto proprio una coperta. Non immaginava che io avessi freddo. Mentre mi allontanavo in gran fretta mi urlò dietro terribili maledizioni. Chissà quanti bambini di strada avrà trattato male per colpa mia, nelle settimane successive.

E la notte che incontrai il mio angelo me ne stavo steso su una panchina, tutto avvolto in quella coperta. Tremavo e spiavo la strada, badando alla polizia e all'eventuale attacco di un ragazzo che poteva rubarmi quell'indispensabile tesoro.

Vegliavo e mi assopivo.

Sognavo di tornare nella foresta. Ma non era bello.

Un predatore sconosciuto mi dava la caccia. Sentivo che si muoveva, ansimava famelico a pochi passi da me. Io correvo, ma lui era più veloce. Ed era solo questione di tempo. Allora gridavo, cadevo, mi arrendevo, mi abbandonavo al sollievo di morire presto. Ma lui si fermava, aspettava, ansimava. Io mi rialzavo e correvo ancora. Non c'era via d'uscita.

Mi svegliai.

E la vidi. Davanti a me. In piedi. Era sola e mi guardava. Chissà da quanto tempo.

Spalancai gli occhi, spaventato, e mi levai di scatto.

Eppure avevo già capito chi era. E dentro di me, nel profondo, qualcosa mi diceva che era giusto così, che era normale che lei fosse lì.

Era Sylvie. Il mio angelo senza ali.

«Sei sveglio?»

«Sì... tu sei...»

«Ti ricordi di me?»

Era serena. Era dolce. E io stavo sicuramente sognando.

«Posso sedermi?»

Mi scostai.

Lei si sedette, mentre io guardavo in giro, in cerca dei suoi compagni: l'autista, i guardiani.

«Sono sola,» mi informò «sola e disoccupata.»

La guardai incredulo.

«Ti hanno... cacciata via?»

«Cacciata?» rise. «Beh, poteva succedere. Potevano cacciarmi perché non sapevo riconoscere gli imbroglioni come te e il tuo amico. Con i vostri finti mal di pancia...»

«È così? Ti hanno cacciata per colpa nostra?»

Comprese che non stavo scherzando.

«No, non temere. Non è questo. Nessuno mi ha cacciata. È che le nostre attività sono sospese. Mancano fondi, per ora. C'è la guerra, il governo ha in mente altre cose e anche le persone straniere che danno soldi a gente come noi pensa che sia inutile, che in questo paese non cambi mai niente. Anzi: pensano che le cose peggiorino continuamente...»

«E tu, adesso, cosa fai?»

«Aspetto. Vedrai che riprenderemo a lavorare. Se non ci arrendiamo noi, nessuno ci impedirà di continuare a fare qualcosa di buono.»

Restai in silenzio. Ancora non ci credevo. Era bello restare ad ascoltarla.

«Tu sei... Gerard? È davvero il tuo nome?»

«No. Mi chiamo Michel.»

E nel dirglielo mi sentii diverso. Primo perché le stavo dicendo la verità e poi perché a lei interessava davvero.

«Michel. E come stai?»

«Ho freddo.»

«Ma non fa freddo!»

Era seria. E io la guardai dubbioso: era come se mi stesse rimproverando. Se non faceva davvero freddo, in qualche modo era colpa mia se io avevo freddo.

Ma lei non era arrabbiata, era preoccupata.

«Sei troppo magro» mi avvisò. «È per questo che hai freddo. Ed è un freddo che non passerà grazie alla coperta.»

Abbassai il capo. Cominciavo a inquietarmi. Mi avrebbe sgridato perché avevo rubato? Cos'altro potevo fare?

Lei smise di fissarmi e si guardò intorno. Una decina di altri ragazzi di strada dormivano i loro sonni di piombo.

«Hai freddo perché vivi sulla strada da più tempo di loro.»

Tornò a fissarmi.

«Non conosci nessuno, qui in città? Qualcuno che potrebbe ospitarti, darti un tetto, un lavoro?»

«C'è uno zio, ma non mi vuole. Gli ho portato sfortuna. Adesso non riesce a dar da mangiare neppure ai suoi figli...»

«Non ti vuole» si arrese lei.

La cosa non la stupiva.

«Lui non ti vuole,» riprese «e io non ho nulla da offrirti. Ma bisogna che lasci la strada, altrimenti morirai. Gli altri che vedo qui dormono tranquilli. Significa che stanno meglio di te. Loro ce la fanno. Ce la possono fare ancora per tanto tempo, forse. Tu no.»

E mentre parlava mi pose una mano sulla fronte, per sentire se scottavo.

Non mi ritrassi. Sentii la sua pelle fredda, a contatto con la mia. E un gran calore nell'anima.

Lei sentì che scottavo e fece una faccia ancora più preoccupata.

«E dove posso andare?» domandai. Era una sfida, la

mia. Una protesta. Se neppure lei aveva qualcosa da offrirmi, quale altro adulto poteva aiutarmi? Ce l'avevano tutti con me!

Lei rifletteva.

«Sei mai stato a Mont Ngafula?»

«No.»

«È lontano,» mi avvisò «ma è la tua unica speranza. Segui la strada per il sud, quella che passa davanti al quartiere Mama Mobutu. Oltrepassalo e continua a guardare a destra. Su una collina vedrai due lunghe case bianche. C'è un cartello. Sai leggere?»

«Sì.»

«Bene. C'è scritto "Suore del Sacro Cuore", o qualcosa del genere. Sono delle signore straniere, vestite di bianco. Sono italiane. Danno cibo e medicine ai bambini come te, cioè a quelli che ne hanno estremo bisogno.»

Suore italiane. Quell'indicazione mi diceva qualcosa, ma in quel momento non avrei saputo dire cosa. Era dove lo zio aveva avuto le medicine per me, quand'ero malato in casa sua. Ma di questo mi ricordai solo molto tempo dopo.

E dopo avermi detto così, Sylvie si alzò e mi salutò con una carezza.

Non disse: «Vieni con me». Non poteva ospitare tutti i ragazzi cui voleva bene. Non disse: «Tornerò domani». Non poteva promettere niente. Disse solo: «Non avere paura, Michel. Vai dalle suore. Ti vedranno e ti aiuteranno. Vai da loro o morirai».

Era un consiglio, accompagnato da una minaccia. L'unico possibile atto d'amore che poteva compiere nei miei confronti.

Al resto, come sempre, dovevo pensare da solo.

2

Il giorno dopo la mia solitudine mi pesava più che mai. Ero ancora più stanco. E volevo morire.

La morte non mi spaventava. Sentivo che nelle mie condizioni era come addormentarsi. E una parte di me voleva proprio questo: dormire per sempre, non svegliarmi più, non vedere più il mondo, dimenticarmi di ogni cosa e prima di tutto di me stesso.

Ma mi mossi per lei. A piccole tappe.

In qualche modo era perché la cercavo: l'avevo rincontrata quando ormai non me lo aspettavo e poteva succedere ancora.

Non la incontrai mai più, in realtà, ma intanto, nei giorni successivi, andavo lentamente nella direzione da lei indicata.

Ogni sera dormivo in un posto diverso, lungo quella interminabile strada. Per trovare cibo perdevo tempo e rallentavo il mio viaggio, anche per un giorno intero. Ma il giorno dopo il cammino riprendeva. Senza dirmelo apertamente stavo andando dove voleva lei, spinto dalla sua voce preoccupata per me.

Così quell'angelo invisibile mi accompagnò a Mont Ngafula, dove non mi ero mai spinto prima.

E un mattino eccomi lì, nell'edificio costruito sulla collina. Mi rivedo seduto, esausto, sul bordo di una panca. O meglio: stavo lì, metà seduto e metà in piedi, pronto a correre via al minimo segnale di pericolo.

C'erano altri bambini.

Oltre a loro nessuno sembrava avermi notato. E già stavo pensando di andarmene.

"Sto meglio" pensai. "Se gli adulti mi vedono, poi chissà dove mi mandano. Chissà cosa vorranno da me..."

In città si raccontavano cose terribili. I poliziotti ti uccidevano per strada, i soldati ti portavano via, ma ora il governo si era inventato nuovi sistemi per liberarsi dei ragazzi di strada: fingeva di aiutarli dando loro cibo e acqua e poi li catturava, li metteva in prigione, li faceva sparire.

Mi guardavo intorno, inquieto.

C'erano degli infermieri e delle infermiere africani. Sylvie non c'era. E nessuna delle donne era bella e sembrava buona come Sylvie.

E poi c'erano le due *mundele*, due donne bianche con un velo in testa.

Una vigilava, seria, sull'attività degli infermieri. L'altra non stava mai ferma: guardava i bambini, sorrideva, ne accarezzava rapidamente uno, salutandolo come fosse un amico. Fu lei a notarmi: mi rivolse un rapido sguardo e capii che era rimasta colpita dal mio aspetto.

Non si avvicinò subito. Non voleva spaventarmi. Io non la perdetti di vista e vidi che si metteva in agitazione. Parlò con una delle donne che lavoravano lì e quella mi guardò, annuì alle parole della suora e subito se ne andò. Poi la suora parlò all'altra *mundele*, quella seria, e attirò la sua attenzione su di me.

Discutevano. Erano calme, ma evidentemente dovevano decidere qualcosa a mio riguardo.

Mi alzai. Facevo ancora in tempo a scappare.

La suora più anziana scuoteva la testa, ma sorrideva, guardando indulgente la sua amica che sembrava insistere in una sua idea.

Cosa si dicevano?

Mi guardai intorno. Gli altri bambini erano tutti più piccoli.

«Ehi! Sei già stato qui?» domandai a quello seduto a fianco a me.

«Vengo tutte le mattine» mi disse senza batter ciglio. «Mi pesano e poi mi danno da mangiare. Poi giochiamo nel campo che c'è dietro il dispensario.»

Sembrava a suo agio, solo leggermente intimorito dalla presenza, in mezzo a loro, di un ragazzo di qualche anno più vecchio.

Ero troppo grande per ricevere aiuto? Di questo discutevano le due *mundele*?

Mi sedetti di nuovo perché mi girava la testa. Guardai a terra, mi aggrappai alla panca per non cadere. Poi alzai lo sguardo e vidi che la ragazza africana che si era allontanata veniva verso di me. Teneva in mano un paio di pantaloncini e mi sorrideva.

Mi alzai e feci un passo indietro. La porta, al mio fianco, era aperta e la luce abbagliante dall'esterno colpì il vestito della donna, bianchissimo. Strinsi gli occhi, cercai di guardarla bene, di valutare le sue intenzioni.

«Ciao. Da dove vieni?» disse, porgendomi l'indumento.

La pronuncia era strana. La voce gentile e prudente.

Afferrai i pantaloni e feci un gesto vago, verso nord.

«Dalla città» risposi senza pensarci. E guardai i miei pantaloncini, strappati e lerci. Dunque era quello che avevano notato subito? E mi davano subito un vestito nuovo?

«Hai fame?»

Sì, avevo fame. Avevo anche freddo. Ma questo non lo dissi: mi rendevo conto che a quell'ora, in quella piena luce solare, doveva invece fare caldo. Infatti l'infermiera era sudata. Ma non volli dire niente, temevo che mi cacciassero via perché ero malato.

«Vieni» disse lei. E mi condusse in una stanza con scaffali e due lettini.

Mentre mi mettevo i pantaloncini nuovi, entrò anche la suora, quella che non stava mai ferma e che mi aveva notato per prima. Era raggiante, come se nel confronto con l'altra suora l'avesse appena spuntata.

Mi salutò. Mi accarezzò.

C'era una bilancia, mi pesarono. Non mi ero mai pesato in vita mia. Quando videro il numero che corrispondeva al mio peso, la suora guardò l'infermiera. Ora era molto seria.

«Come ti chiami?» domandò.

«Michel» dissi. Non avevo pensato di mentire. Dopo che avevo detto il mio vero nome a Sylvie non aveva più senso nasconderlo a persone che lei mi aveva indicato.

Stranamente non mi fecero altre domande.

«Tu... sei una suora?» domandai a un certo punto alla *mundele*.

Lei fece un gran sorriso.

«Sì, bello. Sono suor Renata. Ascolta: adesso siediti

di là e aspetta che ti venga a prendere. Mangerai insieme con gli altri bambini. Intanto riposati, non fare sforzi. Hai camminato tanto per arrivare fino a qui, vero?»

Annuii, ma non risposi alla domanda. Lei dovette immaginare da sola quanta strada avevo alle spalle.

Mi diedero subito qualcosa da bere e da mangiare. E più tardi mi misi in fila con gli altri piccoli per ricevere altro cibo. Anche se ero più alto di tutti loro di una spanna non avevo la forza di impormi, di spingerli via. Così attesi buono buono il mio turno. Mi sentivo strano: era come se fossi arrivato alla fine di qualcosa, ma non immaginavo nulla sul futuro.

Passai il resto della mattinata guardando gli altri bambini giocare. Li guardai soltanto, non riuscivo a unirmi a loro.

E infine, come obbedendo a un richiamo, mi levai in piedi, mi diressi verso il cancello, uscii per la strada e ripresi a vagare, in quella zona per me nuova eppure così simile a mille altre.

Nessuno mi disse «Dove vai?», o «Rimani». Non quel giorno.

Volevano vedere se sarei tornato ancora o se avrei ripreso subito la mia vita di sempre. Mi hanno poi spiegato che molti bambini di strada fanno così: passano, si fermano, accettano un po' di cibo; poi se ne vanno e non si fanno vedere più. Solo chi ha veramente bisogno e non ha più nessuna speranza ritorna.

E il giorno successivo io tornai e semplicemente perché avevo fame e non avevo le forze per procurarmene.

Mi sedetti sulla stessa panca, anche se un po' più comodamente.

Un bambino, l'unico che c'era di quelli del giorno prima, mi riconobbe e mi salutò con un cenno. Ero ancora l'unico grande.

Suor Renata mi vide e sorrise. Uscì e tornò con l'altra suora, quella con cui aveva discusso il giorno prima. Vennero da me insieme e si presentarono. L'altra si chiamava Zita, un nome proprio buffo. Da come si comportava capii che era lei a comandare, ma che Renata non esitava a prendere iniziative che l'altra poi approvava benevolmente.

«Sei tornato» constatò Renata con aria soddisfatta. «Bene!»

Fu in quel momento che compresi che non era così comune che un ragazzo di strada della mia età tornasse subito da loro.

«Oggi ti facciamo una bella visita e vediamo di rimetterti in sesto...»

Mi fidai. Un medico mi visitò e quel giorno oltre al cibo ebbi anche delle medicine. Fu lì che mi ricordai che lo zio le aveva avute da loro. E per questo raccontai di lui, anche se avevo timore che mi avrebbero sgridato perché non andavo da mio zio, a farmi aiutare, invece che da loro. Ma nessuno lo fece. E nessuno, mentre mi visitavano, mi domandò delle mie cicatrici.

Ogni tanto le suore parlavano tra loro nella loro lingua straniera. Questo mi intimoriva un po', ma subito se ne accorgevano, mi sorridevano e mi spiegavano cosa si erano dette.

«Ascolta, Michel,» disse suor Renata «in questo centro di solito aiutiamo bambini più piccoli di te. Sono bambini che non mangiano mai a sufficienza e noi, giorno per giorno, li aiutiamo a raggiungere il peso giusto, quello che ci vuole per evitare di ammalarsi. Tu sei più grande, ma hai proprio bisogno di recuperare le forze, lo capisci?»

«Sì.»

«Bene, quindi faremo un'eccezione. Se sarai costante e tornerai qui ogni giorno, in poco tempo starai di nuovo bene.»

Sembrava una buona proposta. E non mi chiedevano nulla, in cambio. Così tornai anche il giorno dopo e quello successivo. Come gli altri bambini.

Mi facevo pesare e ricevevo il pasto di mezzogiorno. Poi giocavo un po' e infine uscivo e riprendevo a vagare lì intorno.

E mentre col passare dei giorni recuperavo le forze, pensavo che dopo quel periodo sarei comunque rimasto sulla strada. Già la notte tremavo di meno. Mi dicevo che bastava aspettare ancora poco, poi, il giorno in cui mi fossi sentito abbastanza bene, non sarei tornato dalle suore. Oltre al cibo e a tanta gentilezza non avevano niente da offrirmi e io potevo continuare a cavarmela da solo.

«Mi aiuti?»

Suor Renata trasportava una scatola. Non sembrava troppo pesante, ma ce n'erano molte depositate davanti all'ingresso della loro casa.

Avevo appena finito di mangiare e stavo andando a giocare a pallone. Ero sempre il più adulto, quindi a nessun altro bambino più che a me la suora avrebbe potuto chiedere aiuto.

Esitai. I miei piccoli compagni mi chiamavano, tutti contenti di avere in squadra quello più grande.

La suora mi scrutava.

«Se mi aiuti a trasportarle tutte nel dispensario e a sistemare le medicine sullo scaffale, potrai restare anche per la cena.»

Era un privilegio. Erano pochi quelli che restavano a mangiare anche a sera. I più ricevevano un sacchettino con dentro qualcosa e tornavano alle povere case o andavano chissà dove.

La guardai. L'idea di fare una cosa insieme a lei, qualcosa di utile, mi sembrava interessante. E così feci quel piccolo lavoretto, cercando di stare dietro al ritmo frenetico di quella donna che non stava mai ferma e sembrava accorgersi di tutto.

La aiutai anche due giorni dopo. E mentre lavoravamo cominciai a raccontarle di me. Le dissi anche che ero un bambino stregone. Le dissi delle torture, della mia cacciata dal villaggio, dello zio che mi aveva aiutato un po' sì e un po' no, delle brutte avventure per la strada. Lei mi ascoltava come se fosse la cosa più importante.

Questo atteggiamento l'avevo già notato. Anche suor Zita stava volentieri, seduta, ad ascoltare le donne del quartiere che venivano a chiedere qualcosa ma soprattutto volevano sfogarsi o chiedevano un parere.

Per ciascuno dei giorni successivi ci fu per me un nuovo lavoro. Così conobbi anche Gyselle, una giovane suora congolese che collaborava benissimo con le due *mundele*.

E un giorno mi diedero un incarico fisso: strappare le erbacce e innaffiare le piante delle suore tutte le sere. A suor Zita piacevano i fiori, non le erbacce.

E una notte, per la prima volta, dormii lì. E lì mi svegliai e feci colazione. E poi aiutai a tenere buoni i bambini piccoli che arrivavano, sempre più numerosi.

Nessuno mi disse mai «Resta qui sempre», o «Questa è la tua casa». Entrai un passo alla volta, conquistando piccoli spazi, facendo piccole cose. Sempre con un piede mezzo dentro e mezzo fuori. Sempre sentendomi quello che ero: un ragazzo di strada che nessuno si sarebbe stupito di veder sparire da un momento all'altro.

Quella libertà mi rassicurava: continuavo a pensare che presto me ne sarei andato. Ogni tanto facevo addirittura dei progetti su quello che avrei potuto fare con altri ragazzi di strada. Pensavo al tempo libero, ad andare dove volevo. Alla droga.

Ma intanto il tempo passava, anche se io non me ne accorgevo. E tutti gli adulti del centro delle suore ormai mi conoscevano, mi salutavano, mi chiedevano tranquillamente di dare loro una mano e mi ringraziavano. Anche per i bambini che tornavano per il programma nutrizionale era normale vedermi lì.

E un giorno, con mio grande spavento, mi resi conto che se mai le suore mi avessero mandato via mi sarei sentito morire.

Fu quando un bambino mi domandò: «Tuo padre è uno degli infermieri?».

Lo guardai stupito. Non scherzava: pensava davvero che quella fosse la mia casa, il luogo dove vivevo con la mia famiglia.

Ebbi subito paura. Sentii che, come era sempre successo, presto avrei perso tutto. E capii che non volevo tornare sulla strada per nessuna ragione al mondo.

3

Il pulmino era pronto. Avevamo caricato tutto.

Suor Zita e suor Renata mi guardavano sorridenti. Non era la prima volta che andavamo a trovare i religiosi italiani che stavano a una mezz'ora di strada da loro. E sempre, quando si incontravano, quegli adulti, uomini e donne, scherzavano, ridevano, si prendevano in giro. Per me erano uno spettacolo.

Le suore salirono a bordo.

Renata mi guardò dal finestrino. Sembrava più giovane: una ragazzina pronta per la gita.

«Allora?»

Sapeva perché esitavo.

Mi avevano spiegato con calma la loro idea: questa volta sarei rimasto là, dai padri guanelliani. Loro avevano la scuola e io avrei studiato come fanno i ragazzi fortunati.

«Ti vorranno bene, anche più di noi» aveva assicurato suor Zita. «Imparerai un mestiere. E potrai venire qui a fare altri lavori, quando sarai in vacanza o non avrai troppo da studiare. E d'ora in poi quando lavorerai per noi non ti daremo solo da mangiare, ma anche qualche soldo, perché ormai sei quasi un adulto e potrai usare il denaro per i libri e ciò che serve per lo studio. E quando ti sarai inserito nella scuola torneremo da tuo zio e lui non avrà paura di incontrarti perché tu non avrai più così bisogno di lui. Anzi: comincerà a sperare che sia tu, ad aiutarlo. E questo vale anche per tua madre.»

Sì, me lo avevano spiegato bene. Mi fidavo. Volevo tutte quelle cose: la scuola, il lavoro, guardare negli occhi mio zio da pari a pari, ritrovare mia madre e riabbracciare i miei fratelli.

Volevo e temevo.

Mi voltai indietro. Guardai il lungo edificio del dispensario, il campo da calcio polveroso, luoghi che mi erano diventati famigliari.

E oltre il cancello la strada.

E sentii che il tempo della strada era definitivamente finito: l'inutile somma dei giorni passati a sopravvivere, che non portava a nessun risultato, era alle mie spalle.

Incredibile. Ora avevo una meta. E ogni nuovo giorno mi ci portava.

Salii sul pulmino: era il passo avanti di quel giorno.

Una mano tesa da venticinque anni

L'autore desidera ringraziare chi ha consentito che questa storia potesse giungere al pubblico dei lettori.

Le suore e i volontari laici della Congregazione Famiglia del Sacro Cuore di Gesù sono presenti in Congo dal 1985.

Chi volesse conoscere meglio la loro attività di sostegno ai più poveri di quel grande, martoriato paese, può rivolgersi ai seguenti recapiti:

Congregazione Famiglia del Sacro Cuore di Gesù
Via Madre Laura, 18/22 - 20050 Sulbiate (MI)
www. fscgbrentana.it

Uno degli aiuti concreti che è possibile offrire alla loro missione è la sottoscrizione di un'adozione a distanza a favore di un bambino congolese.

Per informazioni su questo e su altri progetti, rivolgersi a:

segreteria@fscgbrentana.it
tel.: 039/6020316

Indice